ETT HEM UTOM RÄCKHÅLL

K.F JOHANSSON

FSC
www.fsc.org
MIX
Papper från ansvarsfulla källor
Paper from responsible sources
FSC® C105338

Förlag: BoD – Books on Demand, Stockholm, Sverige

Tryck: BoD – Books on Demand, Norderstedt, Tyskland

ISBN: 978-91-7851-817-3

En dag som vilken annan hade kommit till sin ände, åtminstone den verksamma delen av de tjugofyra timmarna. Det som kvarstod fanns främst där endast för att uppbåda krafter tillräckliga för att upprepa proceduren nästa dag.

Adrian var lyckligt ovetande om dagens innebörd när han packade ihop sina saker vid skrivbordet. För honom var det än så länge ovidkommande vilket datum det stod i kalendern. Så vitt hans uppmärksamhet var underrättad var dagen en söndag som vilken annan. Den rutin han utövade vid varje arbetsdags slut var densamma även idag. Han stängde ner de filer som stod öppnade på skärmen och eftersom han var lite gammalmodig av sig, stoppade han även ned de dokument han hade i pappersform i arkivskåpet intill. Det arkivskåp som oftare än inte var objektet för pikar och hånfullhet angående det förlegade förhållningssätt det var en representation för. Adrian såg det själv inte som lika besynnerligt, han tyckte sig bara ha lättare för att organisera det han arbetade med när han hade det i pappersform. Att han dessutom tyckte om den fysiska upplevelsen av att hålla i varje enskilt dokument när han skulle synkronisera sina tankar med innehållet var en bonus som följde med formatet.

Kollegorna hade skrattat åt honom när han valde att behålla reliken vid den slutliga digitaliseringen några år tidigare, men han hade ignorerat deras hån. Trots allt var det han som skulle arbeta med penna och papper; för arbetskamraternas del borde det egentligen inte spelat någon roll då han ändå digitaliserade allting vid arkivering. Dokumentationslagarna bestämde att det var något han också var tvungen att göra.

Han lyfte av ytterrocken från tamburmajoren innanför dörren till kontoret. Sedan svepte han den över sina axlar i farten medan han passerade genom korridoren av frostat glas på vägen till trapphuset. Väl där knäppte han upp skorstenskragen och tog upp sina mörkt bruna skinnhandskar ur rockens svarta fickor, som han sedan tog på sig samtidigt som han knuffade upp ytterdörren med axeln först.

Påminnelsen om söndagens säregna betydelse slog honom omedelbart utanför dörren; inte bara var det första marsdagens kyla som bet tag i hans nästipp, likväl möttes han av den karneval av ljus och ljud som meddelade honom att första mars även var den dag då det politiska spektaklet hade kastat sig ur sina startgropar.

Politiska valkampanjer hade väl egentligen varit stora spektakel sedan långt före kristen tid, men i någon mån hade politiken och samhällsstatusen varit en mer central aspekt i framställningen förr. Förvisso var det många gånger genom smutskastning av motståndarnas ståndpunkter som kandidaterna försökte belysa deras egen högre stående inriktning. Men det hade åtminstone involverat en större mån av sakfrågor än vad han kunde ta till sig från alla de temporära pelare av ljus som lyste upp den mörka kvällningen. Det framstod snarast som att kärnan i vardera budskapet som försökte framhävas var den personliga karaktäristiken hos kandidaten, utan någon förankring i ett politiskt program.

Adrian tittade sig omkring på gatorna runt torget när han gått ner för den stenlagda backen som förde honom bort från kontoret. Egentligen hade han inget där att göra, det fanns kortare vägar att ta sig till garaget där hans bil i vanlig ordning stod parkerad. Men han kunde inte hålla sig från att bevittna den kakafoni av intryck som valsäsongen innebar, och det var alltid nere vid stadskärnan som det spelade ut i full effekt. Husväggarna var belamrade med koreograferade holografiska presentationer, synkroniserade med fönstrenas projicerande ytskikt för att utnyttja arkitekturens utformning som en del av uppvisningen. Gatorna var liksom husen belamrade med projektioner, med den enda skillnaden att de lystes upp underifrån istället för från fasaderna.

Adrian stod mitt i detta virrvarr av digitala rörelser och kunde inte förstå hur det var tänkt att han skulle vara kapabel att ta till sig något över huvud taget. Lyckades han väl fokusera blicken på endast en presentation hade han likväl svårt att tillägna sig något budskap från den. Om han alls kunde identifiera vilken kandidats visning det var han skådade, kunde han ändå inte länka den informationen till vad det var han skulle ta ställning till.

Någon kandidat vars namn han aldrig lyckades

uppfatta var presenterad i en filmsekvens där hon kastade sig ur flygplan i en scen, utövade bergsklättring utan säkerhetslinor i en annan, innan hon i nästa befann sig i full soldyrkan på däcket av en yacht vid en långt varmare breddgrad än Sveriges. Adrian hoppades innerligt att detta inte var en av de topprankade kandidaterna för året, men påminde sig själv om att det här var en representation av vad befolkningen ville ha.

Om det fanns extremer åt det lättsamma hållet fanns det där också dess motsats. En av projektionerna var endast av ett allvarligt ansikte i närbild, med hårda kontraster i skuggorna från de grova bekymmersrynkorna i pannan och i sidorna av de hårt slutna ögonen. Det fanns inget utrymme i bild för någon bakgrund, men det gick ändå att känna svärtan i rummet personen befann sig i. När ögonlocken plötsligt öppnade sig var det som att blicken sög tag i Adrian som kände sig påkommen och tillfångatagen. Projektionen svartnade och ersattes av en grå text mot en kolsvart bakgrund som bara sa: *Tiden för förändring är kommen*.

Adrian tog några kliv bak från projektionen när sekvensen sedan började om. Han tittade bort men kunde inte fullt släppa känslan han lämnats med. Det fanns en fientlighet i hela den fåordiga kampanjen som han var tvungen att skaka av sig en extra gång innan han kunde fortsätta därifrån.

Även om han tillhörde en minoritet i sin röstning, var det trots allt så att majoriteten hade valt in den förändring som innebar att strukturen skulle gå från den klassiska fyraårsperioden till en årlig rockad av maktens korridorer. Han hade själv också ansett att den modell som hade varit gällande hade levt ut sin rätt men hade röstat emot att införa årliga val. Det hade för honom framstått som ett alldeles för impulsivt tillvägagångssätt för att lyckas med några lämpliga samhällsförändringar. Det fanns ingen möjlighet att hinna implementera och stabilisera någon reform inom ett år utan att det föll mellan stolarna så snart nästa tog över. Kanske hade det varit möjligt om statsöverhuvudet inte fick sitta flera perioder i följd, men det kändes som en osannolik utsikt för en struktur som byggde på ständig förändring. Och det hade fortfarande inte inträffat ännu efter de snart fyra år som det nya systemet varit gällande. Han gjorde dock sitt bästa för att acceptera läget som det var, hans åsikter tillhörde inte en majoritet och var således inte det riktvärde som skulle försöka uppfyllas.

Utmattad av alla intryck han tvingat på sig själv började han leda sig i den riktning han borde ha tagit sikte på redan när han klev ut på gatorna. Han hade inte fått någon klarare bild av samhällsklimatet genom att ställa sig på första parkett inför skådespelet. Och det förvånade honom hur lite människor som hade befunnit sig där. Oavsett vad hans egen syn på den modell som röstats in var, borde det ha legat i allas intresse att samla in den data som fanns tillhands. Hur skulle de annars kunna ta ett informerat beslut när året närmade sig sitt slut? Om nu befolkningen tog del av kampanjernas material hemifrån kunde han tycka att det kanske låg en del onödiga utgifter i att konvertera stadens gator och torg till en sådan stor scen för de kampanjer som bedrevs.

Medan Adrian väntade på att hans bil skulle färdas längs transportbanden och fram bakom porten vid utcheckningen, slog det honom att den förvirring och överstimulans han upplevde av vistelsen kanske var hela syftet med alla intetsägande kampanjer. Politikerna själva måste ju ha varit införstådda med svårigheterna som rimligen borde komma av att försöka leda något så stort som ett land, endast ett år åt gången. Deras kampanjer var utformade för att stimulera impulsiva beslut baserade på attraktion, snarare än politisk beständighet just för att långsiktigheten inte fanns till hands.

Han skämdes ett kort ögonblick över att han först nu kommit på det enkla resonemanget som troligtvis inte alls var någon revolutionär insikt utan endast något allmänt vedertaget. Han hade inte tillåtit sig själv att acceptera detta besvikande faktum. Självklarheten fyllde upp hela kupéns atmosfär när han styrde den föråldrade bilen bort från stadens folktomma gator till motorvägen.

I den mån han vågade dra blicken från trafikens oupphörliga koordinerande, försökte han avgöra hur många av hans medtrafikanter som liksom han själv fortfarande kontrollerade sitt fordon med mänsklig brist på precision. Han valde ut en bil utan några egentliga kriterier; vilken som än fångade hans intresse eller väckte en undran. Han körde upp bakom den på ett avsiktligt för kort avstånd för att ingen ytterligare skulle få plats emellan. I hundratrettio kilometer i timmen följde han en svart personbil genom en kurva som reste sig över ett nästan ändlöst krön. Den höll hastigheten stadig trots lutningens vilja att sakta framfarten, och framtvingade en aktiv kompensation av foten på gaspedalen. Medan Adrians hastighetsmätare pendlade precis under och över strecket, verkade den svarta kapabel att hålla sin hastighet konstant och följde filens båda sidlinjer med ett jämnfördelat avstånd.

”Automat,” konstaterade han högt för sig själv och förde ner körriktningsvisaren samtidigt som han accelererade mot bekräftelsen. Det var en pendlingslek som vuxit fram för att gissa vilka fordon som var mänskligt styrda och för att följa utvecklingen av de automatiserade bilarnas fortlöpande övertagande av trafiken. Det fanns inte mycket spänning kvar i leken. Den gamla tidens fordon var snart borta, men aktiviteten var ännu något som fick restiden att passera. Den fortsatta gissningsleken gick ut på att ta reda på om det biologiska godset hade intagit passagerarsätet, eller om den indirekta föraren valt att sitta i det som brukade vara förarsätet som en följd av gamla vanor och en vägran att erkänna att förändringen tagit vid.

När Adrian kom upp vid bilens sida kunde han se en ung killes upplysta ansikte, med blicken försjunken mot något underhållande på instrumentpanelen framför det högra sätet. Det var nästan alltid de yngre som valde den platsen. De var fostrade i det nya medan äldre generationer, som upplevt en annan era i historien, inte ville släppa taget om den vänstra.

Det var alla dessa passiviserade människor som inte ville, eller orkade fundera över samhällsutvecklingen eller vilken politik som styrde dess inriktning. Så länge de fick mer tid till att distrahera deras uppmärksamhet var det tillräckligt att rösta för vilken attraktion som lyste i beslutsmaktens livsföring snarare än vilken substans som kunde identifieras i deras manifest.

Först när han befann sig i det enskilda mörkret på landsvägen de sista kilometerna innan hemkomst kunde Adrian känna en lättnad och befrielse från den spänning som krampaktigt bitit sig fast i hans nacke. Det var lugnande att inte se mer än det vilket bilens strålkastare behagade lysa upp framför honom: vägen, fälten och skogsgränsen intill honom. Ingen mer påminnelse om den tidsanda vilken han själv var en del av att utforma.

Med en sista djup suck av frigörelse styrde han in bilen i garaget vid den fristad han kallade hemma.

Nattens njutfulla mörker låg fortfarande tungt när Adrian vaknade. Med tåspetsarna försiktigt nuddande golvet och trevande i cirklar, försökte han finna de ullfodrade tofflorna som skulle svepa in fötterna i behaglig värme; som en varsam introduktion till den dag som ännu endast var i sin begynnelse. Vid den första beröringen var fårullsfodret svalt mot hans hud, men i en omedelbar reaktion mot hans kroppstemperatur absorberade det krulliga fodret var grad av värme till dess isolerande barm. Från sängkanten såg världen bortom fönstret ut som fullkomligt befriad från transparens. Ute fanns endast ett kompakt mörker som inte förmedlade någon insikt om vad det innehöll, men på något vis spred sig ett svagt sken från natten in i sovrummet trots att Adrian inte kunde lokalisera ljusets härkomst. Förhållandet övertygade honom att en lättnad fanns att utvinna i den formlösa natten. I rummet kunde han uttyda möblernas konturer liksom de upphöjningar av täcket som förklarade att Ellens sovande gestalt fanns där under. Han visste inte när hon lagt sig intill honom, hon hade inte ens kommit hem när Adrian hade avslutat sin kväll.

Han reste sig från sängkanten. Det värkte svagt i låren och knäna kändes ännu inte redo att bära upp någon belastning. De var fortfarande kalla och stela efter en hel natts sömn. Endast synen verkade villig att vakna upp denna morgon. Det som först sett ut som två svarta rektanglar mot världen utanför kändes nu som behagliga lampor in till sovrummets stilla sfär. Med händerna vilande mot fönsterbrädans marmor, skönt uppvärmd av elementet under, tittade han ut över det månupplysta landskapet som var i full belysning. Lång bort på åkern stod två hjortar stilla väntande på någonting okänt. Som om de lagt märke till hans närvaro såg Adrian hur de båda vred sina huvuden rakt mot husets övervåning där han stod. Av rädsla sprang de rakt mot skogsbrynet bortom åkerns norra gräns.

Någonting med deras reaktion resonerade inom honom, som om han också borde vara på sin vakt; kanske inför sig själv. Känslan verkade åsyfta något närliggande.

När han klev ut i hallen på övervåningen hörde han perkolatorns första pyrande suck och han beundrade tillvarons enhetliga rytm. Ellen hade för vana att förbereda kannan med vatten och malda bönor till vilken hon satte en timer enligt hans väckarklocka. Även om han för det mesta vaknade av sig själv innan den ringde, gjorde sig kaffet alltid redo till hans ankomst. Samspelet var en kvarglömd rutinsak som i ögonblicket påminde om hur livet en gång varit. Aromerna spred sig omedelbart ut ur köket och fann sin väg till att kittla hans luktsinne och vederkvicka hans förväntan på en ny dag.

Hela hans vuxna liv hade morgonstunden varit den bästa delen av dagen. Den stilla njutningen av en värld som ännu inte gjorde sig hörd. En fridfull stund där ingenting skulle göra anspråk på hans uppmärksamhet, annat än det som kom från inom honom själv och det obehindrade tankeliv som ville göra sig hört. Så här års kunde hela upplevelsen utspela sig med månljuset som enda belysning. Hela nedervåningen upplyst av det kalla skenet som tilläts sprida sig nästan utan hinder över de öppna ytorna, endast skuggat av det sparsamma möblemanget vilket kommit att definiera deras inredningsstrategi i många år.

Förnimmelsen som väckts av hjortarna orsakade honom fortfarande bryderier där han från en av barstolarna runt köksön tittade ut genom vardagsrummet mot fönstrena och platsen bakom där han mötts av djurens fruktan. Var det hans blotta närvaro som givit upphov till en sådan stark reaktion, eller var deras sinnen än mer perceptiva och fångade upp signaler långt mer subtila än så? Vad var det i så fall de kunde avläsa från hans våglängd? Kanske fanns det i hans frekvens inbäddat en del av mänsklighetens avsikter, som vore han inbunden i den sociala organism som var människan, bärande alla dess destruktiva krafter. Om så var fallet kunde Adrian utan förbehåll förstå den reaktion han skådat. Han själv skrämdes många gånger av de beteenden hans art visade bevis på.

Minnesbilder från torget gjorde sig påminda där han satt med muggen i sin hand, vilande mot bänkskivan. Den aromatiska ångan steg upp ur den svarta drycken och fångade det nattliga skenet i sin dans. Under den frivola estetiken på torget hade den tunga sanningen funnits till hands; den som berättade om främlingsfientligheten som vuxit till norm. Det var få som längre orkade argumentera emot de arkaiska föreställningarna om det annorlunda, eller de okändas fara för samhällsbygget. Adrian hade alltid känt sig utesluten eller kanske frånskärmad från den enhet som tydligen representerade det överlägsna. Han var inte heller riktigt införstådd för vilka kriterier som inkluderade en person i gemenskapen och vilka egenskaper som var de exkluderande. Ibland verkade det handla om nationalitet och etnicitet, men lika ofta framstod det som att en individs livsåskådan eller trosuppfattning stod som beslutsgrund. Vid någon tidpunkt hade det känts som att människan slutat att utvecklas i sin sociala kapacitet och nästan börjat ta steg bakåt. Teknologin och den naturvetenskapliga förmågan verkade framskrida, det sociala utövandet var däremot i regression och de få humanvetenskaperna som fortfarande tilläts något utrymme verkade snarast begränsas till dess manipulativa tillämpningar.

Adrian bromsade sina tankegångar och smakade på det fortfarande heta kaffet. Medan den efterlängtade beskan stillade hans smaklökar tänkte han att det var något annat som hade introducerats för honom i det multimediala spektaklet på torget. Någonting annat än det redan bekanta, och vid det här laget allmänt accepterade. Något förargligt.

Han försökte aktivt stävja sina reflektioner, de hade en tendens att sätta igång hans engagemang till hundratio procent, och det var en kapacitet han inte längre hade utrymme att rikta mot idealistisk begrundan. Den politiska verkligheten hade kommit till en punkt där individuellt engagemang fyllde en väldigt liten funktion och nästan aldrig föranledde någon verklig påverkan på tingens ordning.

Hur mycket han än försökte att inte analysera det hela för djupt, kunde han inte behärska sig. Han tog med sig kaffemuggen på en promenad genom nedervåningens rum. Vid det här laget hade det lika gärna kunnat vara mitt på dagen. Hans ögon hade vant sig vid månskenet till den grad att ljuset var tillräckligt för honom att se varje detalj rummen hade att erbjuda. Inte bara möblernas konturer, han kunde också urskilja ådringarna i trät på chiffonjén, och mattans textur vid skjutdörren av glas som vette ut mot hjortarnas tidigare skådeplats.

På åkern fanns inte längre djurens silhuetter; kvar var endast en spöklik dimma som hängde lågt ovanför jorden, stilla som ett fotografi. En av fördelarna med att stiga upp tidigare än alla andra var just att få bevittna en värld i sin stilla form innan dagsljuset suddade ut den mystiska utsikten, innan människan fyllde den med ljus som inte hörde hemma i dess självständiga tillstånd.

Adrian höjde muggen till sin mun för att ta en klunk, den sista som fanns kvar. Temperaturen hade dansat sin väg tillsammans med ångorna och det drog lite i mungiporna av den ljumma smaken. Den påminde honom om vad han tagit del av och det lämnade en besk bismak i hans sinnen. Han kunde inte dra sig till minnes något konkret slagord eller någon särskild kampanjs tematik, men i de bakre delarna av hans medvetande hade en uppfattning börjat pyra av att den bekanta fientligheten hade ändrat sin form. Det var endast en känsla, men en oroväckande sådan som anade att den fientlighet som tidigare riktats utåt, mot det okända och det som hörde hemma annorstädes, förskjutits till att inkludera de minoriteter som var inhemska.

De sjuka och de arbetslösa, eller på annat sätt *inte bidragande*, hade förstås varit utsatta för ogillande och politiska åtgärder så långt tillbaks Adrian kunde minnas. Det hade varit hans jobb i många år nu att försöka hjälpa just denna kategori människor, både att hantera deras utanförskap och att bidra med verktygen för att möjliggöra ett återinträde i gemenskapen. Någonstans inom det politiska spektrat hade det alltid funnits en mån av omvårdnad och vänligt sinnelag. Det var just denna humanitära synvinkel som verkade ha eliminerats ur diskursen. Det fanns inget särskilt att sätta fingret på som motiverade hans upptäckt, endast en avsaknad av beståndsdelar som legat honom nära om hjärtat.

Det blå filtret som hållit nattens vy i sin kusliga skepnad började avta på andra sidan glaset när utsikten bleknade av det stundande dagsljuset. Som om tingen var osynligt sammanbundna hörde han tecken på en sambo som påbörjat sin uppvaknelse omedelbart efter att han noterat dagningen. Han tyckte själv att tiden varit knapp sedan han kom hem från arbetet kvällen innan. Ellen, som hade haft ännu färre timmar mellan arbetspassen borde ännu inte behöva vara i färd med sin återvändo. Samtidigt var det hon som vigt sin tillvaro till att göra karriär, och det hade ett obrytbart samband med långa arbetstimmar och få andra beståndsdelar utöver det.

När insikten nådde honom att hennes uppstigning var direkt förenlig med hans egen försening, kvicknade han till och trädde ur sina filosofier. Han brukade aldrig vara hemma när hon steg upp. I all hast plockade han med sig de saker som hörde till en dag hemifrån och begav sig ut i den uppfriskande morgonkylan bortom ytterdörren. Precis när han klev över tröskeln hörde han det välbekanta knarrandet av fotsteg på det näst översta trappsteget från övervåningen. Han stängde dörren försiktigt bakom sig och gick fram till bilen för att påbörja sin färd.

Den första morgonens förebråelse inför nästa cykel av riksdagsval övergick inom kort till det förglömda, eller förnekelse. Adrian hade sedan länge tagit avstånd från det politiska bruset som främst var en källa till oro och potentiell förtvivlan. Att lägga sin energi på de ting han inte hade möjlighet att själv påverka var precis sådant beteende som det var hans jobb att försöka lära andra människor att undvika. Han hade blivit en ganska effektiv utövare av den självkontroll som krävdes för att selektivt exkludera något som han i grund och botten fann vara oerhört viktiga beståndsdelar av den sociala sfär han trots allt var en del av.

De dagar han av en eller annan anledning tvingades ner till stadens gator och torg, var de enda tillfällen då han blev påmind om det skiftande klimatet som väckt hans ursprungliga uppmärksamhet. Han tog för vana att genomföra sina ärenden med hast utan att fastna med uppmärksamheten vid någon av de kampanjer som skrek efter hans intresse. Adrian upplevde det lite som att imitera en struts och gräva ned huvudet i marken var gång han vistades i spektaklet, men accepterade sin egen underlåtelse som en nödvändig konsekvens av den kakafoni det politiska klimatet utvecklats till. I den digitala sfären var det ett långt mer simpelt projekt att undgå den storm av budskap som försökte nå hans uppmärksamhet. Det var inte svårare än att stänga av de kanaler vilka tagits i anspråk av PR-maskineriet och på så sätt aldrig bli utsatt för oönskade påhopp.

Vid enstaka tillfällen kom han på sig själv med att reflektera i sin fascination över nivån av ignorans som utspelade sig runt omkring honom. Det gick veckor utan att han över huvud taget hörde en människa i omgivningen nämna valet, än mindre uttrycka någon oro för den ökande fientligheten i den offentliga diskursen. Adrian insåg att den dubbelmoral han var aktiv utövare av genom sitt resonemang var tvivelaktig, där han fördömde alla andra som gjorde likadant som honom. Han intalade sig att de andra framhöll sin tystnad på grund av ovetskap och inte som ett uttryck av ett aktivt ställningstagande. Vilken skillnad det än gjorde i praktiken; det var snarast en filosofisk distinktion. Han förvånades ytterligare när den allmänpolitiska tystnaden till slut bröts, och gjorde så bland hans patienter före de samhällets representanter vilka han och hans kollegor torde ha varit. Ellen hade alltid varit en pålitlig partner i att reda ut begreppen, men han kunde inte minnas senast de hade haft ett samtal av vare sig politisk eller världsåskådande karaktär, och han hade blivit lämnad att finna sina egna förhållningar.

Det uttryck som gjorde sig hört bland patienterna cirkulerade förstås kring deras oro inför ytterligare restriktioner för sjukskrivningar, och de bidrag som var av sådan oerhörd betydelse för att undsätta dem från utsatthet. De som inte hade något arbete bakom sina sjukskrivningar var ytterligare oroade, och framför allt stressade inför en framtid som inte skulle förlåta arbetslöshet och de människor som utövade den. En del av denna oro som kommunicerades var utan tvekan endast sunda tecken på att patienterna inte hade förlorat sin verklighetsförankring och anknytning till samhället runt omkring dem, men i vissa fall upplevde Adrian att det upptog orimliga proportioner.

Det fanns en tilltro till att det absoluta minimum av egen ansträngning skulle vara tillräckligt för att uppnå högre ambitioner, det var inget nytt fenomen. Ett minne från studieåren påminde om hur de flesta verkade resonera och hur det alltid varit en källa till frustration för Adrian. Han såg minnet framför sig, utspelat som att det var en händelse från dagen innan.

Det ekade i betongen av dörren som smällde igen bakom honom när han klev in i hallen till studentlägenheten han delade med Ellen. Det hade inte varit hans intention, men han hade tappat greppet om handtaget och hade inte haft möjlighet att bromsa dess framfart. Det spelade ingen roll, det var nog menat att dörren skulle stängas med våld; en ofrivillig representation av hans rådande tillstånd.

”Förbannat också!” for ur hans mun med mycket större kraft än han tänkt sig.

Axelremmen från väskan kärvade över axelvadden i kavajen när han skulle ta av den. I farten fick han med sig en jacka från klädhängaren och välte ett par skor från deras plats i skohyllan.

”Helvetes jävla…”

”Vad är det som står på min kära? Det låter som att lägenheten gjort dig något ont.”

Adrian skulle inte heller kunnat hindra sig från att retas lite försiktigt om det hade varit Ellen som kommit hem och rivit ned allt i hennes väg. Det hjälptes inte att han förstod löjligheten i sina reaktioner, han blev bara grinigare av att höra de retsamma orden över det han redan var sur på. Han var mitt i en klassisk kedjereaktion av någonting som gått fel, och det omöjliga i att hindra sig själv från att göra det värre.

”Det kan man fråga sig. Vad är det som står på egentligen,” mumlade han som ett tystlåtet konstaterande under inandning. Han satte sig utslagen på pallen intill toalettdörren med benen utsträckta, vilande på hälarna och lutade bak huvudet mot väggen med slutna ögon. Han hörde henne träda fram i dörröppningen från köket intill hallen.

”Det finns en sådan fruktansvärt hög toleransnivå för mediokritet och medelmåtta. Jag kan inte förstå hur man kan fortsätta göra någonting man bryr sig så lite om. Det är väl i och för sig precis därför. De klarar sig utan att egentligen göra någonting alls, och därför är det inte så ansträngande att fortsätta,” sa han utan att titta upp.

”Du måste utveckla det där för mig. Vilka är det du pratar om?”

Adrian öppnade ögonen och såg mot Ellen i periferin. Han rörde fortfarande inte kroppen ur sin lealösa ställning men han såg uppriktigheten i hennes ansikte. Hon verkade förstå vad han försökte säga men behövde höra en bekräftelse innan hon kunde vara till hjälp.

”Vi blev tilldelade en frågeställning att besvara med

tjugotusen ord som en del av tentamen för kursen vi läser nu. Men såklart ska detta göras som ett grupparbete. Varför envisas det med att man ska behöva arbeta tillsammans med andra? Det är väl ändå mina egna studier som jag ska få mina egna betyg för?

Den grupp jag blev fördelad i satte sig ner efter föreläsningen för att börja diskutera hur vi skulle genomföra det hela, och det visade sig givetvis att mina tre så kallade kurskamrater bara vill göra det absolut minsta som krävs. De tyckte unisont att det var rimligt att vi läser en enda bok i ämnet till nästa vecka och då diskuterar vidare vem som skriver vad. Den bok de pratade om var en som redan skulle ha varit läst innan föreläsningen idag, men det är tydligen jobbigt att läsa böcker trots att det är arbetets huvuduppgift. Mitt förslag att vi börjar formulera våra egna frågeställningar och leta fram artiklar för att besvara dem mottogs som att jag var fullkomligt galen. Det är som att vara tillbaks i högstadiet och bli kallad plugghäst, om än med andra ord."

"Bara en liten fråga först: är kravet att ni ska använda den där boken som ingår i kurslitteraturen eller är det sagt att ni ska göra en egen litteraturstudie?"

"Egentligen är det väl bara kurslitteraturen, men jag ty…"

"Då förstår jag din grupp," avbröt hon med ett pillemariskt leende. "De försöker nog inte att undvika något arbete utan gör bara uppgiften som den är sagd."

"Men det är ju med såna här uppgifter man får möjligheten att göra ett bra jobb och verkligen kan grotta ner sig i det man ska göra."

"Absolut, men du kan inte förvänta dig att alla andra ska lägga ner lika mycket extra engagemang som du är villig att göra. Jag hade gjort precis som dem. Varför göra uppgiften större än den är? Det går ju att bli godkänd genom att skriva den som det är sagt."

Det var precis den inställningen han hade så svårt att förhålla sig till. Vad fanns det för poäng med att ha en betygsskala som sträckte sig hela vägen upp till alfabetets början, om det i slutändan inte var någon skillnad på att knappt ha tagit sig igenom en utbildning och fått ett examensbevis, och att ha dragit full lärdom av studietiden och tillskansat sig kunskaperna som krävs för toppbetyg.

"Säg att du går till en läkare, vill du inte då att det är den mest kompetenta läkaren du har framför dig och inte någon som bara gjort minsta möjliga för att erhålla en titel?"

Ett frustrerat ansiktsuttryck växte fram i Ellens ansikte.

"Det spelar ju ingen roll. Om läkaren i fråga har blivit utexaminerad som läkare så har denna uppnått den kunskapsnivå som krävts för att bli läkare och det borde vara tillräckligt."

Adrian var helt övertygad om att liknelsen skulle föra fram hans poäng utan gråzon, men det var tydligen inte fallet. Samtalet dog ut efter det och Ellen återgick till sina sysslor medan hans egen övertygelse kvarstod. Han vägrade acceptera metoden om det minsta tillräckliga och satte sig omedelbart vid skrivbordet för att formulera en plan för den korta uppsats han såg framför sig.

Hela den första kvällen efter det smärre sammanbrottets eftermiddag, och fortsättande över de kommande dagarna, hade han suttit som trollbunden till projektet han gett sig in för att genomföra på exemplariskt manér. Trots att de var två som delade ytan som de konverterat till ett kombinerat arbets- och vardagsrum, var det ingen som trampade på den andras tår. Adrian var djupt försjunken i sitt arbete och hörde bara fragment av vad som försiggick bakom hans rygg. Allt som oftast var det Ellen som pysslade med något eller annat även om Adrian inte nödvändigtvis visste vad. Den diskussion som belyst deras meningsskiljaktigheter gjorde sig inte påmind under dessa dagar, tvärtom kunde Ellen då och då smyga in bakom honom för en kyss och berömma hans engagemang. Det var inte förrän dagen då Adrians arbetsgrupp skulle samlas för att besluta om en plan framåt som deras olika synsätt åter trädde fram i samvaron.

”Ska du verkligen låta dem ta äran av ditt arbete?” kommenterade Ellen när han började packa ihop sina papper, block och dator för att ge sig av till skolan och deras arbetsträff.

”Ja, vad menar du? Det ska ju vara ett grupparbete vad jag än tycker om saken.”

Ett litet styng av den underliggande frustrationen gjorde sig omedelbart påmind när han kom att tänka på ofrivilligheten i att tvingas frångå att vara för sig själv i studierna; de som han betraktade som högst individuella i sitt utförande.

”Du borde kunna prata med kursansvarig och få godkänt att göra arbetet på egen hand. Det är ju inte riktigt rätt att du gör hela arbetet och ger dem det betyg som egentligen bara är ditt.”

För Adrians del var studiekamraternas bristfälliga delaktighet redan ett förträngt kapitel. När han fått sätta sig på egen kammarare och arbeta ostört efter sin egen idé hade han kunnat nöja sig. Han hoppades snarare på att gruppen skulle låta honom fortsätta på egen hand för att färdigställa den text som ännu bara var ett första utkast.

”Äsch. Nu har jag ju redan påbörjat det som en del av gruppen, det skulle inte riktigt vara rättvist att börja ändra på den förutsättningen nu. Jag trodde du var för idén om att studenter inte skulle behöva göra mer än nödvändigt? På det här sättet får både jag och de andra som vi vill.”

Han såg hur hennes ögon nästan mörknade inför honom och han förstod inte riktigt hur det var möjligt för ett uttryck att ta så dramatisk effekt.

”Nej! Det är ineffektivt att göra mer än vad som krävs men ingen ska komma undan med att inte lyfta ett finger och förvänta sig att få en fribiljett genom livet. *Det* skulle vara det orättvisa i det hela.”

Adrian tyckte att gränsen mellan att inte göra något alls och att göra absolut minsta möjliga var en suddig sådan, och för han var det lika lite värt oavsett vilken sida om den utsmetade linjen man stod. Han gav sig av till skolbiblioteket för att få gruppens klartecken men han hade inte vågat fullfölja sin syn på saken i diskussionen med Ellen. Henne lovade Adrian att han skulle se till att de andra också blev deltagande i processen. I själva verket var han redan tillfreds med strukturen på det han skrivit, det skulle bara omarbetas och förfinas. Hans så kallade kollegor i företaget ville han knappt inkludera ens för remissläsning även om han skulle bli tvungen till det; om inte annat bara för att de skulle ha vetskap om vad de fick betyg för i slutändan.

Dialogen var troligtvis förträngd bortom riktighet i hans minne, men Adrian trodde att kärnan i den bestod. Ännu många år senare förhöll sig Adrian ganska likt hans yngre version av sig själv. Det var oftare mer lättsamt att utföra mer arbete på egen hand i en uppgift om det innebar tillåtelse att följa hans egen idé, än att försöka producera någonting kollaborativt där mer ansträngning gick åt till att försöka lindra meningsskiljaktigheter och finna gemensam grund än att följa sakfrågan.

Inför en av hans regelbundna sessioner, det måste ha hunnit bli april vid det här laget, tände han lampan som meddelade hans tillgänglighet för mottagande av nästa patient.

”Dr. Evander, jag behöver din hjälp.”

Påståendet var en underförstådd premiss för att över huvud taget vara en av besökarna till den här sektionen av de sociala departementen, men Adrian tänkte att det kanske inte var ett professionellt förhållningssätt att bemöta vad som uppenbarligen upplevdes som ett problem.

”Hej Johan, slå dig ner och berätta varför du behöver hjälp.” Han gestikulerade mot fåtöljparet vart han ägnade sina samtal. ”Du får gärna kalla mig Adrian”.

Han föredrog att använda en förstanamnsbasis för kontakten mellan sig själv och patienterna. Att det fanns en viss mån av vänskaplighet, och framför allt ett starkt förtroende i relationen, var en ofrånkomlig föresats för att uppnå, dels en nivå av uppriktighet, men också en tilltro inför den rådgivning som försökte kommuniceras och bearbetas.

”Adrian. Absolut.”

Det lät snarare som ett avfärdande än ett bekräftande; endast en stressad iver över att få komma in på det ärende Johan hade med dagens besök.

”Du måste hjälpa mig. Jag måste skaffa ett jobb. Direkt. Nu.”

Han tittade vädjande på Adrian, som att han på ett ögonblick skulle kunna hålla fram ett anställningskontrakt redo för signatur.

”Hur kommer det sig att du upplever det som brådskande?”

Adrian ville bemöta och hantera det tankesätt som föreslog att det var hans aktiva hjälp som skulle lösa några problem. Det var inte ett konstruktivt förhållningssätt, men han tolkade situationen som att han först behövde få Johan att reflektera över sin egen upplevelse och väcka de rationella mekanismerna.

”De ska göra det olagligt att vara arbetslös, och jag vill inte veta vad de tänker sig att straffet ska bli. I bästa fall blir man väl inspärrad, men jag tvivlar på att de kommer nöja sig med så enkla metoder. Som att man inte redan lever i plågor. Tror de att man vill må så här? Ha det så här?”

Det tog ett ögonblick för Adrian att varva ner hans egen reaktion innan han gav någon ytterligare respons. Det skulle knappast vara produktivt att påpeka det absurda i Johans rädslor. Han fick istället påminna sig själv om att det inte var hans egen version av verkligheten som skulle framhävas. Om Johan upplevde sin tillvaro som han beskrev den så var det också den versionen som Adrian hade till uppgift att försöka hjälpa honom att hitta verktygen att hantera.

”Det är okej att vara arbetslös. Att förlora sitt jobb eller genomgå en tid utan sysselsättning är ingenting ovanligt, och det kan hända av många olika anledningar. Det är absolut ingenting som är lätt att hantera, tvärtom är det ofta en av de största svårigheterna man kan behöva genomgå. Påminn dig själv om din egen handlingskraft. Du är allt annat än en passiv mottagare av ditt liv. Att du alls är här, är i sig självt ett bevis för att du är aktiv i att förändra din tillvaro i en riktning du själv vill.”

Adrian insåg att han tänjde på sanningens gränsers med den sista meningen. Visst var det ett steg i rätt riktning att söka hjälp, men utan patientens egen insikt om att denne själv skulle behöva arbeta för sin förändring, var potentialen till framgång låg.

”Men tänk om jag inte hinner bli bra nog för att få ett jobb innan de börjar jaga mig? Då spelar det ingen roll att jag försöker nu. Kan du inte hjälpa mig att fixa ett jobb nu, vilket som helst, så kan vi fortsätta göra mig bättre sen?”

Desperationen i Johans ansikte såg ut att vara nära att brisera. Adrian väntade sig nästan att en kaskad av stressinducerad svett skulle skölja över patienten. Han ville lugna den han hade framför sig. Det var svårt att göra några framsteg med ett högt adrenalinpåslag skyndande i det känslomässiga underlaget. Samtidigt skulle det vara fel att erbjuda några falska löften bara för att desarmera situationen.

”Syftet med den här behandlingsformen, och vårat samarbete, är att hjälpa dig att träna in nya tankemönster som du ska kunna använda för att förändra dina invanda beteenden. Det handlar om att du förändrar ditt förhållningssätt till det svåra som livet kommer med, inte att jag ska hjälpa dig med att kringgå problemen. Förändringen är en process som kommer att ta tid och du måste låta det ta den tid som krävs. Dina nya rädslor är bara känslor, känslor som du kommer att fortsätta att känna och uppleva. De är inte farliga, utan är bara dina reaktioner mot det du känner att du inte kan kontrollera. När du accepterar att känslorna finns där kommer du att få större möjlighet att påverka det som nu känns utom kontroll. Jag kommer inte att hjälpa dig skaffa ett jobb, det kommer du att hjälpa dig själv med."

Vanligen ville Adrian inte vara så förklarande inför sina patienter. Behandlingen var tänkt att vara mer organisk och diskutera fram insikter om verkliga situationer, men ibland tvingades han till den andra framställningen bara för att bromsa när processen tog oanade vägar framåt. Den här gången visade sig tillrättavisandet vara den rätta taktiken. Adrians ord fick Johan att luta sig bakåt i fåtöljen igen, nästan uppgiven av att inte ha fått den respons han hoppats på, men det var också det som Adrian velat uppnå. När den desperata jakten efter genvägar och färdiga lösningar upphört kunde de till slut låta progressiviteten ta över mötets karaktär. De visade sig att Johans rädslor inte ens var baserade på hans egna upplevelser eller insamlade data. Istället var paniken baserad på rykten och spekulationer som varit i omlopp liksom de vanligen var i kampanjtider. Adrian hade själv svårt att se att de arbetslösas livskvalitet skulle öka, oavsett vilka partier eller karikatyrer av politiker som än stod högst i näringskedjan, men att det skulle urarta till totalitära former var knappast sannolikt. Han hade förvisso sina egna farhågor inför prospektet av ett förhårdnande klimat för de redan utsatta, men totalitarism upplevde han som ett koncept förpassat till ungdomens hyperbola dramatisering och ingenting som tog verklig form i den civiliserade världen.

Det oroade Adrian att den här patienten inte var ensam i sin syn på en kommande utveckling, som var allt annat än sansad i sin framtoning. Johan var just den enda som Adrian hade behövt förklara sig fri från jobbcoachande aktiviteter för, men i övrigt var många upplevelser liknande, och Adrian i sin tur upplevde det som att perspektivet var under spridning då det blev mer och mer allmängiltigt bland besökarna. Ett bekymmer som han inte fullt kunde avgöra om det var en konsekvens av att patienternas orostillstånd smittade även honom, eller om det var ett faktiskt skeende som han skulle behöva fundera ut en strategi att vara behjälplig inför.

Efter sessionens slut blev han sittande utan handlingskraft bakom skrivbordet, lämnad ensam med tankarna, rådvill inför hans förhållande till dem.

I korridoren utanför passerade Rickard. Även om hans huvud var väl synligt i det transparenta partiet ovan frostningen hade Adrian inte kunnat undgå att identifiera kollegan endast av hans grumliga antydan i det opaka glaset. Ingen annan på våningen var lång nog för att skapa samma skepnad eller besatt samma gängliga kroppsbyggnad.

”Rickard!” ropade han trots att han visste att det skulle vara omöjligt att göra sig hörd genom ljuddämpningen och sprang fram till dörren för att be kollegan komma in.

Adrian hade känt Rickard i fem år vid det här laget, ända sedan han riktat om sin karriär från den akademiska till den praktiserande. De hade funnit varandra redan från den första dagen. Adrian hade svårt att minnas den dåvarande chefens namn, avdelningen hade haft ytterligare tre efter och det var precis så att minnet tillät honom att förnimma den nuvarande: Agneta. Den vars namn hade lämnat hågkomsten hade gjort lite större sak av Adrians anställning än vad han själv tyckte var befogat. Hela personalstyrkan hade samlats i det stora konferensrummet enkom för hans introduktion. Medan chefen presenterade meriterna från den karriär som forskare vilken Adrian lämnat bakom sig, stod Adrian obekvämt vid sidan om presentatören och skämdes över att hyllas som vore han en akademikernas rockstjärna när upplevelsen snarare varit den motsatta. Den avhandling han producerat för att erhålla sin doktorand hade han förvisso disputerat med stolthet, men mottagandet utanför det egna lärosätet hade varit svalt, och den efterföljande forskarkarriären hade inte varat mer än två år, och utan några revolutionerande publiceringar.

Hans egen syn på vad chefen hade kallat en framgångsrik karriär verkade delas av åhörarna som då var hans nya kollegor. Några himlade med ögonen mot överdrifterna, medan de flesta bara verkade ointresserade. Den enda som efteråt kom fram för att presentera sig eller alls visa något intresse var Rickard. Han var också den som omedelbart stack ut ur mängden med ett uppenbart akademiskt utseende och en uppsyn som tydligt berättade om en individ med ett vidare intresse för det han var verksam inom. De andra verkade snarast befinna sig där med främsta anledningen i den månatliga utbetalningen. Det var troligen i den uppenbara likheten mellan de blivande vännerna som Adrian tillät sig att hänge sig till det sociala där i det första mötet. Rickard bar då, precis som det sedan i fem års tid skulle visa sig vara det dagliga, en fluga i kragen på den rutiga skjortan, den dagen en mörk sådan med en intensivt orange färg i paisleymönstret. Även om Adrian inte var mycket för flugor, fanns det ett definitivt släktskap mellan dem och hans egen samling kavajer i manchester och tweed.

”Din studie var mycket viktig. Du lyckades identifiera de verkliga konsekvenserna av forcerad normativitet och bevisa de hämmande effekterna utan att falla in i den subjektiva sfären av åsiktsbildning och endast producera ytterligare en debattbok.”

Adrian hade förvånats av självsäkerheten med vilken Rickard direkt klivit in i ett relevant samtal utan de förstadier som tvunget brukade inleda möten med nya bekantskaper.

”Det var väl just därför den aldrig nådde allmänhetens medvetande: den hade inget sensationsvärde.”

”Precis som det borde te sig. Gränserna mellan konsumtionsproducerad så kallad forskning, och den driven av de sant kunskapstörstande är ofta allt för suddig. Om fler vågade avstå säljvärdet skulle vi snart förstå oss på mänskligheten.”

”Jag kan inte annat än instämma. Tyvärr är sanningen närmare den att konsumtionsaspekten inte ens är riktad med vetenskapen som produkt. Den har snarast kommit att bli ett verktyg för att sälja andra produkter och kanske konvertera hela idéer. En av de främsta orsakerna till mitt uppbrott med det teoretiska var den att det inte var ekonomiskt görbart att bedriva allvarlig forskning, om man inte också var villig att själv bli försäljare och spendera större parten av arbetstiden till att formulera säljbara argument av kunskapssökandet som borde varit argument nog. För att inte tala om kapitalismens intrång på själva verksamheten i sig, där effektivitet och positiva resultat ska tvingas fram oavsett hur långt bortom sanningen det önskade resultatet är.”

”Jag har bara haft mina aningar att det är så då jag nöjde med diplomet i hand,” hade Rickard svarat med en förfärad min. ”Det låter precis som mina värsta farhågor: Girigheten i första rummet.”

”Verkligen,” instämde Adrian, tillfreds med att ha funnit en like.

Trots att det uppenbart fanns en sunt rådande cynism jämte den långes hela tankeprocess, hade han redan från deras första möte visat prov på en förmåga att välja konstruktiva förhållningssätt. Omedelbart efter de hade samstämt deras syn på ett rådande klimat i förfall, hade

Rickard bryggat en övergång till potentialen med den terapeutiska verksamheten och det långt närmare förhållandet till framstegen som fanns att hämta i relationen mellan metodik och en patient att skräddarsy den mot.

Ännu fem år in i deras vänskap hade de aldrig yttrat ett ord om deras privatliv. Det starka utbytet i världsåskådning, politik och yrkesmässig kunskapsöverföring hade alltid uppfyllt funktionen av samhörighet och känsla av kontinuerlig utveckling. Det hade blivit en vänskap betydande något långt mer än vetskapen om hushålleliga preferenser, och ömsesidigheten dem emellan eliminerade behovet av att alls tänka på förändring av deras gemensamma tillstånd.

”Du gör rätt i att oroa dig.”

Rickard hade lyssnat till Adrians framläggning utan att mer än nicka medhållande till dess att han hört en avslutande punkt.

”Mitt råd är att aldrig underskatta de extrema åsikternas potential, både till att fånga medhåll i sitt förvridna nät och att orsaka reella och befogade bekymmer för de som hamnar på den utsatta, mottagande änden. Min egen oro är också groende.”

Inget i hans ansikte visade tecken på någon oro eller rädsla men Adrian hade lärt sig lita på kollegan och vännens sannfärdighet vilken sällan gjorde försök, varken till förmildring eller överdrift.

”En tröst, om än en småskalig sådan, kanske går att finna i att den befolkning vi tillhör, för första gången på många år nu har börjat engagera sina medvetanden i politiken. Måhända är deras engagemang ytterst vilse till karaktären men en långtgående absurditet har åtminstone avtagit i sin utbredda hjärntvätt. Tänk bara vilka karikatyrer till ledande krafter vi haft styrande. Inget har på länge behandlat någon form av samhällsfrågor eller politiska system, endast individuell tillfredsställelse. Både för den som vunnit det ack så populära podiet men likväl också allt vilket diskuterats i det offentliga rummet har uteslutande handlat om kommersiell förnöjelse. Minns bara den där plastiska femtioåringen, vad var det han hette?"

Rickard tittade upp någonstans i hörnet mellan taket och den bakre väggen medan han letade efter namnet.

"Se vilket intryck han gjort i historieskrivningen. Nåväl, han vars största insats för landets goda var att införa statligt finansierade träningsanläggningar och spa-institut."

"Christer någonting," flikade Adrian in, utan att heller kunna förnimma den solbrände, vältränade mannens namn. Han mindes honom bara för hans oförmåga att släppa taget om ungdomens banala vaniteter trots att han väl passerat medelålder.

"Just han. I jämförande med sådan menlöshet är till och med totalitarism en riktning att föredra bara i det faktum att diskursen cirkulerar faktiska samhällsfunktioner. Politiken är till sin natur en reflektion av den nutida tillvaron. I den klassiska offerdiskursen är människan alltid underkastad makterna, men i själva verket är det vi, befolkningen, som avgör maktens inriktning. Det är våra egna farhågor som ger upphov till den till synes inhumana inriktningen. Många gånger har det varit rädslan för det okända som tagit sig uttryck i främlingsfientlighet och andra, nu allmängiltiga hemskheter. Idag är det saknaden av framdrift och rädslan för stagnation som strävar efter produktivitetens trygghet. Ovilja till traditionell arbetsmoral har ersatt etnicitetens roll som syndabock och här står vi med vår aktuella reflektion."

"Jag kan inte direkt påstå att jag ser något positivt i att fientliga makter finner sin väg in i de högsta rummen men jag förstår vad du menar. Någon sorts kollektiv dvala verkar vara i upplösning. Det hjälper dock föga mina patienter, de begär upplåsta dörrar vilka jag inte har nycklar till att uppfylla deras önskan med."

"Det är alltid svårt att avgöra gränsdragningen för vår roll när en tudelning uppstår mellan våra metoders riktlinjer och vad som verkar vara patientens största behov. Där faller vetenskapen otillräcklig och vi lämnas till vår egen magkänslas bedömning." Rickard tittade upp mot klockan på väggen. "Jag måste tyvärr avvika från detta intressanta samtal, min nästa patient väntar. Men du har ett gott huvud, lita till det."

"Självklart. Tack"

Adrian återvända till bryderierna bakom skrivbordet med stärkt förtroende men fortfarande utan lösning.

Efter en tids begrundan på egen kammarare angående den tendens han tyckt sig iaktta beslutade Adrian till slut, fortfarande inte övertygad trots Rickards uppmaningar om självförtroende, att skriva upp en diskussionspunkt på agendan inför avdelningsmötet de hade en gång i veckan. Där möttes hela avdelningen för att stämma av läget på våningsplanet; alla terapeuter, de var sju stycken allt som allt, var och en med olika inriktningar och patientgrupper, samt avdelningschefen och administratörerna. Den enda exkluderade från mötet var egentligen receptionisten som alltid skulle hålla ställningarna vid entrén.

Det egentliga syftet med mötet var att det skulle främja utvecklingen av behandlingsmodeller och annat primärt arbetsrelaterat, men genom åren hade mötet förpassats till någon sorts meningslöshet där de viktigaste punkterna som kom att avhandlas var det bristfälliga kaffet i automaten eller något lika arbiträrt. Att lyfta den problematik han trodde sig ha bevittnat under den senaste perioden tänkte Adrian kunde vara en nystart för ett nödvändiggörande av den mötesform som gått förlorad.

”Jag har de gångna månaderna bevittnat en förändring hos många av mina patienter där en kollektiv rädsla har vuxit fram,” började Adrian när kollegornas småprat väl avtagit och tillät honom att ta till orda. ”Själv är jag inte så insatt i de politiska kampanjerna, men vad jag förstår presenteras att det ska tas hårdare tag för att motverka arbetslöshet och långtidssjukskrivning. Det i sig är väl ingenting nytt, så har det alltid varit, men patienterna verkar ta det med en ny sorts monumental oro som har kommit att förhindra möjligheterna för dem att ta till sig av behandlingen som jag försöker hjälpa dem med. Är det här något som någon av er andra också har bevittnat, eller är det min tolkning som är den dramatiska?”

Han mötte kollegornas engagerade blickar när han presenterade sitt problem. Det såg ut att finnas medhåll i några milda nickningar varför han blev förvånad när Milton, en av kollegorna som hanterade liknande patientgrupper som Adrian, tog till orda och började ett svar som tog vid en helt annan del av Adrians beskrivning än den han sökt svar på.

”Det är bra att de stramar åt utrymmet för myglarna att utnyttja välfärden. En spark i bakdelen för alla som bara behöver ta tag i sig själva och skrida till verket.”

Adrians förvåning var inte endast över att hans frågeställning inte togs i beaktning, än mer perplex blev han vid mötet med den ovilja inför patienternas bästa som fanns illa dold bakom orden hos kollegan. Han såg sig om i rummet för att försöka läsa de andras reaktioner och fastnade med blicken på Linda, administratören som satt på en stol i hörnet mellan den bortre väggen och glasväggen mot korridoren. Hennes käkar krampade sammanbitet och ögonen brann av en intensiv ilska, det var ovanligt att se henne utöva sådan återhållsamhet, normalt tog hon högljutt till orda för allt som påkallade hennes känsloliv.

”Jag har svårt att hålla med din ståndpunkt,” sa Adrian med all självbehärskning han kunde uppbåda. ”En sådan stressfaktor tror jag endast står i vägen för mottagligheten. Patienten fokuserar på de externa ting som i slutändan kommer behöva hanteras istället för att i rimlig takt lära sig de verktyg som hon eller han kommer att behöva för att sedan, efter att lärdomarna kommit, hantera det externa.”

Några av kollegorna valde att inte fortsätta ta del av diskussionen som påbörjats och övergick istället till att studera deras fingrars rörelse när de bearbetade ambivalensen inför den obekväma diskussionen som de med all tydlighet inte ville inkluderas i. Rickard befann sig någonstans i gränslandet. Han satt tyst utan att medverka i samtalet men följde engagerat med i det som sas med en förväntansfull blick, som att han nyfiket väntade sig att få se om Adrian skulle lyckas övertala ignoransen. De ögon som fortfarande var riktade åt Adrians håll visade ett uttryck av oförstånd inför hans resonemang och vred sig med förväntan mot Miltons fortsättning.

”Patienternas egocentriska behov kan inte beviljas ett högre värde än det för samhället viktigaste: att politiken äntligen satsar sin kapacitet mot att återsamla de industrier och verksamheter som vi låtit försvinna under våra fötter. De arbetslösa bör visa tacksamhet för att vi för en politik som vill skapa fler arbetstillfällen och låta fler människor bli produktiva samhällsmedlemmar.”

Stolsryggen smällde i väggen bakom när Linda kastade sig ur den och med ljudlösa ord av ilska på sina läppar stegade ut ur rummet. Hade det inte varit för dörrhållarens broms hade hennes utfart orsakat ytterligare en hård smäll när hon försökte slå igen den bakom sig.

Sinnet hade svårt att vänja sig vid den kalldusch som sköljde över Adrian när kollegan, med instämmande stöd från tre av de andra runt bordet, formade den panel som i det starka ljuset som strömmade in genom de frostade rutorna till konferensrummet, skapade en upplevelse av att stå inför rätta eller att vara objekt för ett polisiärt förhör. Ensamheten i hans ståndpunkt gjorde sig smärtsamt påtaglig.

”Är det inte fullkomligt absurt att inte bara Sverige, utan hela världen har spenderat åtskilliga årtionden i globaliserande riktning och försökt skapa ett kosmopolitiskt samhälle präglat av social rörlighet och en predikan om frihandelns världsräddande förmågor. Nu försöker vi istället att forcera åter en inhemsk tillverkningsindustri som vi sedan länge evolverat bortom. Istället för att driva på nästa skede i mänsklighetens utveckling genom att utföra analysen av hur vi kan använda vår kapacitet till samhällsfrämjandet och utveckla nya tjänster, ska vi istället börja sträva bakåt till en era som inte längre finns kvar för oss att ta del av. Den materiella lyx vi ständigt tar för given är en verklighet just för att globaliseringen har haft sin verkan. Tar vi hem industrin i ett försök att återskapa någon sorts nationalstat som troligtvis aldrig har funnits, kommer vi att spika fast locken över våra egna kistor. Om klyftorna mellan olika välstånd i landet inte redan är tillräckliga så skulle detta åtminstone säkra att det kommer bli omöjligt att överleva i de lägre stånden."

Det visade sig omöjligt för Adrian att inte bli raljant. Hans frustration över de ignoranta motparterna tog sådana höjder att han inte kunde behärska sig från att dras med i en diskussion som inte hade någonting med hans ursprungliga frågeställning att göra. Harangen kom att låta närmast som någonting en idealistisk högskolestudent skulle kunna ha uttryckt, men välgenomtänkta argument fick stå till sidan för stunden. Huvudsaken var att ignoransen blev påtalad och om än hans argument varit juvenila i sin natur fick han fram poängen han var ute efter. Trodde han.

"Äsch, den nyindustrialiserade världen har ju klarat sig med sina lägre löner, det är ju så de har konkurrerat ut jobben från oss. Det måste ju vara möjligt att införa samma löneskalor även här så att vi blir konkurrenskraftiga igen."

Adrian blev mållös. Det var en fullkomlig omöjlighet att smälta det absolut ogenomtänkta påståendet. Han gjorde några mumlande försök till att formulera en fortsättning, men allt han fick ur sig var osammanhängande vokaler som var en direkt tolkning av det stillestånd som var rådande i hans tankegångar.

Utan att vänta in det svar som troligen inte skulle anlända gick han med bestämda steg ut ur konferensrummet under tystnad och fortsatte raka vägen ut till toaletterna där han kunde låsa in sig utan att någon annan människa skulle kunna förstärka den chock han befann sig i. Han behövde få grepp om den intensiva ilskan, och den hjärtskärande besvikelsen som övertog hela hans varelse.

Husets baksida bestod av en trädgård definierad av bristande engagemang. Visst var den väl underhållen, det såg den inhyrda trädgårdsskötaren till. Det var endast innehållet och utformningen som var bristfällig. Efter många år av förbiseende hade Adrian och Ellen tagit beslutet om att låta mycket av den mer praktfulla växtligheten grävas bort och ersättas med en gräsmatta utan några extra detaljer. Det skulle bli bättre så. Med all den fokus som riktats mot arbetslivet, för Ellen att konstruera en framgångsrik karriärstege och för Adrian att i enklaste mån göra ett så bra jobb som möjligt och driva sin egen utveckling, fanns det ingen rimlighet i att ha en bestående påminnelse om deras tillkortakommanden i trädgårdsskötseln ständigt gnagande var dag de kom hem. Det som en gång varit en både vacker och trivsam trädgård hade i slutändan endast blivit en symbol för ett misslyckande, och de orkade inte ens underhålla en enkel gräsmatta på egen hand.

Den kreativitetsbefriade trädgården var likväl det

utrymme han spenderade sin första stund efter hemkomsten med att tankspritt strosa runt i. När den initiala chocken av mötets utfall hade lagt sig hade han kommit underfund med att han inte kunde göra någonting från sin plats på det nedfällda toalettlocket på jobbet. För första gången på flera år hade han bett Linda att ställa in de två inbokade möten han hade kvar för dagen och gått hem tidigt. Han hade struntat i att informera chefen om det hela. Adrian var för upprörd över att chefen hade varit en av de som sänkt blicken och inte tagit ställning i det föraktfulla som skett i konferensrummet. Det var en person mot vem Adrian inte längre kunde uppbåda något förtroende. Oavsett vilken politisk ställning hon själv förespråkade hade hon låtit Milton öppet förneka patienternas rätt till värdig livsföring.

Han vandrade längs häcken tills den öppnade sig mot åkerlandskapet som med sin vidsträckta frihet ljög om livets möjligheter. Vilket sinnestillstånd förestod en person, vars hela yrke gick ut på att hjälpa de utsatta och de som förlorat fattningen, när denne föraktade just de personer han skulle stå till tjänst för?

Från att ha försökt komma underfund med kollegornas interna logiska system stod han plötsligt förundrad över hur välunderhållen trädgården visade sig framför honom. Gräset var klippt utan att lämna några indikationer på att en maskin rullat över dess yta. Häcken var trimmad med vad som framstod som millimeterprecision, och ändå hade han aldrig skådat någon människa som faktiskt utförde underhållet. Det slog honom att han inte ens visste vem deras trädgårdsskötare var. Det enda han visste var företagets namn vilket stod titulerat på den månatliga transaktionen som tydligen betalade för ett perfekt utfört, och osynligt genomfört arbete.

Egentligen var väl förklaringen enkel: om man spenderade majoriteten av sin vakna tid på arbetet var det svårt att stå vittne till det som under samma tid utfördes på hemmaplan. Det kändes bara osannolikt att han inte vid ett enda tillfälle skulle ha råkat se skymten av någon företagsbil på väg till eller från huset, eller stött på någon som packade in en häcksax i lastutrymmet vid slutet av en arbetsdag. Undrar om Ellen vet vem som utför arbetet? Tänkte han men avfärdade sannolikheten för det; hon arbetade än mer än honom själv.

Lika lite som de hade koll på trädgården och lika lite som de utnyttjade hemmets alla interiöra utrymmen, lika lite levde de i en relation till varandra. Någonstans längs vägen, någon gång i tiden, tog arbetslivet över som det huvudsakliga livet hade att erbjuda. När han klev in i det ödsliga huset igen överväldigades han av en saknad, både till henne och över ett liv som verkade ha tagit verkligheten i anspråk. Huset kändes som en påminnelse av deras relations innehållslöshet. Träffades de över huvud taget var det i förbifarten, när en av dem var på väg till jobb eller vid den enas hemkomst med siktet omedelbart mot dusch och sömn. I det nuvarande tillståndet var det kanske bäst. De hade ändå aldrig något de villa säga varandra, åtminstone verkade det aldrig som det.

Denna eftermiddag var ett undantag. Traumat som höll fast i hans närvaro efter mötet med föraktet var överväldigande och han önskade att Ellen fanns där för honom att prata med. Att resonera sig tillbaks till stabilitet med. Ett återbekantande med den som en gång var hans bästa vän. Hon som stått honom närmare än någon annan någonsin gjort och varit den stöttande kraften genom den period då ungdomen skulle konverteras till vuxenskap och möta alla de hinder och motstånd den övergången onekligen är sammanbunden med.

Det var kanske just det som var den bakomliggande orsaken till deras nuvarande åtskildhet. De hade genomlevt en så stor del av varandras personlighetsutveckling att ingen av dem längre ens var nära samma personer som de först förälskat sig i. Förändring var tingens naturliga och oundvikliga ordning, men kanske var två personers helomvandling, sammanslaget en något för omvälvande kraft för att bibehålla bandet dem emellan.

Tankarna rusade åt alla håll dess impulser tog dem, och Adrian tvingades slutligen sätta ett stopp för den frihet han tillät verksamheten. Han satt på en av de höga stolarna intill köksön och tittade sig omkring i det hem som kommit att befrias helt från inbjudande värme. Precis som deras trädgård hade de konverterat hela interiören till något som i första hand var lättskött. Det var sparsamt möblerat och eftersom ingen av dem spenderade någon egentlig tid inom hemmets väggar fanns där inga tecken på varken intressen eller passioner. Det var generiska motiv på massproducerade tavlor och konstgjord växtlighet; den lilla uppsättning prydnader som trots allt fanns till beskådan.

Han var inte villig att acceptera den tanke som sa att det inte fanns någon återvändo eller väg till en ny framtid innehållande den närvaro och det välmående han eftersökte. Det var ingens fel att det blivit som det blivit, tänkte han. Det var helt enkelt resultatet av två personer som båda bara riktat fokus på annat håll. Ingen ovilja eller missgärning, endast försummelse, och det skulle inte behöva vara så svårt att påbörja en förändring. Det första steget stod rakt framför honom. Adrian beslutade sig med omedelbar verkan för att han skulle vänta in hennes hemkomst med middag och vin. Han skulle se till att de umgicks och inte bara föll in i varsin sömn. Svårare än så behövde det inte vara.

Medan han inväntade hennes hemkomst gick han på en stilla promenad genom huset som varit symbol för deras vilja till ett gemensamt liv, och en förändring som kommit att bli tvungen att tas vid. Insikten om behovet hade haft sin början en sommar många år tidigare, inte ens två år in i hans dåvarande karriär som forskare. Han mindes inte längre tiderna med någon säkerhet. Han såg bara framför sig den fulltecknade almanackan på kylskåpsdörren i en ståtlig lägenhet på Kungsholmen vart de flyttat sedan Ellens karriär tagit ordentlig fart och pengar slutat vara ett bekymmer att ta hänsyn till.

Tiden för nedvarvning hade varit annalkande; åtminstone nära nog för att börja processen av att hitta lämpliga pauspunkter i de pågående arbetsuppgifterna han hade inom sitt projekt. Vad kalendern hade för åsikt gav dock ingen undsättning till den stress han upplevde inför att sätta allt pågående på is för att resa ut på den semester Ellen och han beslutat sig för att boka. När de under den tidiga våren samma år planerande resan hade sommaren ännu känts långt borta och inte alls som något som kunde riskera att begränsas av arbete.

Planen hade varit att flyga ned till kontinenten för att därefter färdas med bil till alla de platser och resmål deras ungdoms romantiserade föreställningar lämnat kvar på att-göra-listan i det senare livet. Inte ens den orosmantel som var social interaktion med okända människor på okända platser, med högtstående språkbarriärer mellan Adrian och hans troliga motparter, hade kunnat stå emot entusiasmen inför infriandet av de av ungdomen skapade förväntningarna på att få skåda det kulturellt signifikanta som stod väntandes i Europas alla hörn. Detta var förstås innan verkligheten gjorde sig påmind med förklaringen att tre veckors avbrott i det pågående var en omöjlig fantasi och inte hade någon chans för överlevnad.

Under åren som studerande hade lärandet alltid bibehållit en nöjsamhet som aldrig kommit att kännas som något betungande. Kunskapstörsten hade varit en egenhändig källa till glädje och alla medel som stått till förfogande för att väta dess strupe hade varit fröjdefulla. När de forskande studierna i huvudstadens värld tagit vid hade en omedelbar skiftning trätt i kraft. Studerandet och den ändlösa strävan efter förståelse hade fortsatt vara tillfredsställande, men det efterföljande arbetets upplevelse hade kommit med ytterligare innehåll.

Intill den stora glädjen att spendera sitt livs dagar i studerande format, hade en extern kravställning på hans prestation trätt in i förnimmelsen. Där han tidigare kunnat förlita sig på sitt eget fulla engagemang som kärnan till framsteg, hade nu diffusa förväntningar introducerats som brus i den ordinarie processen. En press som egentligen inte stod i motsats till hans egen vision om att formulera recept för stordåd, men som naggade på glädjens konturer. Karriären skulle komma att kännas som en trappa som gick i fel riktning. Efter disputationen hade han blivit erbjuden, och tackat ja till en tjänst vid universitetet där han skulle medverka i den forskning som drevs av lärosätet. Men förtjusningen för den verksamhet han bedrev var i pågående avtag vilken fick ytterligare skjuts mot den förestående muren desto mer påtagligt det blev att den fria forskning som hans idealistiska läggning drömt om inte var realitet.

Antagande av ett projekt eller ej var i första rummet en politisk beslutsprocess där det vetenskapliga fick backa långt bak i kön efter kommersiellt anseende och ekonomiska incitament vilka stod först på tur. Det var inte ovanligt att de huvudsakliga summorna av projektbudgetar sponsrades av företag som enligt Adrian inte borde ha haft något i den akademiska världen att göra, men oftare än inte var stiftelser och stipendier inte tillräckliga för att täcka alla kostnader. De pengarna fick snarast finnas kvar som ett sätt att behålla det personliga anseendet i den sanningsdyrkande forskningen, när den vinstbaserade egentligen drog i trådarna.

Men det var mer än de ideologiska överkörningarna som var med och trampade i kanterna av den aktning han haft för det studerande livet. Snarare var det den verklighet som förväntade sig att kunskap var uppnådd och resultat presenterade inom på förhand beslutade tidsramar. Så var skolsystemet uppbyggt redan på de lägre studienivåerna. Där hade han bara alltid kunnat passera acceptabel nivå av förståelse långt tidigare än minimikravet krävde. Nu var han tvungen att tvinga fram sanningar som ännu inte velat uppenbara sig. Ibland krävdes alldeles för lösa antaganden för att komma till den punkt som tidsplanerna krävde och varje gång han skrev en motivering till en slutsats som saknade fullkomlig empirisk täckning krossades ytterligare en del av den kvarvarande aktningen inför hans verksamhet. De uppoffringar han kom att göra för att leva upp till satta tidsfrister tog allt fler aspekter av hans person och det liv han levde i anspråk, för att inte tala om det liv han försökte leva tillsammans med Ellen.

Dagen som markerat brytpunkt stannade han till mitt på trottoaren längs Pilgatan, bara några meter från porten till den kungsholmska lägenheten. Adrians ansikte vred sig i ett plågat uttryck, som om någon fysisk skadeverkan var förestående. Ångesten smärtade över vad han skulle bli tvungen att meddela Ellen så fort han gick upp till andra våningen och manade fram hennes besvikelse. Det handlade inte om att han inte visste vad han skulle säga, det hade han haft klart för sig. Orsakssammanhangen var logiska. Det jobbiga låg i den korta varsel med vilken han skulle avstyra det som var planerat sedan månader, och en sådan brist på framförhållning var helt enkelt oacceptabel i hans egen etiska regelbok.

”Hej hjärtat. Jag har dåliga nyheter som vi måste prata om.”

Det hade inte funnits anledning att försöka bädda in det i någon förmildrande charad.

Hon stod i köket direkt till vänster innanför hallen när han klev in och omedelbart gav henne varningen. Hon svarade inte då hon hade tagit en alldeles för stor klunk vatten som hon inte klarade att svälja i ett svep.

”Vi måste ställa in semestern. Eller, jag kan åtminstone inte följa med. Efter den tänkta semestern måste hela mitt material vara, inte bara transkriberat utan också kategoriserat och strukturerat så att vi kan påbörja analysen av datan. Det var snävt redan från början men nu när alla intervjuer som jag hade planerat är klara, har jag insett att jag behöver komplettera med ytterligare några. Jag har inte fått svar på det jag tror att jag behöver."

Ellens ögonbryn sänktes från dess höjda läge med rynkorna högt upp i pannan, till ett uttryck där rynkorna drog sig samman mellan de två ögonen som stängdes en aning och mörknade.

Han kunde fortfarande se det lika tydligt som det hade varit den dagen. Uttrycket förklarade utan tvekan henne som motpol i argumentet; inget konstigt i sig, hon var inte en person som någonsin erbjöd tafatta intryck.

"Det måste ju finnas någon annan lösning på situationen än den att du arbetar in den ledighet som du enligt lag har rätt till och som du… vi, har planerat med god framförhållning. Visst, ni är ju enstöringar till naturen, ni som bestämt er för att ger en in i forskningens värld, men ni är väl likväl ett arbetslag som bör kunna hjälpa varandra för att lösa sådan här överbelastning? Och vad menar du förresten med att *du* åtminstone inte kan följa med? Jag är ju inte en artonåring som ska ut på tågluff och lika gärna kan åka själv och träffa spännande människor ute bland vandrarhemmen."

Adrian hade fortfarande, efter alla år de redan spenderat tillsammans inte tappat förmågan att fascineras över hennes kapacitet att uttrycka en övertygande intensitet och självklarhet över något som egentligen gjort henne rent förbannad. Hon gjorde det med en kylighet som sa att hon hade full kontroll över sitt känsloliv och en målmedvetenhet i det hon ville förmedla; en beundrande egenskap som

Adrian alltid önskat att han besatt. Han själv var tvärtom fullt styrd av sina känslolägen och kunde inte formulera konkretion i stunder av överväldigande.

”Nej, jag är givetvis medveten om det. Det var bara ett famlande försök till att minska skadeverkan. När det gäller kollegorna: det finns ingen att ta hjälp av. Vi jobbar alla med att försöka täcka våra respektive områden och alla är lika fullbelagda. Jag kan helt enkelt inte låta studien försenas, det finns inga pengar till det.”

”Det kanske är dags att fundera på om det verkligen är värt det, ditt karriärsval.”

Adrian suckade tungt som om lungorna behövde tömmas på den luft som legat stilla fram tills det uppgivna samförståndet oväntat gett sig till känna.

”Kanske.”

”Vi behöver tillsammans göra något annorlunda av den här tillvaron,” hade Ellen fortsatt efter hans korta uppgivelse. Hon hade en högre kapacitet till att särskilja arbetet från privatlivet men utan honom som medpart var det inte till särskilt stor hjälp.

Samtalet hade tystnat någon gång efter det. De hade tillsammans gått ut på balkongen och blickat ut över de folktomma gatorna där tystnaden förstärkts av en tung kvällssol som värmt kvarterets färgton. Ett stadens lugn som sällan infann sig och som då stod som en bekräftelse för att det inte var i den centrala intensiteten de hade sin hemvist att hämta. Med landstingshusets trädgård som utsikt hade idén om ett liv på landet, utanför stadens bidrag till hets, fått sin uppkomst och manat fram ett beslut om att de behövde flytta kort därefter.

Innan ytterligare en vår gjort sitt inträde i den svenska huvudstaden hade Adrian färdigställt det som var hans del av studien och som tvingat honom att tänka om. Så fort han skrivit färdigt den rapport som var ålagd honom, lämnade han över den till kollegornas fria händer att förvalta på vilket sätt de fann lämpligast. Huruvida publikation skulle bli ett faktum eller ej hade inte bekommit honom längre. Han hade bara velat se till att han fullföljde det ansvar han åtagit sig och att det han levererade var det bästa det kunde vara.

För Adrian var vägen ut ur staden en del i att kliva undan det konventionella och söka det stillsamma. För Ellens del var hus på landet en idyll som låg i rät linje längs hennes planerade karriärs- och livsutveckling. Oavsett deras olika avsikter med förflyttningen och att de flyttade in i olika faser var de båda trygga och utan tvivel när tiden var kommen för kontraktsskrivning för huset de funnit i utkanten av Stockholm Sydväst, det distrikt som då var nyskapat och en del i den slutliga centraliseringen av småorterna.

Huset de flyttade till var beläget uppe på en kulle, med målad träfasad i antracitgrå som fick det att smälta in i den bergiga kulissen. Knutar och karmar målade i vitt och på övervåningen, i husets mitt, fanns ett väl tilltaget burspråk med långsmala, spröjsade fönster som skänkte utsikt förbi den enfiliga bilvägen och vidare över ett åkerlandskap med vidsträckta vyer bortom. Några enstaka hus bröt enskildheten, men inget nära nog för att betraktas som grannar. En plats som var en paradox av att befinna sig på landet samtidigt som samhörigheten med huvudstaden fanns fastbunden till läget. Det var platsen och lugnet utanför livets måsten vart de skulle finna utrymmet för varandra. De hade då varit övertygande om att det skulle var tillräckligt.

Tillbaks i nutiden hörde han hennes entré genom ytterdörren men valde att inte kliva ut i hallen för att hälsa henne välkommen hem. Vinet stod upphällt i varsitt glas på köksön och matens dofter osade genom hela nedervåningen. Han ville se överraskningen ta form i hennes kroppsspråk från rummet med dörr ut mot köket, och med lite tur även hennes ansikte innan han gav sig till känna och steg ut ur det gömställe han klivit in i så fort han hörde gruset knastra under bildäcken när hon körde in på gården.

Med lättnad såg Adrian att hon visade uppskattning över gesten. Som en spänning som släppte när hon sänkte sina axlar, och när han gjorde sig hörd vände hon sig mot honom med ett leende som sträckte sig över hela hennes ansikte, vackert inramat av den blonda luggen som var klippt kort över ögonen med längd på sidan om. Ett porträtt av hennes ansikte medan resten av håret var uppsatt i en bulle högst upp i nacken. Han förvånades av hur vacker hon var, klädd i en svart knälång kjol och kavaj över en vit skjorta med de översta knapparna uppknäppta. Hon såg ut som en mogen version av hennes unga jag, men ännu snyggare, som att hon vuxit in i den rätta bilden av sig själv. Adrian kunde inte förstå hur han hade kunnat förtränga hennes otroliga utstrålning.

”Vad är allt det här?” frågade Ellen och nickade mot de framdukade tallrikarna med tillhörande tända ljus och uppkorkad vinflaska intill de redan upphällda rödvinsglasen.

Middagen i sig var ingenting avancerat, en pastarätt med krämig ädelost och valnötter, han hade haft gott om tid på sig att åka iväg och handla ingredienserna. De hade sällan annat än frukostvaror i hemmet och båda åt oftast sina middagar i anslutning till arbetsdagens slut, eller under den pågående arbetsdagen om det blev alltför sent. En enkel pastarätt var således en lyx i sig självt endast genom dess egenskap som hemlagad.

”Jag har bara saknat dig och ville ge oss en chans att umgås.”

Han hade inte velat röja överraskningen genom att fråga när hon skulle vara hemma, då hade hon fattat misstanke. Om det inte fanns någon särskild anledning till det hördes de aldrig av medan någon eller båda av dem jobbade. Istället hade han väntat tills hon övergick från *upptagen* till *offline* och gissade att hon stängde av datorn och begav sig hemåt.

”Tack, det ser jättegott ut. Jag kommer inte ihåg när jag senast drack ett glas vin.”

De slog sig ner för att äta, och även om det var lite ansträngd stämning till en början, lossnade det efter en stund och samtalen kom in i en lite mer organisk rytm, som om de började känna varandra igen. Det var dock endast en kortvarig illusion av ett förhållande på väg åter mot välstånd.

Efter att Ellen berättat om tillvaron på jobbet och livets status i stort, hon tyckte bland annat att den avskalade atmosfären hemma var en del av ett lugn hon ansåg nödvändigt att ha i hemmet, kom de in på den dramatiska revelationen som gjort sig till känna under Adrians arbetsdag och kort efter att han beskrivit händelsen och förklarat hur hjärtskärande han upplevt kollegornas motstånd cementerades den klyfta som genom åren vuxit fram mellan dem som en gång varit en enhet.

”Du lever väl på allvar inte kvar i den där naiva världsåskådningen som du hade i skolan? Det är individens eget ansvar att ta sig för det som krävs för sitt eget livs utveckling. De som säkrat sin egen väg kan inte på något vis finnas skyldiga att offra sitt eget hårda arbete för att lyfta de som vägrar ta makten över sina egna liv.”

Det var hans tro på humanismens helande kraft som mottog slaget från hennes ord och som fick honom att vackla inför hennes fortsättning när det visade sig att hon ännu inte var färdig.

”Den där godtrogna föreställningen om människors inneboende värde och att vänlighet skulle kunna rädda världen är ju bara dumheter som jag trodde att du vuxit ifrån vid det här laget.”

Det knöt sig i bröstet på Adrian och han fick svårt att andas fulla andetag. Det kändes som om revbenen förstelnat och inte längre ville tillåta sig att svikta. Med besvikelsen hängande från hans ansiktsuttryck fick han ur sig orden med en skakig röst som nästan fick honom att tycka synd om sig själv.

”Det var ju den sidan av mig som du brukade tycka om.”

”Ja. Och precis som att jag växt upp och skapat en lite mer verklighetsförankrad åsiktsgrund kanske du skulle göra detsamma, både gällande dina egna värderingar och din världsåskådning.”

Orden var dräpande, inte så mycket i deras kritik av hans person, men genom dess otvetydiga bevis på att deras vänskap var bortom räddning. Deras åsikter hade gått så långt ifrån varandra att det inte längre fanns utrymme för henne att räcka ut en stödjande hand när han efterfrågat det.

”Är inte medmänsklighet just den grundsten som skapar ett välmående, inte bara för de utsatta men som också kan lyfta de som har det bra ställt ytterligare på deras väg, och skapa förutsättningarna för en meningsfull tillvaro?”

Det fanns ingen mottagare kvar på andra sidan frågeställningen.

”Det är ju fullkomligt hopplöst att försöka vara rationell med idealister som du. Ni är så uppslukade av idéer att ni inte kan ta till er av sunda argument och verkligheten som den är. Allt är baserat på utopiska idéer utan en tanke på genomförandets möjligheter eller individens ansvar.”

Hon avslutade kvällen omedelbart därefter för att gå upp och lägga sig, hon *hade viktigare saker* att vila upp sig inför.

Kvar i köket satt Adrian, uppgivet stirrande på de smutsiga tallrikarna och de urdruckna glasen.

Smärtan som hängde kvar i det ekande tomrummet hon lämnat bakom sig försatte Adrian att med sorg fråga sig själv vad det var som hade gått fel. Vad var det som genom åren vänt hela hennes syn på den person han var och de tankar hon brukade uppskatta även om hon alltid försökt utmana honom? Förr hade det känts som en handling för att stödja hans utveckling och var aldrig lika hårt betonat som den fördömelse av hela hans varelse hon nyss uttryckt. Det brukade finnas en balans mellan samtal och utmaning. Ibland hade hon till och med kunnat vara rent uppmuntrande.

Kontrasten tog form i jämförelsen med ett förvisso banalt samtal från en svunnen tid, men likväl ett som förklarade för honom att förändringen som skett främst kom från hennes håll.

De bodde då fortfarande i Luleå där de båda studerat och vart de från första början hade träffats. De hade nyss examinerat men ännu inte hunnit flytta söderut igen.

Troligtvis den sista sommaren innan någonting började förändras.

”Har du tänkt på dessa fascinerande kontraster någon gång?”

Adrian hade ställt frågan samtidigt som han tittat åt ett håll vart Ellen inte kunde se vad det var han syftade på. Troligtvis hade det inte gått att tolka även om de tittat på precis samma objekt. Frågan var snarast ställd just för att han skulle få en följdfråga och tillåtas berätta det hans reflektion ville uttrycka.

”Innan du berättar vilka kontraster det är du har i åtanke kan jag nog inte ge dig något svar min kära. Berätta, vad är det du skådar?”

Ellen visste precis hur han önskade få sin utläggning upplagd och hur mycket han njöt av att tilldelas utrymmet att filosofera i verbal form. Han var ganska säker på att hon också tyckte om att höra hans tankegångar ta uttryck.

”Självfallet är det min avsikt,” hade han fortsatt med högtravande njutning. Till viss del en skämtsam gest, som en hälsning åt en förgången högtidlighet, men en del av honom önskade genuint att samtal mellan två parter verkligen tog liknande uttryck i anspråk. ”Det jag har i åtanke är den tudelade betydelsen av det område vi just passerat och det vi är på väg att träda in i.”

Han använde hela sina armlängder för att gestikulera, först bakåt mot det bostadsområde av identiska lägenhetsbyggnader följt av en visning framåt mot det gångstråk som ledde genom grönområdet intill vattnet som skilde Porsön från Björkstatan.

”De är varandras hinder, på samma gång som en

obestridlig förutsättning för deras respektive existens. Utan den sammanträngda boendeformen vi kommit att betrakta som normal hade utrymmet inte funnits för dessa ytor av friluftsliv. Men samtidigt hade livskvalitén kunnat stiga om den allmänna ytan fördelades för de som behöver bo."

Hans beskrivning hade lämnat en stunds tystnad efter sig. En kontemplativ väntan som inte skulle göra honom besviken när Ellen, som han hoppats på, inte hade för avsikt att stänga samtalsämnet även om det troligtvis var olika sidor av meningsutbytet som var av intresse för de två. Hon hade troligen funnit intresset i att se njutningen ta uttryck för honom snarare än innebörden av orden.

"Kan det vara så att våran lägenhetsgruppering är ett uttryck för den kollektiva strävan som gått förlorad i det moderna välmåendet?"

Adrian hade älskat hennes sätt att förnöja honom när hon låtit hans tankegångar få en värdig medverkande, även om han också visste att samtalet inte var hennes och att promenaden i sig var två olika. Det representerades tydligt i deras val av klädsel inför den, där han liksom för det mesta var klädd i sin manchesterkavaj och Brogues på fötterna.

Just det paret hade för länge sedan nått sitt öde men än idag bar han liknande modell som vardagssko.

Något som för Ellen var en absurd kombination till den fysiska aktivitet de var i färd med och hon hade också låtit honom höra hennes åsikt när de stått i hallen innan avgång. För honom var promenader en tidpunkt för reflektion. Snarare fyllde verksamheten funktionen av att motionera tankarna utan att förankra dem i böcker eller andra fokuserade ting. Ute i luften var tankarna fria att ta den riktning de ville.

Ellens promenader var lika absurda för honom som

hans var för henne. Hon var klädd i färgsprakande träningsklädsel med tights och linnen i spandexliknande material och skor som var ämnade för rask fart. I Adrians värld stod en sådan klädsel i överdrift till aktiviteten. Även om hon givit sig hän till det fysiska i företaget hade full träningsutstyrsel känts som en förvillelse om elitistiskt utövande snarare än den allmänmotion promenaden stod tillgänglig med.

Medan promenaden fört dem längs fjärdens ytterlinje, mot brytpunkten som var Sinksundet, hade en försiktig nostalgi vuxit sig in i Adrians upplevelse av det som i sig inte var något särskilt.

”Hur tror du att du kommer att minnas den här staden i framtiden, när upplevelsen blivit oskarp och endast det som sorterats som minnesvärt finns kvar?”

”Jag vet faktiskt inte,” hade hon svarat efter en kort betänketid. ”Det är nog främst människorna och upplevelsen i sig som kommer att följa med mig. Att ha fått erfara några sista år av förenklad livsföring innan det verkliga livet faktiskt tar vid.”

Det var lika fängslande som alltid för Adrian att försöka anamma det perspektiv Ellen hade på livet i kontrast till hans eget. För henne hade livet alltid varit någonting bestämt och konkret som låg inför henne, medan han själv betraktade allt han både ofrivilligt och av egen vilja genomlevde som viktiga beståndsdelar av livet han förde och personen han utvecklade. Dock var det inte riktigt så djupt hans frågeställning tänkt att gå.

”Jag tycker att det är ganska intressant hur man efter nästan fem års tid i en stad endast har hunnit se några bråkdelar av den och gjort en väldigt avgränsad del till representation för hela staden. För mig kommer Luleå på något sätt alltid bara framträda genom universitetsområdet, och de här närområdena runt omkring, vilka man sett under promenader och genom bussfönster. Utöver det är det ju endast innerstadens gator som är det minsta bekant. Resten är på något sätt de inföddas del av staden; en del jag aldrig kommer att kunna internalisera."

"Jag tror att jag förstår vad du menar. Vi har som vår egen lilla värld ute i Studentland. Alla intryck och influenser som kommer från de tusentals invandrade tar liksom upp all ens kapacitet. Jag har förvisso varit ute i stadens olika områden lite mer än dig men som du säger: det är på något sätt de hemmahörandes territorium, inget som vi utbölingar kan ta full del av."

Det var i allra högsta grad sant att Ellen var den som varit ute och rört sig mest, det kom som en naturlig del av att vara den sociala anstiftare hon var. Däremot hade Adrian tillräckliga erfarenheter att genom den inflyttade befolkningen. Studenterna verkade inte bara av sig själva ses som en enklav i staden, det var den uppfattning Adrian förstått att ursprungsbefolkningen också hade. Det gjorde honom ingenting. Hans ändamål med flytten till den norrbottniska metropolen hade aldrig varit en strävan mot att lära sig lokalkultur. Syftet hade alltid varit det akademiska lärandet och på den punkten hade han känt sig stolt över att ha gjort det bästa av den erfarenhet han haft på ett tekniskt inriktat universitet. Som ett sidospår hade utrymmet även funnits för utveckling på det sociala planet, främst tack vare den kvinna han hade intill sig som trots deras fundamentala olikheter kompletterade hans enskilt lagda personlighet alldeles förträffligt.

. . .

Det var länge sedan han upplevt det utbytet de en gång haft. Adrian reste sig från stolen i köket, han klarade inte av att minnas mer. Istället tog han sig an distraktionen att plocka undan den disk som höll upplevelsen vid liv i ett försök att städa hans huvud likväl som bordet och diskbänken. Ett försök utan framgång.

Tillvaron fortlöpte som i en dvala. Hela atmosfären var täckt av ett trögt, svävande dimhölje som fick alla människor att röra sig långsamt, som om de mötte motstånd av den suddiga utsikten. Adrian antog att det egentligen endast var hans perspektiv som blivit förvrängt av insikten om att han stod på enskild front, utan allianser att räkna med, men han kunde inte helt avfärda att det var världen omkring honom som hade förändrats och inte han själv.

Alienationen spred sig vidare än endast till hans betraktelser. Han hade svårt att uppmana något intresse eller engagemang i sin kontakt med patienterna som han fortfarande träffade varje dag. Interaktionen med de kollegor han inte längre fann någon samhörighet med begränsade han så långt det var möjligt. Utanförskapet förde honom genom de frostade glaskorridorerna med raska steg och om någon försökte få kontakt med honom såg han till att sänka blicken och ignorera eventuella uppmaningar om det inte var något konkret arbetsrelaterat som gjordes hört.

All tid som var utan patientkontakt såg han till att hålla upptagen med annat som hjälpte honom att distansera sig från medarbetarna. Han testade att införa en rutin som gick ut på att spendera den ej upptagna tiden med en sorts utforskande självspäkning nere på stadens gator.

Adrian tog det som osannolikt att det var slumpens krafter som var i agerande när både kollegor och Ellen hade vridit sina uppfattningar i likartad riktning. Den enda kanal han trodde skulle kunna ge svar på förändringens natur var den som tog visuell form på stadens gator och han ville få insyn i vad som var förestående. Begreppet politiskt korrekt skulle snabbt visa sig vara ett förlegat koncept, det gick helt enkelt inte att begränsa politikens omfång när man tog del av det pågående kampanjmaterialet. De manér och uppfattningar han stött på i sin egen sociala sfär var att betrakta som milda i förhållande till en del av de koncept som förespråkades i det politiska landskapet. Dock var det fortfarande svårt att utläsa några detaljer angående politikens innehåll genom vistelse på den levande föreställning som troligen bara fanns till för dess distraherande syften. Kandidaterna var fördelade mellan parodier av de livsnjutare de egentligen var; karikatyrer av dåtidens politiker, och de auktoritära ledarprofilerna. Staden var endast ett virrvarr av färger och slagord som varierade från förverkliga-dig-själv-typen till den som föreslog tvångsarbete som åtgärd för ökat missbruk av statligt sponsrad välfärd.

Något enhetligt begrepp om vad som verkligen var deras politik fanns inte att hämta bland reklamprojektionerna och kom snarast bli en form av självdestruktivitet han inte var villig att utöva. Adrian tvingades istället att ändra sin rutin och spenderade den patientbefriade tiden med att, inlåst på sitt kontor försöka läsa sig till politikens dagsläge.

Uppmärksamhetspolitikerna hade alla glömt en viktig detalj i deras respektive manifest: ingen av dessa innehöll någon egentlig politik. Allt som fanns att läsa sig till var alla individers rätt till obegränsad lyx utan ansträngning. Hur samhällsordningen skulle ordna detta fanns det inga förslag för. Oroväckande i sig, men Adrian tänkte samtidigt att det värsta som skulle hända om någon av dessa symboler skulle tilldelas styre var att en regression till följd av det politiska ointresset skulle ta vid. Det skulle vara möjligt för samhället att överleva ett år av den sortens fritt fall. Karikatyrernas motpart framstod däremot som orsak till verklig oro.

Adrian hade sett ledarens karaktär i projektionerna och i filmerna. Den auktoritära figur som såg ut att mena mer allvar än de flesta andra partier hade kapacitet till. Hans ögon var svarta av en intensitet som förstärktes ytterligare av de grova rynkorna vid tinningarna. Det var inte rynkorna av en gammal man, snarare de av en sammanbiten härda som vanligtvis var att förknippa med militärisk erfarenhet. Det fanns något skräckinjagande över hela karaktären med hans kantigt trimmade skägg och hårda uppsyn, klädd i en tvivellöst skräddarsydd svart kostym med svart slips över en mörkgrå skjorta. Det hade lika gärna kunnat vara en befälsuniform från det militära. Han bar upp sin kostym som om den vore en uniform och hela hans uppsyn var den av en diktator i tidsenlig tappning. Det hela förstärktes än mer av att partiet han stod som ledande symbol för benämnde sig som Radikal Ansats vilket, oavsett vilken politik som fördes, gav upphov till oro för den civila medborgaren.

Det hade räckt med att se bilderna på denna Theodor

Augustsson för att komma till insikten som skulle bekräftas ju fler tidningsartiklar Adrian läste om valet som stod i förestående. Radikal Ansats, eller RA som det verkade förkortas, var det främsta av de så kallade reella partierna. Dikotomin som uppvisade en sådan splittring fascinerade samtidigt som den skrämde Adrian. Det var en kamp mellan vad som närmast kunde beskrivas som en dokusåpa från millennieskiftets brytpunkt, med obefintligt politiskt innehåll, och motparten: en benhård nationalromantik, präglad av det klimat som tagit sina första offentliga steg mot tillväxt vid samma tidpunkt i tvåtusentalets början men som utvecklats till att beskriva en skrämmande människosyn där en individs värde endast kunde mätas i dess arbetskapacitet. Det var en långt mäktigare kraft.

Valet verkade vara en kamp mellan distraktionerna och diktatorerna. Det enda som kunde göra situationen än värre, tänkte Adrian, var om det blandades in religiös extremism i det hela, men som en liten svag ljuspunkt i mörkret verkade åtminstone det ha förpassats till ett avslutat kapitel i samhällsordningen. Nu var det bara illusionen om nationalstatens dignitet som dyrkades och disciplinen som hyllades som förutsättningen vilken skulle krävas för att återskapa den.

Adrian tittade ut mot de suddiga silhuetterna bakom det frostade glaset, på den skara ur befolkningen som försökte förverkliga alla patienternas rädslor, och inte bara de, utan alla som hade nedsatt funktion av en eller annan typ hade anledning att uppleva skräck inför dessa känslokalla medmänniskor. Ellen hade haft rätt i att han var naiv, dock inte inför den humanistiska utopin han strävade efter. Tvärt om. Adrian hade underskattat den kommande ondskan och sina patienters uttryck om den. Han fann det fortfarande osannolikt att en politiskt grundad misantropi skulle ta sig segrande ut på andra sidan valet, men att sådant över huvud taget fick så stort utrymme vara oroväckande i sig.

Han hade blivit påmind om att det inte var exklusivt för despoter som Theodor Augustsson eller krigsherrar från en svunnen tid att sträva efter utrensning på absurda kriterier. Det räckte att titta på kollegorna i korridoren. Till och med hemma i det hus som borde vara en oas av trygghet stod det att finna uttryck för liknande fientlighet, personifierat av en livspartner han inte längre vågade interagera med utan gjorde vad han kunde för att undvika.

Den tryckta stämning som rusade fram ur det fördolda hade vägrat göra avkall på sitt grepp om det sociala livet inne på kontoret trots att veckor passerat sedan det möte som initierat förändringen. Förvisso verkade det endast vara Adrians verklighet som blivit påverkad, de övriga såg ut att leva vidare i sina relationer till varandra, opåverkade av den avgrund Adrian upplevde som deras meningsskiljaktighet. Att människor inte delade varandras åsikter var i sig inte den distanserande faktorn. Det var endast en naturlig del av livet, men Adrian ansåg att perspektiven i detta fall hade varit så fundamentalt olika att det inte längre fanns någon återvändo till harmoni.

Rickard, som hade närvarat men beslutat sig för en betraktande medverkan istället för att delta som allierad den där ödesdigra timmen i konferensrummet, hade i efterhand besökt Adrian på kontoret och intygat sitt medhåll. Hur betryggande det än var att höra sin gode vän, en vars åsikter och instinkter han såg upp till, bekräfta att Adrians känslor inte var sprungna ur galenskap, var det endast en partiell tröst. Vilket faktiskt stöd han hade av en vän som valde att yttra sina åsikter som viskningar för omgivningen var inte säkert. Rickard hade en benägenhet att invänta stängda dörrar om ett kontor i den bortre änden av korridoren innan han uttryckte sig högt. Vad han skulle använda en allierad till i praktisk bemärkelse var oklart för Adrian själv, han visste bara att Rickards hemliga sympatier inte bidrog till någon revolution på arbetsplatsen. Samtidigt var kamratens insikter av högsta relevans som inspiration att vilja förändra.

Adrian fick inget grepp om situationen där han inte bara saknade stöd av sin privata livspartner och, med undantag för Rickard, de professionella motsvarigheterna på kontorstid. Även patienternas kollektiva rädslor verkade ha blivit fastnaglade i den rådande verkligheten. Hur mycket han än försökte kunde han inte undgå att känna sig överväldigad av omgivningen och den avsaknad av kontroll han var tvungen att leva med. Skeenden verkade hända vare sig han gav klartecken för dem eller ej och han kunde inte se någon ingång till hur han skulle kunna styra riktningen av dessa. Den enda motivation han hade att tillgå var de tysta uppmaningarna att fortsätta stå på sig, uttryckta av en lång och gänglig, glasögonprydd psykolog. Rickards försynta uppsyn och räddhågsna manér var inte fullt så förtroendeingivande som han själv verkade tro, men det fyllde åtminstone funktionen av tröst för Adrian som tack vare kollegan inte kände sig fullständigt övergiven.

Han kom en dag på sig själv med att sitta med gapande käke, tittande på de ting som utgjorde kontorets innanmäte. Inte en konkret tanke att fäste sin energi vid, endast en känsla av att det fanns en samverkan mellan hans vidhållande av det klassiska arkivskåpet och det avstånd som gjorde uttryck mellan honom och omvärlden.

Han rycktes ur sitt mentala stillestånd då ljudet av klor på fönsterblecket utanför knackade mot plåten. En fågel hade landat utanför fönstret och åter kastat sig ut i det fria innan Adrian ens hunnit vända sig om. Allt som fanns på andra sidan glaset var solen som gav en strålande påminnelse om att våren var i förestående och han såg ingen anledning till att inte köpa med sig sin lunch för att äta vid någon av de urbana naturvyer staden trots allt hade att erbjuda. En chans att få utrymme för sina egna tankar utan de betraktande skuggorna som passerade i den frostbeklädda korridoren utanför hans kontor.

Det räckte att gå ett femtiotal meter nedför gatan från kontorsbyggnaden när man kom ut från entrén på bottenplan för att komma till snabbköpet. Det var vad Adrian fortfarande kallade butiken; en kvarleva från en svunnen tid. Han visste inte ens vad den typen av butik kallades längre. Den sorts butik han hade i åtanke var ett koncept som över huvud taget inte existerade längre. De enda livsmedelsbutiker man fortfarande kunde vandra in i var snarare kiosker än butiker. Storhandling skötte man med beställningar med hemleverans och småinköp beställdes på skärmar i någon sorts vestibuler med butikens lager på andra sidan väggen. De liknande de tamburer vart bankerna placerade sina bankomater en gång i tiden. Det fascinerade Adrian att gamla koncept återanvändes för att främja nya ändamål på det viset.

Snabbköpet var precis som varubeställningsrummen bara förrummet till det stora lagret bakom. I butiksutrymmet fanns endast läskedrycker, snacks och lite enklare sorters färdigpackad mat. Inne i butiken var det fullkomligt ödelagt. Adrian var inte endast ensam som kund, det fanns ej heller något biträde i lokalen. Han tänkte inte mer på det medan han botaniserade bland det mycket begränsade urvalet av ätbara ting som faktiskt hade något näringsinnehåll och inte hade socker som först listade ingrediens. Precis när han plockat upp en plastlåda med en fabriksproducerad Caesarsallad ljöd en dov smäll bakom dörren i det bakre hörnet av butiken, den som hade en skylt med orden *endast personal* tryckt på i en intensiv röd färg, som en varning för obehöriga.

Smällen måste ha varit riktigt kraftig med tanke på hur tydligt den hördes igenom vad Adrian antog var en mycket rejäl säkerhetsdörr. Ljudet hade varit dovt in till Adrian, men med ett sådant tryck att han nästan kunde känna vibrationerna. Han blev stående blick stilla med salladen i handen. Om det var av förvåning eller nyfikenhet inför att höra något ytterligare ljud som skulle förklara ursprunget var han inte säker på, men han blev stående utan en enda rörelse ända tills han hörde vad han trodde var ett skrik på andra sidan dörren.

Han klev fram till dörren och vred försiktigt handtaget för att i tystnad kunna öppna och kika vad som försiggick. Den lät sig inte öppnas. Självklart var den låst. Det hade inte varit mycket till säkerhetsdörr om den inte hade varit det.

Ytterligare ett skrik gjorde sig hört genom dörren. Denna gång av den aggressiva sorten, det förra hade varit mer skräckslaget. Han bankade på dörren men det var fullkomligt stumt, som om inget ljud skulle kunna passera genom fysisk åverkan. Det var konstigt att skriken hördes igenom. Utan att använda något som helst rationellt argument började han röra sig mot butikens utgång, fast besluten om att ta sig runt byggnaden för att se om han kunde ta sig till lagret via den lastkaj han antog skulle finnas på baksidan.

Varken den gröna lampan eller det välbekanta ljudet av bekräftelse vid ett köp som registrerats gav sig till känna när han passerade utcheckningen. Han hade redan tagit det första steget ut på gatan genom skjutdörrarna när han plötsligt bromsade sin egen framfart. Det banala i att säkra betalning av salladen mitt i en pågående undsättning slog honom, men någon sorts rättspatos backade steget in i butiken igen. Kanske hade han varit för snabb i sin passage för kameran att hinna registrera köpet, men det verkade osannolikt att en eventuell snattare kunde bedra systemet om allt som krävdes var snabba fötter.

Precis när han roterade foten över klacken såg han det fördröjda skenet av godkännande och återupptog sin utrymning mot baksidan vart han fann att dörren intill skjutgrinden i stängslet stod lätt på glänt.

När Adrian drog upp den var det ett tungt motstånd som förklarade att dörren lämnats på glänt av vilja. Hade dörren bara låtits stänga sig själv hade den utan tvekan gått i lås. Han smög längs lastgårdens ena sida, hela tiden med blicken fokuserad på det svarta hål som var öppningen in i lagret, sett genom lastkajen. Lastgården var inte större än att två eller möjligtvis tre lastbilar skulle få plats att ratta runt där samtidigt, men den kändes stor som en fotbollsplan när han med rusande puls tog sig fram längs dess ytterkant, försiktigt undvikande alla möjligheter att ge ifrån sig något ljud som skulle röja hans diskreta framfart. När han närmade sig kajen hörde han bråkande röster och han smög sig närmare från lastkajens flank tills han kunde se in i det som tidigare endast varit svart. Lastkajen var hög nog för att enkelt låta hans huvud precis sticka upp över kanten, och han såg till slut den troliga källan till det första skriket han hört från butiken, likväl som det andra.

På en rad, mitt på det kala betonggolvet stod fem personer på knä. Av deras klädsel att döma var det fyra lagerarbetare och det saknade butiksbiträdet. Biträdet var närmast lastkajen och Adrian kunde se en stor mörk fläck i ansiktet på denne. Han antog att det var blod, och att det var frammanandet av blodet som hade varit orsaken till det första skriket.

När Adrian såg vad som stod bakom radens ryggar förvånades och förfärades han av att det inte var det första han hade lagt märkte till. Där stod en person upprätt med en arm utsträckt mot de knästående. Och han använde en pistol för att motverka ett rymningsförsök.

Adrian hade svårt att ta in det han såg. Att identifiera objektet som ett vapen var något så främmande att han inte kunde acceptera det hans ögon sa åt honom fanns där. Det var inte bara absurt som begrepp, scenen som utspelade sig bara ett tjugotal meter framför honom var på grund av det bländande ljuset utifrån, framställt i en overkligt grafisk skuggbild av ett våldsdåd i det pågående. En upptrappning till en avrättning som inte kunde vara verklighet.

Ett civilkurage han inte ens visste att han hade ambitionen för började att rycka i hans impulser men han var bromsad av synen av vapnet i förövarens hand. Adrian visste inte vad han skulle ta sig till även om han lyckades uppbåda mod att hantera ögonblicket. Dessutom visste han inte riktigt vad han hade att göra med. De bråkande rösterna han hade hört hade inte varit riktade mot de knästående offren utan hade definitivt varit del av en stressinducerad konflikt som pågick under ett samarbete.

Adrian hade ingen aning om hur många förövare det var med i spelet och än mindre hur han, om han mot förmodan skulle lyckas förflytta sig igen, skulle gå till väga för att avväpna dem. Med emotionerna som måttstock var han dock tvungen att agera. De intellektuella verktygen stod däremot för de rationella argumenten som berättade för honom vilken dålig idé det skulle vara att utan att själv vara beväpnad försöka avväpna en annan människa.

Utan att han själv lyckats skrida till handling, vare sig för hjältedåd eller flykt, togs beslutet utan hans samtycke när två personer med aggressiv uppsyn rusade fram mot honom, ut ur lagrets mörka hål och hoppade ner från kajen till asfalten nedanför, där Adrian stod väntandes.

”Vem fan är du?” röt den ena åt Adrian.

”Öhm…” var det enda svar som kom ur hans mun. Han insåg själv att frågan inte var ställd med önskan efter svar utan snarare för att etablera en maktordning där den som hade rätt att ställa frågan var den som satt i beslutsposition.

Ytterligare en person kom springande ut ur lagret, denna knuffandes på en, och dragandes på ännu en skrinda full med matvaror.

Trots det förödande som höll på att hända var han tacksam för att hans emotionella respons inte lyckades uppmana till handling. Vem vet vad som hade hänt om han själv gått in för ingripande när det nu visade sig vara åtminstone fyra motståndare han skulle ha tagit sig an. Trots att de två första mer eller mindre tog honom till fånga kände han en viss lättnad över att inte ha låtit dumdristigheten överta hans förmågor. Samtidigt var han skräckslagen då han visste att det fanns skjutvapen med i bilden och inte hade någon aning om vad som skulle hända därnäst.

Det var svårt att avgöra vilken sorts människor han hade att göra med och vilken fara han stod inför. De var alla vardagligt klädda i jeans och jympaskor, den som sprang med matburarna hade förvisso kängor men ingenting med deras utstyrsel talade för att de skulle vara farliga. Men de hade vapen, butiksbiträdet blödde och de hade tagit fast Adrian.

”Johan!” skrek den av de två som rusat fram till Adrian men som inte höll fast honom. ”Det är någon snubbe här som spionerar eller något. Vad ska vi göra?”

Johan verkade vara den med vapnet riktat mot raden av gisslan inne i lagret. Adrian kunde inte undgå att ifrågasätta om det verkligen var en bra idé att under ett pågående brott ropa ut namnet på en av de medverkande, men tänkte samtidigt att Johan var ett tillräckligt vanligt namn för att det inte skulle spela någon roll. Hur som helst kände han sig inte manad att lyfta problematiken med sina förövare.

”Jamen inte vet jag,” ropade Johan tillbaks från mörkret, ”ta med honom in hit eller nåt. Jag kan inte direkt lämna dem här obevakade,” sa han medan han viftade med pistolen som för att peka på hans redan fulldukade bord av sysselsättning.

När de två, fortfarande namnlösa gärningsmännen förde Adrian närmare Johan, som han antog innehade någon form av ledarroll i det pågående företaget, blev han snabbt varse om att det inte skulle vara kompanjonernas yttrande av namnet som skulle vara källa till identifikation.

”Johan… vad gör du?” frågade Adrian när han till slut parkerades inför mannen med vapnet i sin hand.

”Bara det jag måste doktorn.” var det korta svar som yttrades innan Adrians nu före detta patient slog honom i huvudet med pistolkolven.

Det svartnade för ögonen men han förlorade inte medvetandet, även om han hade svårt att uppfatta upplevelsen. Han föll till marken och försökte bara hantera den blixtrande smärta som tog över alla hans sinnen. I utkanten av Adrians desorienterade uppfattning hörde han förövarnas skrämda flykt bort från kajen och efter några förvirrade ögonblick utan att klara av att öppna ögonen, hörde han slutligen dörrarna till en transportbil slå igen och köra därifrån över lastgården.

Sakta lyckades han blinka igång synen igen och reste sig sedan på ostadiga fötter när han försökte återfå kontrollen över sin varelse. Väl kapabel att uppfatta sin omgivning igen gick han fram till den klunga som var del av originaluppsättningen i gisslandramat. De verkade alla fysiskt sett okej där de kollade till varandra. Två av dem kramades och en satt förkrossad med rumpan på betonggolvet, knäna halvt uppdragna med armarna hängande ovanpå.

”Jag känner ju honom. Han brukade jobba här,” sa den sittande med överväldigad uppgivenhet. Som att deras vänskap på något sätt hade haft att göra med Johans handlingar.

Adrian svarade inte men kände sig själv lika uppgiven som den sittande lagerarbetaren. Återigen var det den emotionella dumheten som tog överhanden när han tänkte att det var hans fel då han uppenbarligen misslyckats i sin behandling av patienten, även om hans rationella sida försökte förklara för känslorna att allt han kunnat göra var att erbjuda sin hjälp. Det var inte Adrians eget ansvar att leda andra människors handlingar. Dessutom hade det aldrig varit tal om aggressivitet eller brottsliga handlingar under deras behandling. Detta var något okarakteristiskt för den patient han samverkat med.

Rationaliseringarna var inte till någon tröst när han modstulen och med smärtande huvud vandrade ut ur lagret och vidare ut mot grinden på andra sidan den öppna asfalten. Han ville bara att hela denna upplevelse skulle nå sin ände.

Adrian fann sig själv stående i hissen på väg upp till kontoret utan minne av vägen dit. Han mindes hur han stängt dörren till grinden bakom sig och hur högt det metalliska låset ekat när det slog igen, men därefter var det tomt. Både uppfattningsförmåga och rörelser var tillfångatagna av en dåsighet som gjorde det svårt att delta i det förlopp han själv gav upphov till. Han brukade aldrig åka hiss. Det hade endast inträffat en handfull tillfällen under hela hans tid i byggnaden, men han var alldeles matt i kroppen, och stod bara plötsligt i den vertikala transportanordningen.

På något plan var han ändå medveten om orsaksförloppet då han visste att den enda anledningen till att han var på väg till kontoret och inte hade begett sig kortast väg hemåt, var att hans bilnycklar låg i tryggt förvar i väskan under hans skrivbord.

”Men är du verkligen sjuk?”

Chefens frågeställning var fullkomligt oförståelig för

Adrian. När han ändå var i byggnaden gick han in till Agneta för att sjukskriva sig och förklara vad som nyss hade hänt. Det skulle vara lättare än att försöka förklara det hela över telefon senare, åtminstone hade han trott det. Hon hade lyssnat till hans ord och visat sin förståelse med intetsägande svar och standardfraser som ”säger du det?” och ”det låter ju hemskt”. Alla uttryckta med samma brist på genuin inlevelse. När hon i slutändan ifrågasatte om han verkligen var sjuk visste han inte riktigt hur han skulle reagera. Självklart var han inte sjuk i ordets konventionella bemärkelse men att ha agerat gisslan och blivit fysiskt attackerad vid ett väpnat rån kändes som att det borde vara tillräckligt för att motivera ett utökande av begreppets innebörd. Deras verksamhet var trots allt inriktad på just de psykologiska aspekterna av livet vilket skulle kunnat tolkas som att alla inblandade torde besitta en ökad förståelse för hur emotionell påfrestning kunde motivera en ansökan om sjukskrivning. Men tydligen tänkte han fel på den punkten.

”Det är inte direkt en influensa jag dragit på mig, nej. Men du får se till att göra ett undantag för den här gången för jag kommer att behöva vara hemma någon dag för att bearbeta detta.”

Adrian tittade henne rakt i ögonen, såg till att deras blickar var obrutet förankrade i varandra medan han gav henne sitt svar med sammanbiten och hård ton. Han lät också blicken ligga kvar några sekunder efter att han talat färdigt bara för emfas. Han vände sig om och gick ut ur hennes kontor medan hon stod och försökte formulera någon metod för att hantera honom.

”Okej, ta några dagar. Men sen tycker jag att du borde vara tillbaka i full kapacitet,” hörde Adrian bakom sig. Han var redan halvvägs till trapphuset.

Hemresan passerade utan de distraktioner han vanligtvis utövade för att hantera ledan. Transportleken där han brukade involvera sina medtrafikanter var inte mer än en källa till frustration där han insåg att hans sätt att färdas på manuellt vis var något han stod ensam i, och för första gången blev han varse om en längtan efter att slippa vara aktiv deltagare i färden. Han önskade att han, liksom majoriteten av vägens resenärer kunde lämnas fri att utnyttja tiden med vad än som ockuperade hans tankar. Det var osannolikt att han skulle fördriva sin tid framför en handhållen projektion, men han behövde utrymmet att göra det ställningstagandet av egen vilja.

Han anlände slutligen till det hem som hade förlorat sin själ. Vad han skulle ta sig till var fortfarande oklart i de oskärpta tankarna, men hans önskan förvandlades till en om att fylla huset och hela deras hem med ett nytt hjärta. Ge det en ny själ och en anledning att finnas där. Han blev sittande i en av de vackra länstolarna i burspråket ovanför trappen, blickande inåt sig själv trots att ögonen riktades ut över åkrarna som skuggades av berget bakom huset. Det var troligtvis första gången som länstolarna kommit till användning. De hade stått där i många år men snarast som en dekoration med deras mörka, snidade trä och medaljongmönstrade och champagnefärgade beklädnad.

Medan Ellen kom hem och gjorde sig redo att avsluta sin dag satt han fortfarande kvar. De hälsade varken när hon kom hem eller när hon passerade honom på en meters avstånd på hennes väg till sovrummet. Det var den nya ordningen och han saknade orken för att initiera någon insats för förändring. Inte heller hon visade något intresse för ett återupplivande. Det nya hjärtat skulle inte bli ett gemensamt.

Solen strålade in genom fönstret och gjorde hans ögonlock odugliga inför sin uppgift att bringa mörker för vilande ögon. Han hade aldrig tidigare använt bäddsoffan i gästrummet, och med rutinerna och vanebeteendet starkt knutet till deras ordinarie sovrum hade han inte tänkt på att dra ned mörkläggningsgardinen eller ens persiennerna innan han lagt sig.

Med en rykande kopp svart kaffe i sin ena hand gick han ut i den svala försommarmorgonen på altanen, där solen äntligen börjat avge en tillförlitlig värme som påminde om dess gottgörande effekter. Inom kort skulle morgonen övergå i förmiddag och det slog honom att han inte kunde komma ihåg trädgårdens aura skådad i fullt dagsljus. Solens högsta timmar hade kommit att bli förknippade med skuggorna den skapade med hjälp av stadens hus och byggnader. Hur hans egen trädgård och hus genomlevde en dygnscykel under solens strålar var en upplevelse han såg fram emot som fortsättning på den dag han vaknat upp till.

Dagen hade än fler upplevelser att bringa då han strax efter frukost fick sin första chans att se den trädgårdsmästare som endast framstått som en illusion i Adrians liv fram till denna förmiddag. Förhoppningen om att det var en passionerad arborist, endast levande för sina växter och träd, var dock en hägring som föll platt vid första anblick av den anländande. Adrian hade en tanke om att gå ut för att lära känna den man som tog hand om trädgården och diskutera växtlighetens möjligheter, men när han såg dennes buttra uppsyn och det motvilliga tvång med vilket han lastade av gräsklipparens från bilens flak, gick det upp för Adrian att trädgårdsmästare inte var den ödesbestämda karriär hans illusion beskrivit för honom. Den trädgårdsskötare som nu gick fram och tillbaks över gräsmattan var en arbetare liksom många andra; inte driven av passion eller tillfredsställelse utan av ekonomiska incitament för överlevnad.

Reflektionerna förflyttades till tankar om Johan och alla de patienter han försökt vara till stöd för utan att egentligen förstå. Hans tro och akademiska hopp hade alltid varit att hans roll och arbete hjälpte människor att förverkliga sig själva, men troligare var att hans stöd var allierat med individens motsats. Att han med sitt arbete gav patienterna verktygen för att uthärda ett liv som inte var ämnat för att hjälpa dem. Snarare skulle de, tillsammans med trädgårdsmästaren, underhålla de högre ståendes lyxliv. Vad gjorde underhållet av Adrians trädgård för samhällsnyttan?

De var alla utsatta av konsekvenserna från förvärvsarbetets ständigt eskalerande omfattning. Han mindes en tid då fyrtio timmar hade utgjort en full arbetsvecka för att förtjäna de ekonomiska medel som täckte en månads uppehälle. Med det sagt var fyrtio timmar aldrig en full veckas sysselsättning. På den tiden fanns det bara mer utrymme för att utföra annat arbete utanför ramarna av inkomstanskaffandet. Adrian hade spenderat en stor del av sin tid studerande, i främjande syfte för hans yrkesroll, där han ansåg att han hade mycket att lära som den teoretiska sidan inte hade kunnat erbjuda utan parallell praktik. Lika mycket hade det varit endast av ett begär efter förkovran. Inte minst var en del av hans tid avsatt till just trädgårdsarbete och diverse hushållsarbete vilket han förvisso inte varit en framstående utövare av, men tiden som funnits till hands hade varit tillräcklig för att lära sig bli duglig. Det var arbetsuppgifter som föll inom ramarna av varje individs ansvarsområden i livet. Någonstans längs vägen hade ej vinstgivande arbete nedklassats på värdeskalan samtidigt som förvärvsarbetet tog större delar av allas liv i anspråk.

Så långt tillbaks som Adrians minne sträckte sig hade han hört de makthavande förklara att man måste skapa jobb, något som han alltid hade uppfattat som absurt. Det fanns hur mycket arbete som helst som behövde bli utfört. Vad det var brist på var diskussioner om vilka jobb som var nödvändiga och vilka som behövde omvärderas och kvalificera som förvärvsarbeten. När människor blev arbetslösa var det alltid *att* få dem i arbete som sas vara huvudsaken, inte vad deras arbeten skulle syfta till att uppnå. Istället för att flytta samhällets möjligheter framåt genom nya sätt att försörja sig på, med nya tjänster som tillförde något, skapade man lågavlönade prekariat som fick underlåta sig de övrigas nyfunna behov av överdådiga livsstilar.

Adrian såg ut i sin trädgård med en klump i magen som framkallats av att se den undersåte han själv sett till att sätta i meningslöst arbete. Johan kanske gjorde rätt trots allt. Han kanske bara såg till sin egen överlevnad på premisser han själv satt utifrån de förutsättningar han haft, istället för att göra sig underlåten Theodor Augustssons och hans likars ekande förtryck. Till och med fri från sådana som Adrian själv som omedvetet var en del av förtrycket.

Efter gisslandramat hade Adrian gett sig av snarast möjligt efter att han sett att alla var oskadda. Det hade främst varit ett resultat av chockens krafter. I efterhand när han analyserade händelsens kausalitet kunde han inte hjälpa att känna sig lättad över att inte ha stannat och stått till tjänst för det polisiära. Han ville inte sträcka sig så långt som att han kommit att stödja Johans handlingar, men han trodde sig förstå hur patienten kunnat komma till den punkten, och Adrian hade svårt att vägra honom rätten att ta sitt liv i egna händer.

Triumfant och ominös fyllde den ut vart rum i både det öppna och det inträngda, över vattnet och in i trånga passager mellan husen. Ingen öronbedövande volym, bara fullkomligt ockuperande en hel värld under en öppen himmel för alla att bemäktigas av, att svälja dess inverkan; nyss helt okänd. När segern var annonserad ljöd den plötsligt som självklar genom en partilokal och överfördes till ett helt folk. Ljudspåret för övergången, för alltid inpräntat inom var och en.

Dagen efter och nu en del av den kollektiva upplevelsen hos massorna vars kroppar täckte all tillgänglig yta vid Gamla stans nordvästra kant och tonades in i skuggorna som hindrade trafiken från sin rörelse. Från ovan såg brons sträckning ut som målad till ett svart streck med suddiga kanter av en förväntansfull publik, svartklädda endast med några få undantag. Om en officiell avstängning tagit vid eller om folkets egen vilja dikterat motorernas uppehåll var okänt, det stod bara stilla. Ingen bil hade något utrymme att tillgå. I vattnet framför dem låg spegelbilden stilla, med reflektionen av Rosenbad som alldeles snart skulle intas av ett nytt styre.

Siffrorna hade varit helt befriade från dramatik. Från start hade en enskild stapel fyllts upp i en takt långt högre än någon av de andra. Redan när rösträkningen tog sin början var det avgjort. Där vinnaren i många år korats som den största i en uppsjö av minoriteter tilläts en enda lokal denna gång spela sin segermelodi långt innan siffrorna slutat räkna. En mörk fest, lika skräckinjagande som den var självklar. Den enda dramatiken låg att finna i implikationerna och konsekvenserna, ingen behövde vara osäker inför utkomsten.

Från andra sidan vattnet vällde ytterligare massor in från Gustav Adolfs torg, ner till Strömgatan och fram till barrikaderna innan Riksbron, fram till det östra gångstråket som fyllts upp av en publik som nu omgärdade scenen från de tre tillgängliga riktningarna, endast avbruten av riksdagshusets fästning mitt i. I utkanterna kunde några få tystlåtna ses betrakta det hela, stilla tillfreds. På nära håll och på första parkett fanns bara två variationer:

Fanatikerna; dyrkarna av ikonen och idolskapet, redo att följa var uttryckt vilja, hänförda av avguden och klädda i hans avbild med svarta kostymer och grå skjortor till hyllning av den som betraktades störst, och förväntansfullt beundrande det som komma skulle.

De andra var de som saknade saligheten. De vars ögon brann av fundamentalt annorlunda orsak. Det ryckte i deras rörelser. De dyrkade den våldsamma potentialen och var redo att låta uttrycksformen ta fysisk skepnad. Att de var sammanhörande var knappt av relevans. Deras kontrollerade entusiasm spände upp atmosfären till bristningsgränsen i de egna leden. På håll syntes inte skillnaden, de var lika svart klädda som de andra. Vid nära betraktelse var det inte ledaren de avbildade utan var klädda i jeans och jackor, med kängor på fötterna. De var redo för urban strid som utlopp för anspänningen i deras uppsyn.

I en synkroniserad gest rullade svarta fanor ned för Rosenbads fasad, en vid det östra hörnet, mötande Riksbron, täckande alla byggnadens fönster vid sidan av balkongen under det uppstickande tornet. I den västra änden föll två likadana, en på vardera sida om hörnet i riktningarna mot stadshuset och Gamla stan. Byggnaden dekorerades som av svarta standar med bokstäverna RA i en matt, grå ton mot den mörkaste svärtan som utgjorde flaggornas dramatiska fond.

Jubel och hyllning stormade från publikens hav, överröstande det stordådiga ljudspåret som legat till grund för hela mötet. Jublet var tributen som bekräftade att händelsen trädde i kraft, och i samma stund rullade kortegen ut från riksdagen och vidare över bron i en fortsatt fyllnad av svärtan som omslöt landet. Svarta bilar med svarta flaggor vid huvarnas främre kanter, alla i ett militäriskt utförande, designade med skinande svart lack och blanka fälgar vars rotationer glittrade i den strålande solen. Konverterade från stridsberedskap till storartad extravagans.

En symbolisk färd över den korta bron och direkt över till vänster på Strömgatan framför de trängande massorna. Endast en person klev ut ur bilarna efter kortegens halt. Theodor Augustsson korsade gatan fram till räcket mot vattnet mötande ett dyrkande panorama. Hans intensiva blick svepte sakta genom den hyllande skaran utan att röra en enda min i hans sammanbitna uttryck. Först när han blickade upp mot solen gav han ett föraktfullt grin över dagsljuset som verkade ge honom anledning att vända om, och stega tillbaks över vägen vart två klädda i grått erbjöd honom entré och det slutliga tillträdet till härskarskapet.

Det var en förfärande syn att betrakta när det årliga mörkret redan stod i sitt djupaste skede. Adrian var övertygad om att han skulle ha brustit i gråt om han betraktat undergångens startskott på plats. Det var tillräckligt överväldigande att bevittna sändningen från hemmets obevakade trygghet. Ett folk som blivit förförda och förledda. Medhållet hade varit sextioprocentigt, vilket talade för att det var mer än en simpel popularitetsvinst, där de senaste överhuvudena suttit regerande med bara en tredjedel av samma stöd. Detta var förverkligandet av en kollektiv konvertering.

Han kunde inte undgå att önska sig åter in i den enskildhet han befunnit sig i och som tillåtit honom att leva opåverkad och omedveten av hela den andra halvan av valsäsongen. När han nu tog in nyheten till sin sfär kändes det endast ofattbart, som ett gyckel i ohyggliga proportioner. Sittandes i länstolen i burspråket, bläddrande i nyhetsflödet, väntade han sig nästan att det snart skulle ha dykt upp en artikel som förklarade hela bedrägeriet som ett genomtänkt skämt för att väcka medborgarnas uppmärksamhet. Ingen sådan frigörelse kom. Adrian tittade upp från projektionen och ut genom det svarta fönstret och kunde inte avgöra vilken vy som var den mörkaste. Årstidens svarta kammare stod som en välkomnande mottagare av dess nya despot och han styre, och Adrian ville inte över huvud taget fundera närmare på vilka krafter som kunde tänkas ha blivit frisläppta genom att sätta Radikal Ansats i högsta rummet, med Theodor Augustsson som trolig envåldshärskare.

Över ett halvår hade passerat sedan Adrian stängt portarna till den pågående verkligheten och den förändring som följde med. Den första månaden helt isolerad i sitt hem, men även efter sin återvändo till arbetet hade han fortsatt innesluta sig i en värld som förvisso var en del av den rådande, men en som cirkulerade kring självreflexivitet och återfinnande av det studium som en gång varit katalysatorn vilken öppnat upp hans rum till ett i gemenskapen när han var en ung student. När han denna gång tog sig an människan som social varelse och dennes roll i skapandet av samhället runt omkring sig, var det en del i ett återförslutande av rummet han själv befann sig i. Inom sina egna tankars slutna väggar fann han möjligheten att reflektera och omvärdera det som kommit att bli hans version av världen. I detta fann han insikter om att den hjälp han trott sig ha förmedlat, inte var ett kommunicerande av något han själv haft förtroende för.

Tiden hemma hade till en början inte varit så fylld av upplyst självinsikt, snarare präglades tillvaron av en hopplös meningslöshet som tog större proportioner än någon tidigare upplevelse. Där hoppet svikit honom förr i förhållande till det han företagit sig, hade nya riktningar alltid presenterat sig med löften om nya krafter och möjligheter. I depressionen som slutit sig runt honom i den kvarhängande upplevelsen av gisslanskapet och den alternativa världsåskådning som trätt fram genom det, hade endast svärta funnits att tillgå. Vilken riktning han än tänkte sig utforska var den blockerad av indifferens och upprepning.

Dagen som kom att symbolisera vändpunkten i det offerskap han levt sig in i var en då den mest anspråkslösa händelse tog plats. Det var en försommardag då vindarna fortfarande var kyliga utomhus och rastlösheten frodades inom hemmets väggar. Han vandrade mållöst runt i huset och läste titlarna som stod skrivna på de inbundna ryggarna runt om i husets diverse bokhyllor, de flesta i skrymslen utan enkel insyn men som var läsbara tack vare nakna glödlampors hårda sken. Högt uppe på en hylla i vad som närmast kunde beskrivas som en skrubb läste han titeln på en gulnad rygg på en bok som en gång inspirerat honom oerhört. *The social construction of reality*, skriven av de två sociologerna Peter L. Berger och Thomas Luckmann; en av de böcker som inspirerat Adrian att utforska sociologins spektrum närmare under studietiden. Teorierna utvecklade mellan dess pärmar var förstås mer fullständiga än endast titelns omedelbara tolkning, men i denna desperata stund var den mest ytliga tillräcklig för att än en gång leda inspirationen genom hans sinne mot möjligheternas frigörande kapacitet. Verkligheten var konstruerad av de som medverkade och reproducerade förhållandena i den. Han själv stod fri att neka vad som verkade vara en objektiv sanning. Inget var annat än en social konstruktion.

Även med medvetenhet om det naiva i förhållningen, var hägringen av att själv vara aktiv medskapare av tillvaron och världsordningen det som frikopplade meningslösheten från produktiviteten, och som tillät honom att finna det teoretiska åter en gång. Med det skrivna och det filosofiska till hands var hans egen väckelse inte längre ett distanserat koncept utan det som kom med kraften att livge hoppet och viljan.

När chefen hade hört av sig, redan två dagar efter händelsen på lastkajen, i ett försök att få Adrian att återvända till jobbet dagen därpå var han fortfarande i ett nog agiterat stadium för att med kraft i rösten, och helt utan tillmötesgående säga att han inte var redo för det utan tänkte stanna hemma till dess att han själv var redo för återvändo. Därefter hade han lagt på luren utan att säga hej då. När chefen senare fortsatt att försöka ta kontakt valde Adrian istället metoden att kort och gott ignorera varje försök till samtal, varje textmeddelande och varje mail som kom in med en oväntad regelbundenhet.

Adrian ansåg sig behöva tid för att tänka igenom och försöka formulera en ny strategi för hur han ville förhålla sig till det som gjorde anspråk på större del en av hans vakna tid och han ville inte längre försöka hjälpa genom assimilering. I slutändan kom han fram till just det att definierade strategier var en stor del av hela problematiken och fann sig övertygad av den enklaste av idéer: hjälp dem att våga vara sig själv. De individer vars verkliga jag var den av en idiot skulle få möta konsekvenserna av att vara en sådan förr eller senare. Det var en omvänd teori av indirekt skadeverkan. Genom att låta kretinerna löpa skulle utrymmet skapas för genierna och de välvilligt sinnade att frodas.

. . .

Hans steg var nervösa men inställningen var fylld av revansch och målmedvetenhet när han promenerade den korta sträckan från garaget till arbetsplatsen han då inte sett på nästan en månad. Han var bestämd och i full kontroll men när han ställde sig i hissen och tvingades till en paus i hans frammarsch kunde han inte undgå att låta tankarna nudda nervositeten av återföreningen med de kollegor han hyst ett sådant agg för strax innan hans frånvaro tagit vid. Inget av detta levde kvar, men han hade trots det inget intresse av att interagera med dem, utan ville omedelbart återuppta patientkontakten och skrida till verket med hans bidrag till skapandet av en bättre värld.

Blickarna drogs som magneter åt hans håll så snart han klev in på våningen. Lika mycket för att väcka hågkomsten av det fysiska rummet som för att uttrycka sin oräddhet, ställde han sig i entrén mitt och blickade ut över hela våningen i en långsam panorering, från vänster till höger, där han såg till att inte undvika kontakt med någon av de ögon som mötte honom, men inte heller ge dem någon antydan till hans reaktion inför mötet. När nacken vridits hundraåttio grader och blicken ytterligare några, såg han rakt ner genom den inglasade korridoren mot den dörr som var hans kontor och behandlingsrum dit hans steg tog riktning utan att låta sig läsa fler av de häpna kollegornas uttryck. Det fanns en gräns till hur långt hans skådespelande färdigheter kunde bära upp den karaktär han visade.

Efter ett par djupa andetag för att återvinna övertygelsen i hans företag lyfte han upp luren från den relik till telefon han låtit stanna kvar som en trygg punkt tillsammans med arkivskåpet när världen blev modernare än han själv hunnit bli. Via internkanalen fick han svar av en receptionist vars namn han inte mindes att han skulle ha hört tidigare, men som skulle skicka in Linda till honom så fort det var möjligt. Linda var den administratör och verksamhetskoordinator som såg till att verksamheten höll sig någorlunda fungerande, och Adrian gissade att det var hon som hade haft hand om problemlösningen med hans patienter när han varit frånvarande.

”Å vart fan har du hållit hus all den här tiden då?”

Adrian kunde inte hålla sig från att dra på smilbanden när han hörde hennes juvenila tonläge långt innan hon ens nått fram till hans kontor. Det var endast frågetecknet som ekade kvar när hon väl klivit in över tröskeln med en uppmanande blick stirrande rakt in i hans ögon.

Genom åren de arbetat tillsammans hade han lärt sig att hon endast använde de löjliga uttryckssätten som ett grepp för att förtydliga sin poäng, och att tanken bakom orden alltid verkade ha en tanke och intelligent uppsåt. Hennes ålder var en osäkerhet men Adrian antog att hon åtminstone hade passerat trettio, och gjorde det juvenila till något mer än en kvarleva från en obstinat ungdom. När han väl hade förstått det hade han snarast kommit att beundra den direkta ansatsen hon tog i alla möten hon deltog i.

Hon klädde sig alltid i jeans, det var en protestaktion mot påtvingade professionalitetsnormer. Alltid jeans. Alltid svarta. Vid något tillfälle hade hon liknat kostymklädsel med förtryck, och vägrade själv bära både skjortor och blusar då dessa endast betraktades som förlängningar av samma underkastelse. På intet sätt klädde hon sig hafsigt, hon säkrade bara att det alltid var en tröja eller topp som kompletterade jeansen. Denna dag hade hon en löst sittande, mörkbrun topp med en vid V-ringning som sträckte sig mellan axlarna och lät båda nyckelben andas fritt. De mörkblonda vågorna nådde precis att landa i den lätta inbuktningen mellan hals och axel. Frisyren bar en konstant nyvaken aura men aldrig på ett sätt som framstod ovårdat. Liksom de svarta jeansen var permanenterade, bar hennes fötter alltid ett par svarta kängor utan någon anmärkningsvärd klack, bara högre än en herrskos men fortfarande med gångbarheten bevarad.

Sättet blev en frisk ärlighet som gav uttryck för känslor han själv många gånger hade men oftast hade försökt förmildra i välformulerade ordalag som sällan lyckades framföra poängen liksom Linda alltid gjorde.

"Det uppstod ett akut behov av omvärdering av mina livsval. Det visar sig att vapenhot är en stark inspirationskälla."

Han kunde inte förklara varför, men Linda var den enda person som fick honom att uttrycka sig i ironiskt menade formuleringar, något han annars försökte undvika i största möjliga mån.

"Jag hoppas inspirationen räcker för att ta tillbaks dina patienter. Om inte annat får jag se till att fixa fram ett vapen att styra din inspiration med innan Eleonore ser till att de alla avbryter sin terapi till förmån för självmord."

"Nåväl. Hon kan väl inte vara lika inkompetent som Milton i alla fall, men ja. Jag vill att du bokar om deras tider till mig med start imorgon. Jag behöver dagen på mig för att läsa på vilka skadeverkningar som hunnit orsakas i min frånvaro."

"Äsch, de kommer bara vara glada att du är tillbaks och att de äntligen slipper henne. Det är förresten en av dina patienter som jag inte lyckats få tag i, men han har samtidigt inte…”

”Johan,” avbröt Adrian.

”Ja, Precis. Johan. Han har inte varit här själv eller hört av sig heller.”

”Du kommer nog inte att höra av honom heller. Du kan avsluta honom i systemet.”

Linda tittade på Adrian med ena ögonbrynet höjt, men valde för en gångs skull att inte sätta omedelbara ord till sina tankar, hon vände istället om och gick ut samtidigt som hon bekräftade att hon uppfattat vad som skulle göras.

Med någon sorts tur i oturen var tumultet i deras pågående behandling så påtaglig av att först ha varit tvungna att byta till en tillfällig terapeut, och sedan med lättnad åter till Adrian, att när han förklarade att deras möten skulle ta nya former och sin plan för metoden framåt, var det som om de alla var benägna att ta sig an förändringen. Något som under normala förhållanden skulle vara en alldeles för drastisk rubbing av det ordinarie tillståndet. En faktor han hoppades var bidragande till acceptansen var hans mycket stora ärlighet om orsaken till förändringen. Han berättade inte just om Johan och det rån han involverades i, men däremot talade han fritt om sin nyväckta syn på samhällsordningen och individens roll i denna. I detta förklarande var det en oundviklig del att uppmaningar om revolt introducerades i hans recept för helande av patienterna. Han föreslog inte nödvändigtvis illegala aktiviteter, däremot var han benägen att, med Johan som inspirationskälla, föreslå att de fann sina egna vägar för att hantera och överleva den värld de befann sig i.

En för Adrian viktig detalj i hela hans anarkistiska intrigerande var den att han var noga med att propagera om etikens och moralens betydenhet i alla beteenden som tog uttryck utanför det normativa. Så länge de frihetens handlingar som utövades var grundade i en sund logik skulle de vara rätt enligt detta resonemang. Alla patienterna var förstås inte kapabla till att faktiskt handla enligt deras viljor, men för dessa verkade det finnas en stor trygghet bara i vetskapen om att rättigheten sas finnas dem tillhands.

När hans initiala reaktion över den nya inröstade samhällsordningen lagt sig kom en stolthet att pyrande växa inom Adrian. Den kvällen, omsluten av vintermörkret, fick han den slutliga bekräftelsen på att det senaste halvårets nya metodik var det enda rätta att göra i en värld som inte verkade kapabel att ta hand om sig själv. En värld som behövde radikala lösningar, grundade i godhet, oavsett om dessa skulle besitta kraft nog för att faktiskt visa någon effekt mot ett välfinansierat politiskt maskineri. Tryggheten i att hans valda väg var den rätta var dock till en försiktig tröst inför rädslan för de troliga följderna av att en majoritetsröst av landets befolkning försatt tvivellös ondska i den högsta stolen.

Hur stark hans tro än var kom den med avsevärda risker. Hans verksamhet var tvungen att utövas i klandestin form, men främst var anledningen kanske för att själv få vittna den eventuella utvecklingen den hade potential att froda, utan att låta andra influera vare sig den fria formen eller resultaten. Inte ens Rickard var inkluderad ännu.

”Oj, hoppsan! Där stod visst du. Ja, det gick ju bra i alla fall. Ha en fortsatt bra dag.”

Rickard klev in med ett förbryllat minspel som försökte bearbeta den käcka lättsamhet han nyss hört. Han verkade inte kunna förena uttrycket med den helsvarta utstyrsel och estetik han mött i dörren där den unga kvinnan gick i motsatt riktning.

”Jag tror att hon har missförstått anledningen till att man besöker en sådan här verksamhet. Hon verkar ju snarare vara i behov av någon som sänker hennes sinnesstämning än någon som *botar* hennes destruktiva beteendemönster,” sa han medan han gick längre in i rummet.

”Du ska aldrig underskatta vilket mörker som kan dölja sig bakom ett sådant lättsinne. Endast dårar kan förneka verkligheten i så hög grad,” svarade Adrian skämtsamt och fortsatte efter en konstpaus. ”Men i just detta fall talar hennes energiska karaktär snarare för den briljans jag framställer i mitt utövande.”

”Haha! Då är jag nog mer benägen att instämma med den första halvan av ditt utlåtande.”

”Det är nog ett sunt tecken att du är det.”

”Jag är dock ytterst nyfiken på hur ni lyckats uppnå sådana känslolägen. Mitt minne säger mig att hon tidigare har utstrålat den klassiska tonårsångestens nattmörker med hela hennes person.”

Adrian svarade bara genom ett pillemariskt leende som för att förklara att den hemlighet han använde sig av endast skulle vara tillgänglig för honom själv, även om han egentligen inte hade några förbehåll inför att berätta om den för Rickard. Kanske var det dags att öppna dialogen om vad som försiggick och få en andra uppsättning ögon på den gråzon han kommit att vara verksam inom. Efter en kort betänketid bestämde han sig för att åtminstone inte stänga dörren helt och hållet.

”Jag testar något nytt.”

Rickard satte sig ned med en lättad suck i vad som i normalfallet var patientfåtöljen, och tog av sig sina rundbågade glasögon som han fällde ihop och la på det lilla kaffebordet framför. Han lutade sig bak och gned sig med långfingrarna i respektive öga, som om han suddade ut bilderna han samlat på sig under den gångna dagen. Det fanns en bekvämlighet i hans sätt att överta patientpositionen utan att anamma den innebörd en sådan fåtölj hade för dem den ursprungligen var ämnad.

”Det låter som att jag kommer få leva på hoppet om att du har funnit lösningen till hur man helar människan när livet utanför annars bara präglas av den politiska absurditeten som försiggår. Jag menar, hur är det möjligt för sådan extremism att fånga majoritet?”

”Du har själv skådat hur våra så kallade vanliga människor till kollegor låter deras delvis snedvridna verklighetssyn definieras av någon som står längre ut på samma måttstock. Jag har kommit att förstå det som en väldigt enkel modell av någon sorts åsiktsförlängning.”

Adrian hade inte innan den stunden kommit fram till slutsatsen han själv presenterade. Orden bara formulerades i farten och en lättnad infann sig över att ha formulerat hur något så absurt som att en befolkning frivilligt satt en despot vid makten kunde hända.

Rickard lutade sig fram och tog på sig sina glasögon igen, som för att kunna se detsamma som han hörde innan han svarade.

”Man undrar hur historiens samhällsomvälvande händelser kunnat ta vid, och när man bryter ner det är det individens lättja att inte förvandla sina egna åsikter som leder till sådana konsekvenser. Då föredrar jag den fullkomliga ignoransen som stått till förfogande när vi satte tv-kändisar i stolen. De besatt åtminstone inte kapaciteten att orsaka vår undergång.”

”Förhoppningsvis kan hela den rådande fadäsen stå till grund för en förändring av vårt engagemang framåt; skrämma oss tillrätta. Tills vidare får vi nog bara vara glada över att inget drastiskt har kommit till uttryck ännu i alla fall.”

”Jag tror att du behöver följa nyheterna närmare. Det har redan börjat hända.”

”Vad syftar du på?”

Adrian ville inte ens göra ett försök till egen spekulation.

”Kolla här.”

Rickard knappade några gånger på hans handhållna holografenhet och skickade över en video till väggen mellan dörren och skrivbordet så att dem båda skulle kunna se.

De rörliga bilderna presenterade den pompöse ledaren som med sin vanliga svärta i klädsel och blick, och sitt silversprängda skägg förmedlade det hårda budskap som var hans autokratiska karaktär. Han stod med båda händerna greppande pulpetens sidor som om den var verktyget med vilket han kontrollerade sin makt. Nedanför det podium han befann sig stod en rad av militärtaktiskt klädda män och kvinnor med aggressivt sammanbitna uttryck i sina respektive ansikten.

Utan överflödig introduktion förklarade Theodor Augustsson sitt missnöje med ordningsmakten som den opererade idag, vilken han tyckte hade misslyckats både som operativ och utredande verksamhet. Med det som bakgrund hade han beslutat att polismakten skulle upphöra i sitt hittillsvarande ansvar. Polismyndigheten och hela dess organisation skulle finnas kvar men den skulle omformas och inrikta sig uteslutande mot utredande verksamhet.

Adrian tyckte sig kunna se en liten ryckning i mungipan på den grandiose i konstpausen som föranledde övergången till att presentera den kår av väktare som skulle ersätta den, som han kallade den, samhällsmedverkande rollen. Han syftade då på den rad av överutrustade väktare vars syfte enligt Adrian verkade vara att se skräckinjagande ut snarare än beskyddande.

”Du ser. Första steget in i totalitarismen är redan taget, och jag är rädd för att det kan vara svårt att kliva bakåt efter en sådan utveckling.” Sa Rickard och stängde av videon och lät väggen återta sitt vita ytskikt.

”Jag börjar få svårt att häpnas av överraskningarna vi

är kapabla att uppbåda för oss själva. Vilket fantastiskt enfaldigt släkte vi är i vår oförmåga att lära oss av våran egen historia," sa Adrian.

"Det mest fascinerande," svarade Rickard, "är att vi uppenbarligen är kapabla till lärdom och utveckling. Se bara till teknologi och hur effektiva vi blivit på att skapa vardagliga distraktionsmedel. Vad jag finner mest intressant är i hur selektiva vi är. Oftast är det pengarna som är drivkraften till om det är motiverat att lyda vår erfarenhets råd eller ej. Och om det inte är pengarna, så är det något annat individegocentriskt incitament som styr. Det är inte svårt att identifiera vad som skulle vara räddningen."

"Nej, det är väl inte det. Däremot är det nog svårare att generera ett följe som är starkt nog att få genomslagskraft när det är pengarna som står som motståndare." Adrian bestämde sig helt utan framförhållning inför sig själv att låta kollegan få insyn i hans nya metodik, "Jag själv har anammat en ny infallsvinkel för att skapa förändring därute. Inget radikalt i sig, men min terapi har sedan min återvändo i somras gått ut på att stärka den fria individen. Att sluta försöka forma dem till goda samhällsmedborgare och istället främja fri idérikedom till att lösa de problem vardagen så gärna presenterar."

Rickard tittade konfunderat på honom.

"Vad menar du?"

"Istället för att försöka ge dem verktygen att acceptera känslorna som uppstår, och deras oförmåga att påverka situationerna de befinner sig i, försöker jag träna dem i tankebanor för att ge dem handlingskraft och finna vägar framåt utan att vara så noggranna med den normativitet som vanligen styr allt och alla."

”Om jag tolkar det jag hör rätt, låter det som att du tränar dem till laglöshet?”

”Det jag försöker åstadkomma är en brytning mot en ordning som med all säkerhet har löpt ut sin rätt att bedöma vad som är rätt och fel. Du visade själv just en video på en politisk ledare som på eget bevåg instiftat en väktarkår som inte såg ut att besitta mycket medmänsklighet och strävan efter att hjälpa. Jag tror inte att det som behövs är fler lydiga arbetare. Jag tror att det behövs en dos anarki och revolt mot det förlegade och arkaiska.”

”Du skrämmer mig inte lika starkt som Herr Augustsson, han ger mig kalla kårar, men du får jag mig att ana att någonting som inte kommer gå att ta avstånd från står nära till hands.”

Det blev tyst en stund mellan dem båda. Adrian såg att Rickard inte alls var främmande till det han sagt, bara lätt chockad och han ville därför låta kollegan tänka igenom det utan att han störde tankegångarna något mer.

”Fan. Du har ju rätt.”

Rickard bröt slutligen tystnaden med ett uppgivet om än medgivande uttryck. Det var första gången Adrian kunde minnas att vännen brukat en svordom.

”Det är nog snarast vårt ansvar att ställa oss på tvären innan det här får gå för långt. Du är knappast den enda dåren som är benägen att göra något åt saken. Det lär finnas många upprörda miner över den svartklädda styrkan som skall hålla oss i schack.”

Planen hade aldrig varit att göra annat än att sprida lite styrka bland samhällets svaga, men nu när Adrian snubblat över en bundsförvant i sin kollega och idén som sådan fick medhåll, fann han dem plötsligt sökande efter likasinnade att ansluta sig till. Rickard hade hört talas om en protestaktion som skulle ta plats några dagar senare inne i centrum och berättade om den för Adrian. Troligen skulle den vara en lämplig mötesplats för att börja deras medverkande, och kanske också finna någon initiativtagare att diskutera med.

”Jag känner mig som ung på nytt på något sätt. Nervöst uppjagad och på väg mot stordåd.”

”Jag förstår vad du menar,” replikerade Adrian som blivit inspirerad av impulsiviteten i deras nya sammanslutning, ”men det känns som det enda rätta att göra.”

Utöver det nog så skräckinjagande faktum att de båda behövde finna och samla modet inom sig för att ge sig hän till offentliga protester mot den rådande makten, behövde de också finna det lämpligaste tillvägagångssättet i praktiska termer. Det de var i behov av var en plan som frigjorde dem från patientåtaganden likväl som lät de försvinna ur chef och kollegors synfält utan att väcka någon särskild uppmärksamhet.

Det stod snabbt klart för dem att den enda vägen till framgång ledde rakt genom Lindas territorium. Utan hennes hjälp skulle det inte spela någon som helst roll vilken plan som formulerades. Alla oegentligheter skulle leda till att hennes uppmärksamhet blev påkallad då hon var navet i den verksamhet de försökte komma undan. Hon hade ett gott öga för Adrian, och ett ont sådant för auktoriteter, vilket gjorde att det räckte med att Adrian förklarade för henne varför de behövde frigöra sig arbetsplatsens tjuder för en dag för att väcka hennes välvilja. Han hade förberett sig på att möta krav på mutor men så fort han nämnde ämnet slog hon det ifrån sig och bad om en enda sak: ”lova mig att ni orsakar lite jävla oreda där ute så hjälper jag er med allt jag har att ge.”

Det visade sig finnas en växande andel åldrande rebeller på ett och samma våningsplan som bara väntat på att få utlopp, även om det nu var något av en överdrift att befästa epitetet åldrande mot Linda som säkert var tio år yngre än Adrian och Rickard.

Dagen då protesten skulle inträffa inleddes med förehavanden som kunde tillhöra vilken som helst, sett från en betraktares ögon. För Adrian var upplevelsens väsen ett från en annan värld. Planen var att anlända till kontoret och starta en arbetsdag enligt ordinarie rutin och inte avvika förrän verksamheten tog fart för dagen och alla var upptagna med sitt, efter att alla dagliga socialiseringsaktiviteter var avklarade. Adrian som sedan länge hade avsagt sig sin delaktighet i den sociala sfären på arbetsplatsen blev istället sittande på kontoret, väntande på att ritualerna avverkades och folk gav upp deras ockupation av de kollektiva ytorna.

När alla suddiga silhuetter slutligen upphört att passera bakom det frostade glaset reste han sig ur stolen, redan påklädd i sin svarta rock. Han öppnade försiktigt dörren till korridoren och lyssnade på det lågmälda bruset av parallella arbetsdagar bakom stängda dörrar innan modet samlades i bröstkorgen och han stegade ut med sikte mot trapphuset intill hissen. Medan korridoren utvidgades till vestibul tittade han sig omkring för att se om det var någon som verkade ta notis om hans aktivitet, men kunde inte se ett enda par ögon hur mycket han än försökte.

Hjärtat hoppade över ett slag när han såg en serie snabba rörelser inne i ett av de dimmiga kontoren. Han började omedelbart att leta efter de på förhand uttänkta bortförklaringarna till varför han var på väg ut vid den tiden på dagen, men kunde inte komma ihåg en enda av dem. Till hans tacksamma lättnad var den rörelse han skådat nu förflyttad ut i korridoren och tog skepnad av Rickard som också känt sig redo att påbörja äventyret.

En konspiratorisk blick utbyttes mellan de två medan Adrian väntade in honom vid dörren ut till trapphuset. Han stängde sedan dörren så ljudlöst det var möjligt efter sig, endast ett vakuum som slöt sig när luftflödet bröts kunde urskiljas och lät hans hjärtas hårda bultande släppa sitt krampaktiga grepp om bröstkorgen för en stund.

Promenaden genom staden gick med raska steg, som för att minimera risken att bli påkomna även om deras nervösa blickar inspekterade alla människor de passerade, och blickade upp för var tvärgata där de tycktes förvänta sig en ordningsvakt redo att avslöja deras upptåg. Deras uppsyn var den av två pojkar som varit ute på rackartyg och försökte spela oskyldiga men bara gjorde misstanke mer befogad ju mer de försökte. Adrenalinet översteg all rationalitet och kontrollen över tankarna verkade inte återkomma förrän de slutligen slog sig ned på pendeltågets säten och såg dörrarna stängas efter.

”Wow!” utbrast Rickard men utan någon som helst entusiasm. ”Här har visst tiden stått stilla. Det ser ju precis likadant ut som det gjorde när jag brukade åka kollektivt en gång i tiden. Det måste vara fem, sex år sedan vid det här laget."

"Verkligen. Och då hade det redan sett ut så här i tio, femton år. Det där verkar vara det enda som fått ta del av evolutionen." Adrian pekade upp mot väggytorna precis under bagagehyllorna där reklamen nu rullade i multimediala former istället för de tryckta reklamskyltar som en gång hyst samma utrymme. "De har förvisso hunnit bli förarlösa sedan dess. Men det kan ju inte vara att betrakta som särskilt häpnadsväckande då fordonet har en räls att följa."

Stunden av lättsinne rann av dem kort därefter då de försjönk i sina respektive tankar. Rickard satt på sätet framför Adrian och tittade ut på den blöta grå världen som passerade utanför tåget när det färdades den sträckan som kvarstod av Sydväst, innan det fortsatte genom Stockholm Syd och Adrian kom att fundera på vilka sorters individer de skulle möta upp väl inne i huvudstadens centrala distrikt. Rickard såg särskilt akademisk ut med de rundade glasögonen och den beigebruna rocken med reverskrage uppknäppt, avlösande en rutig skjorta med handknuten fluga därunder. Han var osäker vilket epitet andra tilldelade honom själv, vintertid alltid klädd i den svarta skorstenskragade rocken och brogues på fötterna oavsett vinsterslask eller ej. Instinkten sa honom att även om han inte på förhand skulle kunna identifiera deras blivande klientel av kumpaner, skulle de båda stå ut som undantag i massan.

Adrian hade inte varit en deltagande individ ens i de unga år då många av hans samtida värdesatte politisk handling som högst, och att ta ställning i detta sena vuxna skede kändes både underligt och befriande på samma gång, då hade man råd att vara den udda fågeln i nästet.

Under promenaden till Berzelii park, aktionens samlingsplats innan marschen mot Rosenbad, började de omedelbart identifiera mängder av människor som inte kunnat ha annat ändamål än dem själva. Luften på Stockholms gator var tung av den sammanbitna stämning som var övertagen av människor med beslutsamhet i sina ögon, men utan det höga tempot som normalt tillhörde den blicken när arbetslivets påfrestningar dikterade villkoren. Övertygelsen som brann hänförd var i majoritet och trängde undan alla vars medverkande inte fanns tillhands.

Den folksamling som stod väntandes i parken fick båda deras käkar att öppnas av häpnad inför det som överträffade alla deras förväntningar. Inte bara den mittersta gräsytan var full av människor som Adrian i sina föreställningar sett framför sig.

De trängde sig in i parken för att få ytterligare insikt i det som uppenbarligen var något större än ett simpelt ställningstagande på den skiftning som var förestående. Ett tjugotal människor satt i det blöta gräset intill en hög av vita lakan och rev dessa i smala remsor som lades i nya, mindre högar intill. Förklaringen till varför visade sig när Adrian såg folk med dessa vita remsor knutna runt överarmen gå runt och dela ut fler med uppmaning om att alla skulle göra detsamma.

Det fanns något förvånande ironiskt bakom den vita symbolen som vanligtvis porträtterades som underkastelse, men det var en så känd innebörd att den inte kunde ha missats att ta med i beräkningarna. Troligare stod banden som symboler för det oskuldsfulla och rättssaliga. Det var ett krigiskt uttryck och Adrian hade svårt att inte tycka att de på något sätt överdrev protestens innebörd, även om han fann tanken på att strida med godheten på sin sida vara betryggande.

Letandet efter förståelse fortsatte likväl som letandet efter någon sorts organisation av det förestående och hur vägen till fortsatt handling kunde se ut. Förutom det vita tecknet verkade det inte finnas någon gemensam nämnare för ursprunget av samlingen; något som skickade en värmande signal genom Adrians system då förtroendet för kollektivets gemensamma välvilja genomsyrade hans förnimmelse. Den befolkning han trodde hade tynat bort i likgiltighet stod här samlad i en brokig skara av varierande åldrar och bakgrunder så vitt de yttre signalementen gick att tyda. Allt från människor som såg ut att tillhöra nittiotalets radikalvänster till den bullbakande farmodern som fått nog av att stå vittne till förfallet. De var alla samlade för att säga ifrån till hotet mot vänligheten.

Utan att veta vad som initierat startskottet började folkmassan plötsligt att röra sig ut ur parken och ned längs Arsenalgatan. Att sätta fart på ett sådant omfattande maskineri var en långsam process, och en lång stund kändes det snarare som att de marscherade på stället än att de rörde sig i riktning mot målet. Storleken på processionen var troligen förödande för överraskningsmomentet som Adrian förväntat sig att den skulle uppnå när den dök upp utanför maktens korridorer, men med åsynen av väldigheten runt omkring sig konstaterade han att den dramatiska effekten skulle ge större slagkraft än den plötsligaste av överraskningar.

Precis när den del av klungan Rickard och Adrian

befann sig i hade passerat Kungsträdgården och kommit upp bakom operan, slöt sig tåget samman som en stötdämpare som bottnat. Dock hade inte en dämpare bestående av så många individuella delar någon kapacitet att öppna upp igen. Där de klämdes ihop mellan väggen som byggts framför dem, och vågen som fortsatte att trycka på bakifrån, stod de fast och kunde endast höra det tumult som utbröt framför. Andningen steg upp i halsen och Adrian ville bara armbåga sig fri från trängseln. Han ville skrika ut sin ilskas uppmaning mot de som tryckte på bakifrån att sluta trängas, men han tvingade sig själv att blunda och ta några djupa andetag. Det var ingen som gjorde något med illa uppsåt, det var bara för många människor i kollektiv rörelse.

Efter några sekunder med stängda ögon, fokuserande på att koppla sig fri från skeendet han fann sig i, lyckades han tygla de paniska frustrationerna. Gissningsvis var täten framme någonstans vid Gustav Adolfs torg men det var omöjligt att se från deras position mitt i folkmassan. Tanken slog plötsligt Adrian att platsen framför dem var densamma som varit lika belamrad på installationsdagen. Han hade inte kunnat föreställa sig en mer fasaväckande scen än den som sänts ut till hela befolkningen då, men genom hjärtat rusade en långt verkligare rädsla genom kroppen när han själv befann sig nära händelsernas centrum.

När trängseln till slut avtog en aning efter några minuter av fullkomligt stillestånd, var det som om tumultet bara vandrade genom leden och det ropades och skreks ohörbara ord i alla riktningar som om de var på flykt från någonting som Adrian ännu inte kunnat se. Sikten var skymd av folkhavet ända till dess att Rickard ryckte tag i hans axel och pekade fram mot torget dit gliporna mellan alla människor slutligen öppnat sig för genomsikt. Bortom människorna stod en mur av svarta skåpbilar och framför såg de för första gången den nya väktarkårens svarta soldater i agerande.

Med ursinne i handlingskraften jagade de protestanter och släpade iväg dem de lyckats tillfångata med vilken kroppsdel de än fått tag i först. Adrian kunde se någon bli dragen med foten först över asfalten och upp på trottoaren. Han blundade innan det var huvudets tur att ta klivet. Handlingskraften frös till is och plötsligt befann sig tankarna på lastkajen igen, i en amplifierad version där hotet inte endast var överhängande, utan hade brutit ut i en avrättning. Vilket ögonblick som helst skulle den öronbedövande knallen av metall mot bakhuvudet ljuda igen. Ögonen slöt synen krampaktigt och de sammanbitna käkarna förvred hela ansiktet i förväntan av smärtan som han den här gången blev skonad från.

”Kom!” ropade Rickard och drog Adrian iväg från hans observationer. ”Vi måste ta oss härifrån, fort.”

Den enda väg som verkade möjlig att fly över var Jakobs torg och upp mot Jakobsgatan. Uppifrån Västra Trädgårdsgatan kom ytterligare skåpbilar närmare med vrålande motorer och bildade en ny blockad. De sprang mitt i ett myller av människor, en blandning av de skräckslagna och de som var redo för fysisk konfrontation. De sistnämnda hade en särskild sorts intensitet i ögonen som Adrian aldrig förr hade sett på så nära håll. Han blev nästan lika rädd för dem, trots att de stod på samma sida i den konflikt som pågick. Det var något med entusiasmen som sken igenom intensiteten.

När de kom ut i korsningen vid Regeringsgatan

kastades dem plötsligt åt sidan av en våg av människor som vällde in från höger. Det fanns inget sätt att kontrollera fallet, alla rasade till marken som om de vore en enhet. När Adrian och Rickard lyckats resa sig såg de den mur av kravallsköldar som pressade sig fram och över alla som försökte ta sig upp på fötter igen. De fallna som inte var snabba nog blev nedtryckta i marken och övertrampade som om de inte existerade framför Ansatsens väktare. Överallt runt omkring blev människor nedtrampade eller ivägsläpade av väktarna, till de svarta skåpbilarna där de blev slängda och instängda trots vilt sparkande och vevande med armar och ben, skrikande ut deras protester.

Han såg Rickards nu lamslagna ansikte någon meter bort och sprang dit för att slita honom med sig i ett försökt att fortsätta flykten längs Jakobsgatan, på andra sidan korsningen där kaoset urartat. Han följde med även om han knappt verkade förstå vad det var som försiggick men de kom inte längre än till andra sidan korsningen innan de än en gång kastades mot marken. Denna gång av en sköld som slog emot dem med full kraft från sidan. En dånande explosion brast i Adrians hela system när huvudet slog i någonting i hans landning och det svartnade för hans ögon.

Han var fortfarande vid medvetande, men kunde inte se den kalabalik han hörde runt omkring. Han försökte blinka fram ett synfält, men kunde först efter stund få fram en första suddig bild av sin omvärld. Den var tillräcklig för honom att se hur hans kamrat blev ivägburen av två väktare som hade varsitt fast tag under hans armar. Det sista han såg genom sitt tillfälliga synfält var de röda nyanserna i utkanterna av den svarta rännil av blod som sträckte sig ned från kamratens hårfäste och verkade tillta någonstans mellan de skräckslagna, uppspärrade ögonen. Blodet skvätte från läpparna i ett frustande andetag men Rickard verkade oförmögen att göra något motstånd och försvann ur synfältet bakom hörnet på ett hus, först det förtvivlade ansiktet och sist hälarna som skrapade mot asfalten under.

När Adrian försökte uppbåda kraften att ta sig upp för att rädda Rickard förlorade han all uppfattning om omvärlden och segnade ihop i ett lealöst mörker på trottoaren.

Långsamma, upprepade blinkningar presenterande en serie ögonblicksbilder, sakta sammansättande verkligheten igen. Det fanns ingen plötslighet alls i skeendet. För var blinkning blev ögonblicket längre och längre tills Adrian slutligen kunde hålla ögonen öppna under egen kontroll.

Stenplattorna mot hans kind var blöta och kalla, och när han satte handflatorna mot samma underlag för att ta spjärn och resa sig från marken, var rörelserna lika långsamma som ögonen först varit. Han var genomfrusen och belastningen orsakade en smärtande värk i armarna. Med stor ansträngning tog han sig till sittande och såg den mörkröda betongförankringen under lyktstolpen intill honom; som en påminnelse om vad som försiggick och vad han gjorde där. För att förstärka minnet kände han såret i huvudets sida som pulserade i takt med hans hjärta. Långsamma och tungt bultande slag som fick synen att svartna och återvända med var takt innan han vande sig vid sensationen och kunde mota bort reaktionen.

Den version av en korsning i centrala Stockholm som mötte hans uppfattning var något han inte kunnat föreställa sig innan. Med lyktstolpen till hjälp lyckades han resa sig till fötter och tittade förskräckt ut över det urbana slagfält som var korsningen mellan Jakobsgatan och Regeringsgatan. En krigszon utan sprängda byggnader eller rökplymer vid horisonten. I den här versionen fanns endast de påverkade människorna; de vacklande skadade som försökte finna sin väg bort från platsen som orsakat deras plågor, haltande förbi de livlösa som låg kvar längs gatorna. Förutom den skadeverkan som orsakats av dem, fanns inte ett spår av de svarta väktarna och inte heller av Rickard som blivit bortförd av dem. Gatorna var lämnade till en ödesdiger tystnad. Ett utmattat lugn efter den våldsamma storm som svept genom och ställt allt på sin kant.

Vid påminnelsen om kamraten och det öde som tvingats på honom, växte en kvävande förtvivlan bakom revbenen och stoppade tillgången till fulla andetag. Händelsen hade varit så surrealistisk och minnesbilden av kollegan som blev bortförd kändes verklighetsfrånvänd. Det var något som inte skulle vara möjligt att hända, och det skulle framför allt inte kunna ske på grund av den ordningsmakt som borde haft till syfte att undsätta de som utsattes för det.

Helt frikopplad från fingerfärdighet fiskade Adrian upp sin enhet ur rockfickan och började med stelfrusen klumpighet knappa i det tretal som varit synonymt med att tillkalla hjälp. Han hoppades att det fortfarande var den räddningstjänst som var villig att hjälpa som fanns på andra sidan, men han var rädd för sannolikheten att det var den nya världen som skulle svara och stå som mottagare av hans rop om undsättning. Han kunde inte göra annat än att förlita sig till hoppet.

”Hej, mitt namn är…”

Han avbröt sig själv då en känsla av obehag kungjorde sin oro när han var på väg att identifiera sig. Någonting sa honom att det inte skulle vara till hans fördel att ge ut sitt namn, men han kom snabbt på att han troligtvis redan röjt sin anonymitet genom att ringa från hans egen enhet.

”…Adrian. Min vän har blivit bortförd, eller kidnappad. Jag vet inte vad man kallar det. Det hände vid korsningen mellan Jakobsgatan och Regeringsgatan. Det finns massor av skadade människor här. Och troligtvis nere vid Gustav Adolfs torg också,” la han till när han påmindes om vart det första tumultet hade brutit ut.

Inget svar kom till undsättning och Adrian fortsatte frustrerat tala till tystnaden.

”De behöver hjälp. Vi behöver hjälp. Det var de där nya väktarna som orsakade allt det här.”

Det var tyst ytterligare ett ögonblick på andra sidan innan en sansad och saklig röst av en, som Adrian föreställde sig, ung kvinna gjorde sig hörd.

”Din vän orsakade själv det öde som förestår honom, eller henne. Låt mig föreslå, Herr Evander, att du tar den kortaste vägen hem igen och att du verkligen tänker igenom dina kommande beslut. Din väns öde kommer att finnas till hands även för dig om du inte accepterar din plats i ordningen.”

Samtalet kopplades bort och lämnade Adrian uppgivet stirrande ut över alla sårade som tydligen stod helt utan möjlighet till hjälp. Med väldigt lågt förtroende för sitt eget förehavande beslutade han att åtminstone försöka med den faktiska polisen, även om det inte längre var den som fanns bakom larmnumret.

Med tynande krafter började han i sakta, orkeslösa steg röra sig mot Kungsholmen och den enda polisstation han kunde lokalisera från minne, och som kändes som en trygg plats tack vare åren han och Ellen spenderat på Pilgatan innan de flyttade utanför staden många år tidigare. Sträckan som han föreställde sig som tjugo minuter lång, visade sig i hans tillstånd vara närmare en evighet. Åtminstone var upplevelsen av fötternas upprepade rörelser de av ett oöverstigligt projekt som inte verkade ha möjlighet att nå någon ände.

Han hade ingen möjlighet att avgöra hur lång tid som faktiskt förlöpt när han till slut såg den välbekanta symbolen av det förflutnas polismakt, skyltad på fasaden till hans målgång. Oavsett om de skulle skänka honom frid eller ej var han tacksam över att slutligen få uppleva värmen inomhus, och redan i foajén blev han stillastående under en ventilation som blåste ut varmluft som en räddande slöja över hans sargade kropp.

Han måste ha varit en sorglig uppsyn där han stod med blöta, smutsiga kläder och ett sår i huvudet med blod intorkat ner i ansiktet. En uniformerad karaktär klev in i det lilla varmrummet tillsammans med honom och erbjöd sin hjälp, inte så mycket i egenskap av polis som av uttryck för medmänsklighet.

Med en filt svept runt sig och en pappersmugg med rykande hett automatkaffe värmande mellan hans flätade fingrar började han berätta förloppet som lett honom till den stol han satt på i ett av de bakre rummen på polisstationen. Polisen som hade presenterat sig som Anders i samband med att han föreslagit att Adrian skulle komma in och värma sig, satt framlutad med armarna mot sina knän i en pinnstol intill. Han lyssnade med hela sitt engagemang riktat mot Adrian som äntligen återfick hela bröstkorgens kapacitet att andas i lättnaden av att förklara, både vad som hänt och vad han kände, för någon som verkligen hörde vad han hade att säga. Det oroade honom dock att polisen Anders inte antecknade något av det han berättade.

”Hur ska vi hjälpa min vän?”

Adrian försökte tvinga fram en bekräftelse för hans farhåga när han till slut nått änden av sin berättelse. Anders tittade först på honom med uppgivenhet i ögonen innan han vred bort blicken och svarade med en koncentrerad ilska återhållen i rösten.

”Jag måste hänvisa dig till väktarkåren med den frågan. Polisen har inte längre befogenhet att agera på anmälningar om brott. Vi ansvarar endast för utredande arbete vid uppdrag som eskaleras från den operativa verksamheten.”

Det var uppenbart inte hans egna åsikter som uttrycktes och Adrian som fram till dess känt sig som den utsatta av de två, började känna en förskjutning av den rollfördelningen. Deltagandet i denna Kafkaeska version av verkligheten började sakteligen distansera känslorna från händelserna. Uppgivenheten inför att behöva anmäla väktarnas brott till väktarna själva var en absurd ironi, så verklighetsfrånvänd att Adrian fnyste i en sorts skrockande skratt när han tänkte på saken.

När han insåg meningslösheten i försöket med polismannen tackade han för sig och sa att det var dags att bege sig hemåt. Anders protesterade, och på goda grunder.

Adrian reste sig från stolen och förstod omedelbart att hans kropp saknade krafter att ens hålla honom upprätt. Han rasade lealöst ihop på golvet utan att kunna göra något alls för att dämpa fallet. Han var fortfarande klar i huvudet, det var bara kroppen som sa ifrån.

”Du kan inte åka hem i ditt tillstånd. Vi måste få dig till akuten,” sa Anders.

”Det behövs inte,” mumlade Adrian till svar. ”Jag behöver bara komma hem så att jag får vila.”

”Jag släpper dig inte härifrån om det inte är till akuten. Jag ringer en ambulans.”

En kall kår sköt upp längs ryggraden på Adrian. Hur stor var sannolikheten att inte också den offentliga instansen var övertagen eller åtminstone övervakad av väktarna?

”Okej. Jag går till akuten. Men ring ingen ambulans. Jag tar mig dit själv.”

Anders lät honom inte gå men erbjöd sig att skjutsa Adrian istället. Antagligen kunde väl även han förstå oron inför den verklighetsomvälvning som hade skett.

Vid mottagandet, och efter avsevärda väntetider, blev han rullad genom proceduren av initialundersökningar och röntgen innan han slutligen fick lägga sig till ro i ett behandlingsrum. En nylig kollaps efter fysiskt och psykiskt trauma klassificerades inte som akut nu när han både var vid fullt medvetande och kapabel att dirigera sina egna kroppsliga funktioner.

En sköterska, vars namn passerade förbi hans medvetande utan att registrera sin ankomst, såg till att ordna med ytterligare koppar kaffe samt en skål med soppa av okänd sort. Hon var av åsikten att det inte bara var värme som saknades hans varelse utan även den näring som skulle energisätta det system som sedan länge övergått till sparlåga. Hennes omtanke sträckte sig även förbi en första skål med löftet om oändlig påfyllning om så var behovet.

Medan Adrian sörplade i sig den krämiga och salta soppan från skål nummer två och hans kognitiva kapaciteter hade börjat klättra högre än endast en medveten nivå, tittade han ner på den vita krämigheten och de färgglada små prickar som flöt runt i skeden. De gröna bitarna gissade hans sig till var gräslök men det fanns inget sätt att bekräfta. Han stod utan rimlig gissning till vad de övriga färgbitarna var, men njöt av värmen och lugnet av att befinna sig under omvårdnad och för en stund inte behöva bearbeta sin egen problembild.

Han blåste försiktigt på ytterligare en sked med lite för het soppa just som den sköterska vars namn han inte kunnat uppfatta återvände till hans rum med en oroväckande och skyndsam försiktighet i både röst och rörelse. Hon tittade ut i korridoren åt båda håll innan hon klev in och stängde dörren bakom sig med noggranna rörelser för att inte orsaka några ljud som kunde dra till sig någon uppmärksamhet. Hon höll dörrhandtaget nedvridet ända tills dörren var stängd innan hon höjde upp det och stängde kolven i dörrposten.

”Du måste synda sig,” viskade hon intensivt. ”Klä på dig de här. Jag har sett till att de är torra.”

Hon la en hög med kläder på sängkanten med hans svarta rock överst. Han antog att plaggen som låg under också var hans, han kunde bara inte minnas när hon lyckats få med sig varken skjorta eller byxor ut ur rummet utan att han lagt märke till det.

”Läkarna har fått order om att rapportera in alla patienter som dyker upp efter att ha varit med om protesten tidigare idag. Jag hörde precis din läkare ringa samtalet så jag skyndade mig att plocka ur dina kläder ur torkskåpet. Du måste härifrån nu. Väktarna har varit här på bara några minuter för de som kommit in tidigare.”

Adrian brydde sig inte ens om att fråga vad det var de ville åstadkomma genom att hämta honom, han hade kommit att acceptera att den nya verkligheten inte var en som levererade några svar. När han reste sig ur sängen kände han sig stel och mörbultad, men rörelserna reagerade i snabb takt och han fick på sig alla lager kläder medan sköterskan höll utkik över korridoren från dörren hon öppnat på glänt. När han klev upp bakom henne, påklädd och redo, sköt hon igen dörren till en smal glipa.

”Ner längs korridoren till höger finns ett trapphus som inte används så mycket, det är mest bara personal, men inte ens många av oss väljer den vägen. Ta den ner och ut så går jag den vanliga vägen och möter upp dem och försöker fördröja dem så länge det går utan att väcka misstanke. Gå nu, men kom ihåg att de vet vem du är och har dina uppgifter. Jag vet inte vad de vill med er alla.”

”Tack.”

Det fanns inte mycket mer att säga innan Adrian smet iväg med så hastiga steg han kunde uppbåda utan att det skulle bli alltför iögonfallande. Han fann sin väg ner genom trapphuset och ut ur sjukhuset utan någon ytterligare dramatik och begav sig till närmaste tunnelbana för att påbörja sin flykt ut ur det origo av fasa som staden agerat för en dag.

Avståndet till gatornas hysteri ökade för vart marscherande steg de två väktarna släpade bort Rickard från friheten, med grepp om båda axlar och armhålor. Vad som väntade låg utom sikte bakom ryggen då deras bortförsel lät hälarna skrapa mot asfaltens blöta svärta.

Axlarna var nära att slitas ur led när väktarnas koordinerade kraft fick hälarna att släppa kontakten med marken och han kastades emot den bakre väggen med en dov smäll mot plåten. De hoppade in i det begränsade utrymmet vilket saknade eget ljus och bände båda armarna bakom ryggen i en onaturlig rotation av både axlar och armbågar. Förtvivlan förlamade alla försök till motstånd och efter bara några sekunder var händerna fastlåsta om handlederna och något fast objekt bakom.

Adrian låg stirrandes upp i taket som han antog fanns någonstans i mörkret. Det spelade ingen roll om han blundade eller höll ögonlocken öppna, allt han kunde se var den vakna drömmen som spelade Rickards öde för honom.

När vännen i visionerna ifrågasatte väktarnas rättighet till frihetsberövandet mötte han inget svar. Dörren sköts igen med en tätslutande duns bakom dem när de lämnade utrymmet i fullkomligt mörker. Kalabalikens brus ljöd dämpat från utsidan och orsakade en märkligt känslokall resonans genom plåten som urholkade tonerna till obetydlighet.

Panikartade röster närmade sig utan att orden kunde urskiljas, stannade precis utanför och tystnade som svar på det "håll käften!" som bröt alla dämpande barriärer. Dörrhandtaget klickade till och en strimma bländande ljus öppnades i den vänstra sidan när dörren sköts längs sin styrande skena. Munnen hann precis forma början av en ny protest när det första som uppenbarade sig i ljuset omedelbart tystade ansatsen. En gevärspipas svarta inre sög in all tillstymmelse till motståndsvilja i sitt djupa vakuum och orden svaldes i den torra halsen.

Adrian önskade att han kunde ta kontroll över världen som var bortom hans makt och ingripa. Undsätta, inte bara Rickard, utan alla som tvingades uppleva samma skräck. Han mindes hur han själv stått i ett alldeles för nära möte, med ett långt mindre skräckinjagande vapen i Johans händer, som inte alls uppvisade samma hänsynslöshet i sitt handhavande men likväl hade varit en oförglömlig minnesbild att påminnas om, även långt senare.

Geväret och dess utövare tog ett kliv bakåt och fick slutet att kännas kommet, men istället bröt handgemäng ut bakom väggen dit dörren var skjuten. Bara några sekunder av hårda slag i mjuka träffytor följt av tunga stön innan en efter en kastades in i det kala utrymmet tills det delades av ytterligare tre.

Väktaren med geväret hade klivit ut på trottoaren med

skåpbilens inre under bevakning, inte längre i fokuserat sikte men med båda händer i ett grepp som såg ut att inom ett ögonblick vara redo för åtgärd om behovet skulle uppstå.

En andfådd viskning från den av de tre nytillkomna, framför till vänster, bröst tystnaden.

”Hur kan de göra så här? Varför...”

”Knip igen!”

Väktaren hade hunnit kliva ett steg åt sidan och riktat upp geväret en halvmeter från den viskandes ansikte innan han med skräckslagen blick tystnade och sänkte blicken ner i sin egen famn. Det behövdes ingen förklarande fortsättning om vad hotet hade för slutpunkt.

Efter ytterligare tre tillfångatagna trängts in i utrymmet och genomgått samma process av försök till motstånd och efterföljande avslag stängdes dörren åter för att täcka den trånga cellen i ett ohejdat mörker.

Han visste att Rickard inte kunde se någonting i mörkret men på något sätt kunde Adrian se hans oroade ansikte genom svärtan. Hans syn kunde se utan ljus, bara det inte var i samma rum som han själv befanns sig i.

Motorn rev igång med ett vrål som vibrerade genom hela karossen. Från fordonets inre var det omöjligt att utan sikten som referens avgöra vilka hastigheter det rörde sig i, och således ej heller uppskatta vilka distanser som avverkades. Men accelerationen och det förhöjda motorljudet tilltog när de frekventa kurvtagningarna upphörde, och antagandet måste vara att de nu färdades framåt längs en motorväg. Motorljudet var högt men inte alls ansträngt, snarare som att det fanns en obegränsad kraft att hämta, en som bara väntade på att bli frisläppt från sina begränsningar.

Den ändlösa färden kom slutligen till ett stopp någon gång långt efter att uppfattningen om tid förlorat sin innebörd. Bilderna av blodiga ansikten och försakade människokroppar, livlösa på huvudstadens gator och torg, ersattes av rött tegel på väggen bara någon meter utanför dörrarna när de öppnades.

Om än begränsad i sin omfattning, fick världen åter en tredimensionalitet med tillförseln av ljus och ett ögonblicks friskrivning från en rådande förtvivlan. En kortvarig lättnad som decimerades när två svartklädda klev in i utrymmet. Ett efter ett försattes huvudena i nytt mörker av huvor som var lena mot kinderna men täta i sin väv vilken inte släppte igenom mer än en svag antydan till att det fanns ljus på andra sidan.

Adrian förde handen till sitt ansikte som att han kunde frigöra Rickard från klaustrofobin om han säkrade att hans eget ansikte var fritt. Istället förflyttades han själv in i huvans mörker.

Handfängslen låstes upp och fjädringen gungade när en efter en leddes till att hoppa ut ur det instängda utrymmet. När tillåtelsen kom att kliva ut på fast mark möttes steget av ett hårt, trubbigt slag i magen som fick luften att försvinna ut i en enda pust och blötte insidan av huvan som klibbade fast i hakan, kladdig av saliv.

Det var kvavt av den återanvända utandningsluften, och att inte få andas den fria luften utanför framkallade en än mer instängd upplevelse. Men allt var en domnade parentes i smärtornas dimma som övertog hela varelsen och friheten att tillåtas stå på egna ben utan att vara fasthållen av en annan människa, om dessa nu fortfarande erhöll medlemskap till mänskligheten. De var snarare transformerade till ondskefulla verktyg i rekonstruktionen av samhället.

Viljan att göra motstånd övervägde inte rädslan för konsekvenserna när den blinda vägen framåt leddes mot en gallerdörr som skramlande gav sig till känna någonstans nära framför. Det var en kort promenad dit, och stegen av det lilla följet ekade mellan de kompakta väggarna tills skramlandet hördes igen bakom när dörren stängdes. Ekot fortsatte men vidgades över ett avstånd som gav känslan att det var en gårdsplan ljudet färdades över. Gruset knastrade under vart steg och försökte formge platsen som något liknande en skolgård även om det var osannolikt.

Frammarschen stoppades och huvan lyftes över huvudet mot en bländande vintergrå himmel som ersatte det kvava mörkret. Några blinkningar senare uppenbarade sig en rad svartklädda väktare, med deras gevärspipor stirrande på de som just fått sin syn åter. Ett ögonblick av stillhet passerade innan en explosion av simultana kaskader lös upp gårdsplanen och lämnade den i undergångens mörker.

Adrian rycktes ur sitt sinnes förfärliga värld och fann sig åter liggande, kallsvettig i sin tillfälliga säng ute på landet. Det skrapade i halsen av hans intensiva andning.

Alarmet var tänkt att väcka honom, men i verkligheten blev den bara en signal som berättade för Adrian att det var dags att resa sig från sängen och fortsätta letandet efter vägar att hantera ett liv och en omgivning som ställt sig på sin högkant. Han trodde inte att han hade sovit en blund på hela natten i det gästrum som kommit att bli hans permanenta sovrum.

Drömmen kunde lika gärna ha varit en vision i ett till hälften vaket, hälften sovande tillstånd. Det fanns inget sätt att säga säkert även om de rödsvullna ögon han mötte i spegeln var antydan nog för att övertala honom. När han bytte omläggning av såret i huvudet var färgtonen runtom nästan precis densamma som runt ögonen som försökte hålla sig öppna.

Natten hade passerat nästan utan att han noterat att timmarna tickat på. Tankarna hade varit fullt upptagna med att försöka förstå omfattningen av det som hänt och vad det mest troliga scenariot om Rickards öde var.

Rädslan och oron att hans vision skulle vara sanningen var påtaglig, och övertygelsen tilltog bara desto längre tankarna levde kvar. Bortförandet var mer än bara skrämseltaktik. Vittnesmålet av obefintlig hänsyn till mänskligt liv bekräftade att denna nya makt inte ansåg det nödvändigt med endast försök till övertalning i sin strävan att implementera sin världsbild. För att få operera ostört var den beredd att eliminera allt motstånd utan att resonera eller ångra.

Viljan att upprätthålla hopp om att vännen var vid liv försökte cirkulera åter till uppfattningen, men Adrian visste att det bara skulle leda till än starkare förtvivlan att möta sanningen igen om han lät det naiva få övertaget, och till och med släppa taget om motståndet mot makternas försök att samla anhängare. Det var fortfarande tal om en totalitär världsordning, vilken inte stod redo att förbättra någonting av det den borde haft till uppgift att förvalta från dess maktposition.

Det förbryllade honom att han själv på något sätt verkade vara utom omedelbar fara. Han visste med säkerhet att de kände till, både vem han var och vart han bodde. Varför hade de inte kommit för ett hembesök om det nu var så angeläget som det hade verkat på sjukhuset? Var det också bara en skrämseltaktik att låta honom vara, men med oron att någon snart skulle komma för att tillfångata även honom? Det fanns ingen logik att förlita sig på. Alla trådar hängde lösa med sina ändar intrasslade i ett nystan, utan någon möjlighet att se vart de började eller tog slut.

Även förhållandet till Ellen, som dött, och som han trott att han kommit att acceptera som utspelat, hade denna natt återvänt för att ockupera hans medvetande med oförståelse och resignerad sorg. Vid hans hemkomst kvällen innan, efter en av de längsta dagar han kunde minnas att han upplevt, hade orken knappt varit tillräcklig för att kliva över tröskeln. Hans uppsyn av smutsiga kläder och ett plåstrat sår i huvudet hade inte varit tillräcklig för att uppbåda en reaktion hos Ellen. Hon satt vid köksön med en kopp te och vittnade hans ankomst. Han kunde inte avgöra om det var inbillning eller om det till och med lurade en antydan till ett hånleende bakom den sammanbitna masken av indifferens. Oavsett gav hon inte något uttryck tillkänna, och trots att det i sig inte var någon skillnad från deras ömsesidiga bemötande över det senaste året, tog det honom den här gången hårt då det cementerade hennes fullkomliga likgiltighet inför honom. Att han var skadad var ett omisskännligt faktum men hon hade det inte längre inom sig att ens fråga om han var okej.

Med utebliven reaktion hade hon rest sig från barstolen, sopat ned några smulor från bänkskivan i muggen och sköljt ur den i diskhon innan hon ställde den i diskmaskinen. Ingen skyndsamhet, inget tecken på att hon försökte fly honom, bara en fullkomlig obryddhet över hans blotta närvaro medan hon i vanlig ordning förberedde sig för sänggång.

I månljusets stilla ensamhet kom han på sig själv med att fundera hur hon skulle agera om hon ställdes inför något sorts ultimatum eller ställningstagande angående hans öde om den nya makten skulle komma sökande efter honom. Svaret som framkallade sorgen, och som var det mest sannolika, var det att hon utan ett ögonblicks tvekan skulle peka ut hans position och gå för att koka upp tevattnet som om inget höll på att hända när han med våldsamt handlag skulle ha rövats bort från sin frihet och sitt hem.

Vare sig han vid det här laget befann sig i någon fara eller ej, var han fullt övertygad om att risken var hög att detta inte hade varit den sista dagen han hade spenderat i någon form av flykttillstånd. Det han bevittnat var ett löfte om en eras början, och när han låg stirrande upp i takets mörker ovanför sängen funderade han hur han skulle kunna förbereda sig inför realiserandet av det han befarade. Hur han skulle gå tillväga om han behövde göra en hastig flykt från offentlighetens öga.

Vid någon tidpunkt under natten hade han studerat kartbilder över allt som var obebott inom flera mils radie, med utgångspunkt både vid hemmet och jobbet. En insikt som dök upp och en som inte var det minsta betryggande var svårigheten i att veta vad det var han skulle tvingas fly från, helt utan vetskap om vad till. Det enda han kunde säga säkert var att skogarna inte skulle möjliggöra någon form av övervakning, och att det var via dem han, om så blev fallet, skulle behöva söka sig genom.

För första gången i hans vuxna liv hade Adrian kommit att tänka att han önskade att han befann sig i USA, eller att Sverige var lite mer som det landet. Han såg sig för första gången i behov att beväpna sin person. Inte till vardags, men som en del av den överlevnadsutrustning han skulle behöva sätta samman. Han visste inte över huvud taget hur man gick till väga för att anskaffa skjutvapen i Sverige men han var övertygad om att det inte var något som skulle vara möjligt med omedelbar verkan, och framför allt inte utan att väcka ytterligare uppmärksamhet. Han förbannade för ett ögonblick den lagstiftning som han genom hela sitt tidigare liv varit tacksam för. Den här gången stod den till hans förtret och hindrade honom från fullkomlig förberedelse och framtida personskydd. Det enda han trodde skulle vara möjligt att inskaffa var skär- och huggvapen vilket sannolikt skulle vara bättre än inget alls men skulle kräva att hans fysiska varelse behövde utsättas för större fara, och visa prov på förmågor han inte var särskilt övertygad om att han besatt. Samtidigt lättades hans sinne av omöjligheten till vapen. Principiellt var han emot att de ens existerade och såg dem främst som verktyg utan potential att göra gott.

Färden till arbetet efter sömnlösheten var som driven av autopilot. Med alla tankeresurser upptagna av gårdagen och dess konsekvenser för hans privata liv, hade han inte hunnit anlända till reflektionerna som skulle analysera meningen med det offentligt verksamma. Funderingarna om det var försvarbart att fortsätta formandet av en skara rebeller, när han från förstahandsperspektiv varit mottagare av konsekvenserna av ett sådant ställningstagande. Utrymmet för fortsatt kontemplation klipptes kort då han inte hunnit mer än kliva in på kontoret innan en kallelse till ett extrainsatt morgonmöte spred sig genom korridorerna. Först från chefen, men snabbt transporterat via var medarbetare tills alla förväntansfullt samlats i det stora konferensrummet, endast väntande på chefen själv.

När hon stegade in i rummet väcktes känslan hos Adrian att det var ett planerat skådespel han såg framför sig.

"God morgon alla."

Hälsningen var endast till för att förklara hennes närvaro. Hon vände sig om för att stänga dörren bakom sig och använde stunden som en konstpaus som fick hela scenen att framstå som repeterad.

"Det har skett en förändring som berör oss alla, och som är en del av ett större perspektiv av nya tankesätt som kommer att börja ta form framöver och som förutsätter allas vårat engagemang."

Adrian försökte läsa vilka känslor det var som låg dolda bakom den mask av professionalitet hon höll sig med men gick fullkomligt bet i sin syning.

"Rickard har med omedelbar verkan gått över till en tjänst inom ett projekt som är direkt underordnat den nya regeringen."

Adrian stannade upp mitt i sin rörelse där han skulle justera positionen på sin stol, med handen stelnad över vredet under sitsen.

"Det låter förståeligt som att detta kommer med kort varsel, men jag försäkrar er att så inte är fallet utan att diskussionerna har varit pågående en tid. Det handlar endast om att projektets är av känslig natur och ännu inte är offentliggjort. I och med detta kommer vi ta tillfället i akt och effektivisera vår handläggning varpå Rickards pågående ärenden kommer att fördelas mellan lämpliga medarbetare. Som sagt är detta endast en liten del av en förändringsprocess vilken kommer att förtydligas inom kort, men tro mig när jag säger att vi går mot spännande tider.”

Lindas blick pulserade som en röd varningssignal i periferin ända tills Adrian gick med på att möta den, ovillig att respondera på frågan som uttrycktes av hennes ögon i ordlös desperation: ”det är inte sant va?”

För stunden skakade han endast långsamt på huvudet medan han själv försökte tolka det övertygande skådespel han satt inför. Det fanns ingen antydan till lögn i chefens framträdande, annat än det som naturligen kom som en del av ledarskap och obeveklig optimism. Men det var trots allt en lögn, en hjärtskärande osanning som härjande rev i hela Adrians inre och försökte få honom att brista ut i ett högljutt vrål. Han behärskade sig, svalde tillfälligt förlustens sorg och landade i att sannolikheten var större att det var chefen som hade varit mottagare av osanningar, och att den enda egentliga lögnen som fördes vidare, var den att detta skulle varit ett genomtänkt och planerat beslut.

Adrian och Linda stod vittne till ett sorl av småprat i positiva ordalag och nyfikenhet inför vad det projekt Rickard tydligen fått bli en del av var för något. För ett ögonblick funderade Adrian på att ställa sig och högljutt proklamera sanningen och förklara vad som verkligen hänt den försvunna kollegan dagen innan, men han insåg själv lönlösheten i hela företaget. Antingen skulle de inte vara mottagliga för att höra verkligheten beskriven som den verkligen var, eller så skulle han fördömas som den antikraft han blivit. Eller också var det båda tingen som skulle inträffa. Det var hur som helst inget av alternativen som fick honom att skrida till handling.

. . .

"Vad i helvete är det som händer? Vart fan är Rickard?"

Linda lyckades på något sätt skrika i viskande volym och Adrian förstod hennes förvirrade ilska. De stod innanför dörren på hans kontor och hade inga tankar om att sätta sig ner. Det var ett samtal som av någon anledning behövde hållas stående.

"Det hände någonting igår…"

"Tror fan att det gjorde. Vart är Rickard?"

"Vi kom in till stan igår och det visade sig vara helt sanslöst mycket folk som var med i protesten, men vi hann inte längre än några kvarter innan vi blev stoppade och överfallna. Den där väktarkåren. Det var dem."

"Vart är Rickard?"

"Jag vet inte. De släpade iväg honom blodig bort från mig. Det var det sista jag såg innan jag tuppade av, av det här."

Adrian pekade upp till plåstret i huvudet, vilket han tyckte var märkligt att ingen hade påpekat, eller ens verkat uppmärksamma att han bar.

"Va? Men… vad menar du? Vart tog de honom?"

"Jag vet inte. Jag vet verkligen inte. Jag försökte få hjälp men polisen har förlorat alla sina befogenheter och larmcentralen bemannas av väktarna. Det finns ingenstans att vända sig. Allt jag vet är att hennes lilla tal därinne är fabricerad någonstans ifrån. Rickard är död. Mördad. Så mycket hänsynslöst våld. Jag vet inte…"

Han tystnade, visste inte hur han skulle beskriva minnesbilderna.

"Vi måste ju för fan göra något åt det här."

"Ingenting finns att göra, han är borta. Och när det

kommer till de onda krafterna finns det knappast något inom vårt räckhåll som i någon faktisk bemärkelse kan motverka dem. Det skulle bara bli ett ställningstagande för bibehållen integritet och martyrskap för ändamålet."

"Om det är vad som blir av det så får det väl vara så. Inget skulle vara värre än om vi la oss under dem jävlarna, de har rövat bort en helt jävla oskyldig."

De hade berövat hans liv, tänkte Adrian men ville inte tillrättavisa hennes ovilja att acceptera det som var oåterkalleligt. Adrian besatt inte riktigt samma övertygelse om att principen i sig skapade det värde Linda ansåg, men han höll med henne i sak att det vore orimligt att resignera i lydnad under ett maktskap av förtryck. För stunden, och i väntan på något konkret att göra åt saken fick det idealistiska initiativet med hans skara patienter fortsätta som substitut för aktion; som den principiella handling Linda föreslog. Det var dock en avskalad skara som kvarstod i rebellstyrkan då Linda, innan hon lämnade hans kontor informerade honom att två av de regelbundna och långvariga patienterna i hans härd kastat in handduken. De två var några av de som varit mest skräckslagna när valsäsongen tagit vid och som förlorat all tillstymmelse till hopp när samhället väl valt dess nya inriktning.

Desperationen i patientens förtvivlade röst upphörde i förvåning när alla rummets projektioner på en och samma gång lyste upp rummet. Den stora väggens sken förstås mest påtagligt men Adrian såg hur den mörka öppningen ner i hennes handväska intill fåtöljen också var en ljuskälla som försökte hitta sin väg ut. Bakom honom låg även hans egen enhet i fullt sken rakt ner i skrivbordet. Bilderna var av ett dramatiskt skådespel föreställande en talarstol klädd i svart drapering bakom vilken den intensiva hållningen av Theodor Augustsson stod orörlig, stirrande rakt emot dem, som om han kunde fokusera in i båda deras själsliv på en och samma gång. Bakgrunden var en vägg av svartsprängd sten, upplyst från golvet i torn av ljus som framhävde den grova ytan och stod i kontrast med de två svarta flaggorna som hängde i vardera sida i inramningen.

Som för att skapa ytterligare dramatisk effekt gick kameran in närmare på hans gestalt och ansikte.

Han yttrade inte ett enda ord för att bryta spänningen

som laddades ut i hela rummet där Adrian, tillsammans med en redan överspänd patient, delade den upplevelse som framgångsrikt skapade dess avsedda effekt. Hur många gånger han än såg in i det avgrundsdjupa ansiktet på mannen som förändrat världen, vande sig Adrian aldrig vid åsynen vilken för alltid skulle framkalla rysningar längs ryggraden och in i djupet av hans själ. Det hade lika gärna kunnat växa små horn i mannens panna. Hans ondskefulla uppsyn var så påtaglig att den inte gick att undgå, ens för den mest ignoranta. Allt var bara en mörk symbolik; partiflaggan, podiets inklädnad och inte att förglömma: hela den väktarkår han kommit att använda för att personifiera sin makt. Det fanns inte en antydan till att försöka dölja den aura han skapade. Tyvärr verkade han inte nöja sig bara med att framkalla atmosfären, Adrian hade fått möta genomförandet av atmosfären i fysisk form och ville inte bli delgiven hur långt den skulle sträcka sig.

”Mitt folk, under gårdagen kom Ansatsens väktare till undsättning då de avvärjde en incident som var på sin väg att eskalera till förödande konsekvenser för vår samhällsinstitution. Ett försök till inhemsk terrorism. I den effektiva insatsen kunde samtliga av de ansvariga gripas och genom förhör har det bekräftats att det som var förestående och nära att fullföljas, var ett attentat mot självaste Rosenbad vars allvarlighetsgrad förstärkts av de stora volymer sprängmedel som kunde beslagtas i samband med den avvärjande insatsen av vårt samhälles nya ordningsmakt. Många av de inblandade var endast medverkande, tjusade av förföriska ideal vars primära syfte är rättshaveri och nihilism. Jag säger är här och nu att den typ av nedbrytande aktivism inte tolereras. Fortsättningsvis kommer inte endast de ansvariga att omhändertas och lida allvarliga konsekvenser, samtliga inblandade kommer inför lagens ögon att dömas som desamma. Jag vill härmed uppmana er alla att skrida till handling vid varje misstanke om aktivism eller pågående indoktrinering. Dessa individer behöver stoppas innan permanent skada orsakas för vårt gemensamma leverne och ni är alla viktiga för detta bibehållande av ordningen."

Liksom hans inledning var utan hälsningsfraser, avslutade han omedelbart med en helomvändning och klev ut ur bilden som zoomade ut till att endast visa den dramatiska scenen igen innan skärmen stängdes av inför Adrians förfärade uttryck.

"Du ser; det är ju helt hopplöst," sa patienten. "Även om jag skulle klara av att stå för mitt verkliga jag så är det nu olagligt också."

"Nej, det är kanske ingen idé," svarade Adrian. Han fann inte energin till att försöka uppmuntra henne. Jobbet att övertyga sig själv om att det skulle finnas någon mening i att bekämpa förtrycket var nog så överväldigande. När hon reste sig ur fåtöljen och lämnade rummet gjorde han inte ens ett försök till att stoppa henne.

Det krävdes ingen större ansträngning eller kreativitet för att översätta statsöverhuvudets ord till: *Nonkonformitet är olagligt. Följ oss. Lyd oss. Allt annat gör du på egen risk och vi kommer att reagera på allt motstånd, med vilken kraft som än krävs.*

Den nya ordningen var uppenbarligen inte främmande för intrång i den personliga integritetens sfär även i större skala. Om de hade kapaciteten att kapa allas personliga enheter för att sända sitt budskap, hade de med all sannolikhet också kapabiliteten till använda samma utrustning för att mottaga information.

Med ett obehag som inte bara fick honom att rysa av

olust, utan också skaka av ilska, tittade han på den lilla apparaten som låg på hans skrivbord och insåg att det nog inte fanns någonstans kvar att gömma sig så länge man befann sig inom civilisationens gränser. Sedan övergången till det IT-integrerade samhället hade debatten aldrig varit *om* informationens insamlats, bara vad som gjordes av den och vem som hade tillgång till den. Den här dagen markerade ändpunkten då debatten avslutades med besked.

Fanns det något av sanning i det som sagts förutom intentionen att stoppa allt motstånd, vilket Adrian inte tvivlade en sekund på, annat än själva orsaken till att de ville stoppa all opposition? Den pompöse ledaren hade talat om att alla medverkande, vare sig de stod som ansvariga eller ej, framöver skulle betraktas som skyldiga. Innebar det att det fanns en chans att Rickard var oskadd, eller hade de funnit det rimligt att peka ut honom som en av handlingskrafterna bakom den så kallade attacken?

Adrian gjorde ett försök att ringa Rickard trots att det var osäkert att använda enheten, men utan något svar. Signalen som mottog hans försök meddelade att Rickards enhet inte var tillgänglig. Samtidigt som han var tacksam för att det återvänt, förbannade han hoppet om att kollegan inte skulle vara förgången. Det fanns en enkelhet i att fördöma möjligheten som förlorad istället för ovetskapen inför alternativet.

Oljudet från kvarnen som malde bönorna inför bryggningen tvingade honom ut ur hans bubbla av inåtriktad tankeverksamhet. Han hade knappt reflekterat över att han lämnat sitt kontor och givit sig ut bland alla de som plötsligt inte bara var medarbetare, omöjliga att samarbeta med. Efter det offentliga meddelandet stod de nu även som motparter på varsin sida om det tillåtnas gräns. Det var inte längre tal om endast skiljaktigheter i deras åsikter. Oförsikthet från Adrians sida hade potentialen att tvinga honom åter på flykt.

Förnimmelsen av närvaro dök upp i luften runt Adrian, och innan han hunnit reagera på känslan var orsaken till den nära nog för att överföra fysiska kännetecken. En varm andedräkt smekte honom obehagligt i nacken innan en viskande röst gjorde sig hörd, alldeles för nära för att Adrian inte skulle rycka till av olust.

”Du ska inte tro att den där lögnen gick hem i morse.

Det kanske finns några godtrogna här, men jag är absolut inte en av dem. Jag vet precis vart ni båda var igår, och att Rickard definitivt inte erbjudits någon ny, hemlig tjänst."

Adrian stod orörlig och vägrade ge någon respons på Miltons förakt. Dels för att han inte visste alls vad han skulle kunna ge för svar, men främst för att han inte ville ge ytterligare bränsle till föraktet som än så länge bara var en glödbädd inom kollegan. Vad han än skulle säga var en risk för att blåsa upp till eld.

Det hånfulla leendet hördes utan att behöva skådas när Milton fortsatte.

"Vad som än blev av Rickard är det precis vad han förtjänade. Hur du kom undan vet jag inte men du ska nog se att du också kommer att möta ditt rättmätiga öde. Terrorister som er förtjänar inte att komma undan ostraffade."

Det var skrämmande att höra hur lättmottaglig den empatiskt befriade kollegan var för den verkliga indoktrinering som pågick. Samtidigt var det inte förvånande att se hotet frodas, onda krafter hade alltid haft större spridningskraft än positivitet och välmening.

Fortfarande utan att gå till svars lät han Milton lämna honom med sitt avslutande utlåtande och löfte om de kommande konsekvenserna.

"Jag har dig under uppsikt. Du ska inte tro att du kommer kunna dölja något. Minsta lilla snedsteg kommer bli din undergång och jag kommer finnas där för att säkra den."

Adrian tolkade det som ett löfte om anmälan vilket inte lät som något egentligt hot då han redan fanns på väktarnas radar som skyldig i deras förvridna syn på rätt och fel. Snarare än rädsla var hans känsla dominerad av sorg. Han sneglade mot Lindas skrivbord på vägen åter till sitt eget kontor. Skulle de ha någon chans om de försökte göra någonting åt det fria fall verkligheten stod inför?

Ovissheten stod som kärnan i Adrians existens. Både i ovetskapen om hans eventuella status som efterlyst av de högsta makterna, och i osäkerheten inför att stå vittne till en ständigt avtagande skara patienter. Av de som faktiskt kvarstod var det ytterst få som kände trygghet nog för att våga uttrycka några äkta känslor och farhågor, vilket medförde att värdet i hela företaget rasat till noll. Engagemanget i att befria de utsatta från förtrycket och släppa dem in i självsäkerheten var som bortblåst. Hans eget hopp hade tunnats ut till den grad att det var absolut tomt på krafter att förmedla vidare till andra. Flyktplanen kom att bli den enda rimliga vägen framåt, och med bristande åtaganden inför patienterna tilldelades han åtminstone stort utrymme att planera och förbereda för sin egen exil.

En önskan levde kvar inom honom att Linda till slut skulle presentera en inspirerad idé som skulle förändra allt, men det verkade förbli en önskan. De planer som sattes ord på var enligt Adrian inte mer än en uppsjö av småskaliga politiska ställningstaganden, helt saknande potential att åstadkomma någon förändring. Det de främst skulle ha kraft att förorsaka var endast att ge dem expressfart upp till toppen av listan på mest eftersöka på väktarkårens högkvarter. Om aktionerna heller inte skulle innebära någon faktisk slagkraft kändes det mest som onödig exponering. Hans egen plan erbjöd förstås inte heller någon rimlig strategi för att vända utvecklingen till en med framtidsutsikter, men det var åtminstone planer med sikte utanför en säker dödsdom. En som hade bieffekten av att köpa mer tid för att hitta en väg ut ur det mörker som försökte svälja allt kvarvarande hopp om en vänligt sinnad värld.

Vid hans försök att förklara sin syn på saken möttes han gång på gång av en oförståelse som inte var möjlig att konvertera. Linda var övertygad om att all handling var värdefull, att offer var ett rimligt alternativ för att visa sin ställning och skapa drivkraft för andra att inspireras till förändring, oavsett om den enskilda handlingen haft någon effekt eller ej. Han blev besviken av insikten att hennes juvenila sätt i det här avseendet tog uttryck helt utan antydan till den bakomliggande briljans han tidigare föreställt sig.

Som den enda väg han kunde skåda framåt fortsatte Adrian de studier som han introducerat den första sömnlösa natten efter upplevelsen i Stockholms stadskärna. Den karta som från början mest bara var täckt av grönt hade börjat fyllas med anteckningar om lämpliga färdleder och alternativ mellan orter, potentiella gömställen för utrustning och person, samt markeringar om vart det fanns källor till dricksvatten. Under sina studier hade han funnit att området var väl populerat av vandringsleder och anknytningar att förhålla sig till. I beskrivningarna till de olika sträckorna hade han funnit en mängd källor som han kunnat föra över till sin egen sammanställda karta.

Hur noga hans karta än märktes upp skulle han inte ha någon chans till överlevnad om han inte hade utrustning för självförsörjande. Vare sig han ville eller ej skulle det bli nödvändigt med både verktyg och vapen. Både populärkulturen och historieskrivningen berättade om hur den enskilde som stod utan möjlighet att försvara sig från våld skulle konverteras till offer av andra grupper på flykt, drivna av deras egna rädslor. Med en tillgänglig livserfarenhet, helt befriad från friluftsliv och överlevnadsfärdigheter, insåg Adrian att det var långt fler hjälpmedel som skulle krävas, men han tvingade sig att acceptera sin position. En startpunkt i förberedelserna var långt bättre än handlingsförlamning.

Med hela internets samlade erfarenheter, möjligheter och villfarelser inför sig kom han snabbt fram till att hans önskemål var allt annat än okända företeelser. Det utbud av kombinationsverktyg, storlekar och modeller som stod till förfogande visade sig ha haft en marknad långt före Adrians behov uppstått. Ingenuiteten som uppenbarade sig gjorde det nästan svårare att navigera genom mångfalden. Ju mer tid som passerade och fler återförsäljare och alternativ som konkurrerade om hans begär, desto svårare var det att bestämma lämplighetshalten av vart objekt. När han slutligen tvingade undan den framkallade stressen föll besluten till det som var bekant. Vad skulle han ha för användning av verktyg han inte ens visste hur man manövrerar?

Jaktknivar, spadar och handhållna yxor kändes i det närmaste som självklara alternativ. Machete hade däremot varit objekt för en intern debatt innan köpet slutligen genomförts. Vare sig en sådan skulle var användbar eller ej tänkte han att den skulle få bli det vapen som stod till hans närmaste förfogande, om inte annat skulle det ha en skräckinjagande uppsyn som kanske kunde maskera hans troliga oförmåga att hantera vapnet.

Det hade först känts som en trygghet att utföra sökningarna och inköpen digitalt, men han förstod snabbt att om han nu stod under bevakning skulle det inte vara svårare för den som höll sina ögon på honom att se transaktionerna i en fysisk butik än digitalt. Det skulle helt enkelt få bära eller brista. Sannolikheten sa att Ellen skulle rapportera honom om hon såg inköpen och det var ett problem som låg närmare i hans makt att hantera än en totalitär övervakningsmekanism. Hennes värme var konstaterat förlorad och Adrian fortsatte att ställa sig frågan om det endast var ett passivt tillstånd eller om hon faktiskt skulle vara kallsinnad nog att säkra hans undergång om hon såg möjligheten till det. Han anade att han redan visste svaret.

När paketen några dagar senare anlände var han noga med att gömma bevisföringen så långt in i garaget han förmådde till dess att han hade en plan för hur flykten faktiskt skulle ta vid.

Redskapen skulle endast utgöra en liten andel av den utrustning Adrian genom hela sitt liv som teoretiker kommit att stå i avsaknad av. Ju mer tid som spenderades i planerandets värld, desto fler delar gjorde sig kända som nödvändiga. Arbetstiden tog sig mer och mer formen av att endast vara en fasad, upprätthållen för att köpa tidsfrist nog för att hinna göra sig så redo som möjligt. Till hans stora fördel fanns det inte så mycket arbete kvar att manövrera. De flesta patienter hade redan slutat dyka upp till deras avtalade tider och Linda var tacksamt behjälplig i att undanhålla detta faktum för chef och medarbetare i tron att han använde den frigjorda tiden till att förverkliga något för dem båda. Ett styng av ångest gav sig till känna när han reflekterade över vilseledandet men han tog snabbt förnuftet till fånga med rationalen att det var det enda sättet. Hennes idealiserade drivkraft skulle inte leda honom till annat än tveklös undergång medan hans egen väg åtminstone skulle köpa honom mer betänketid.

Utan patienter kunde han spendera kontorstiden med ytterligare kartografiska efterforskningar och sammanställande av inköpslistor som kunde avhandlas då de åtta kontrakterade timmarna var avklarade. Med arbetstiden nerskalad åter till det timantal som en gång varit den kollektivt överenskomna, frigjordes tillräcklig tid för att inte utföra digitala gissningar. Utrymmet fanns nu under de tidigare kvällarna att besöka köpcentret som stod vid stadens yttre gräns. Där kunde Adrian prova olika alternativ av väderbeständig klädsel och uppleva olika attiraljers fysiska attribut snarare än att jämföra produktspecifikationer.

Upplevelsen av att befinna sig på en av de handelsplatser som en gång varit en mycket mer central del av normaliteten, kändes nästan som att vistas i en utställning om livet förr på ett interaktivt museum i framtiden. Det var fortfarande en plats full av människor och ett myller av sorlande ljud men det kändes endast som en konstgjord exponering av förgången lättsamhet. Ungdomsgrupperingarna fanns inte längre där för att fördriva sin tid, men alla föräldrar med barn i vagn som strosade genom gångar och butiker, och åldringar som satt och tittade på människor, upplyste om en ordinaritet vilken försökte ignorera de patrullerande väktarna.

Adrian kunde inte hjälpa att känna bevakande blickar vart han än rörde sig, och hoppades att han inte var särskilt utvald som objekt utan bara en av alla som skulle kontrolleras för nonkonformitet. Frekvensen med vilken han besökt området var i sig självt en källa för att den observanta skulle ana oråd.

Ett första tecken som väckte hans uppmärksamhet tog plats omedelbart efter att han klivit in genom skjutdörrarna. Den ytterst positionerade väktaren av konsumtionsparadiset kvicknade omedelbart till vid åsynen av Adrian. Ett ansiktsuttryck som förvandlades från berättelsen om den utträkade arbetaren som försökte avverka sitt skift, till den om en Ansatsens väktare vars uppgift var av högsta prioritet och som utövades med dedikation och övertygelse.

Det kunde lika gärna vara så enkelt att den svartklädda soldaten från staten endast vaknade upp ur sin egen dagdröm och kom på sig själv med att behöva upprätthålla hans offentliga karaktär, men någonting i den intensiva blicken som riktades mot Adrian fick honom att ana medvetande och väckte en känsla av obehag.

Labyrinten av skyhöga hyllor ledde honom genom sektion efter sektion av den ändamålsomfattande handelsytan där avdelningar för allt från husgeråd till personlig skönhet kunde uppgraderas. När Adrian såg sig över axeln, och bakåt raderna av kaffekokande variationer kunde han se en svartklädd gestalt försvinna bakom ett hörn. När han en kort stund senare gjorde entré för att passera ännu en avdelning mötte han blicken av ytterligare en gestalt något tiotal meter framför sig. Han kunde inte avgöra om det var densamma som undgått hans synfält bakom kaffebryggarna, eller den som först väckt hans oråd. Deras uniform och hårdföra uttryckssätt hade förmågan att anonymisera dem alla till kopior av sig själva. Ansiktsdragen gjordes identitetslösa. Till och med när ett flertal radades upp intill varandra liksom de gjort vid Augustssons offentliga skådespel, var de lika oskiljbara.

Om Adrian nu var under uppsikt eller endast paranoid var oväsentligt, båda alternativ hade samma stressande effekt. Även om det skulle vara så att han bevakades fanns det inte heller någon möjlighet att avgöra om orsaken var hans närvaro vid kalabaliken i huvudstadens centrum, eller det faktum att han vid ett flertal efterföljande dagar vistats i samma köpcentrum. Alla dessa verktyg och utrustningar hade dessutom plockats i dubblett för att skapa möjligheten att gömma undan en reservpackning om nöden i slutändan skulle kräva att han gjorde sig osynlig utan att först besöka garaget.

Inget av de scenarier som var potentiella, ändrade nödvändigheten av att uträtta det ärende han var där för. Det var till för den sista beståndsdelen av hans införskaffning. Ryggsäcken hade han väntat med till denna sista runda då han inte på förhand kunnat avgöra hur stor volym av utrustning och proviant han skulle landa i. Trots att han försökt behålla objektens storlek vid hög beslutsprioritet hade kapacitetskraven blivit avsevärda och gjorde det enkelt att avgränsa vilka väskor som var reella alternativ. Vandringsväskorna gick snabbt bort på grund av deras obefintliga kapacitet att fästa utrustning tillgängligt på utsidan, och hans val föll istället på en väska som stod beskriven som avsedd för jaktliv men snarast hade uppsynen av något en militär i ett specialförband skulle vara bärare av.

Vägen ut ur butiken avverkades med blicken som naglad i golvet och fötterna så nära springandes de tillät utan att faktiskt sätta av i fullt språng. Han hade inget intresse av att ta reda på svaret om upplevelsen var fylld av paranoia eller befogad rädsla.

"Genom historien har vår art ständigt visat prov på stark och ihärdig drivkraft. Tack vare människans arbetsföra natur har vi kunnat dra nytta av en utveckling aldrig skådad hos någon annan art på vår planet. Vi har själva avgränsat oss, rest oss över djurens rike, och där skapat ett herravälde högre stående än ett grundat i animalisk intuition."

Lika högfärdig som hans egen person, inledde han sitt tal och alla tusental och hundratusental, kanske till och med miljontal ansikten på städernas gator och torg stod hänförda sedan innan Theodor Augustsson ens sagt sitt första ord. Denna introduktion av tystnad och hårt fokuserad blick hade kommit att bli hans signatur, och folket verkade som slukade av det ödesdigra som alltid stod att läsa i hans övertalande intensitet. Han själv verkade vara av en egen natur, annan än den mänsklighet han talade om. Hans natur var den av övertygelse och övertygande, varför så många människor faktiskt samlats som ett kollektiv trots att scenen bara inhyste en projektion av härskaren. Talets fysiska form tog plats inne i huvudstaden.

”Det är utan något utrymme för tvivel jag säger er, att utvecklingen i sig självt står utan inneboende kraftkälla. Vad som står skrivet genom tusentals år av bevisning, är att energin som drivit världen framåt, uteslutande är människans strävan att arbeta och skapa förutsättningarna som krävs.”

Han lät ett uppehåll förstärka orden och betraktade under den retoriska tystnaden folkmassorna han hade framför sitt podium, vilka med begeistrade blickar tittade upp mot honom, fullkomligt medtagna i den storhet de tilldelats medverkan.

”I tider då frivilligheten inför denna strävan varit bristfällig, eller då grupperingar har skapats i syfte att forma egoistiska ideal att följa och som inte stått för det högsta idealet om allas vårt bästa, har tidsandan emellanåt krävt vidtagande av åtgärder för att säkerställa ett outtröttligt engagemang, och medverkan i det arbete som är den högsta prioriteringen.”

Hänförelsen i befolkningens ansiktsuttryck var som förstelnad av förvirrad rädsla. Nyss hade de alla stått mottagare för en hyllning av deras arts enastående briljans, och visste inte hur de skulle reagera när hyllningens anda plötsligt verkade skifta sin riktning. Tills de visste bättre skulle de hålla fast vid hänförelsen. Den var långt bättre än alternativet som anades.

”Många av de stordåd historien beskriver, som vi tittar tillbaks på med stolthet och vördnad, har tagit plats under perioder då medverkan i det mänskliga projektet har behövt förstärkning av makthavande konstellationer vilka klarat av uppgiften att behålla fokus på det övergripande målet, och inte låtit sig förledas i bekvämlighet.”

Ett mörker svepte över publiken, som en skugga som lyckats övermanna dagsljusets naturliga tillstånd.

”Idag lever vi i en tid av ständiga tekniska innovationer som alla gör anspråk på vår uppfattning om hur livet skall levas. Majoriteten av dessa tekniska under är dock av mindre relevans, med en karaktär vars huvudsakliga syfte är att bringa ytterligare förenkling till var individ. Endast ett fåtal av dessa utvecklingar har det högsta ändamålet i sikte: det att leda vårt kollektiv och vår art in i framtiden. Vi måste tillåta oss att göra allt i vår makt för att behålla vårt fokus på det verkligt viktiga, oavsett samtidens nyckfulla anda.”

Augustssons redan hårda blick skärptes ytterligare för att låta meningen i hans ord verkligen cementeras i den häpna publiken. Allvarligheten i hans budskap hängde som en kvävande dimma bland alla som tog del av denna ödesbestämmande händelse i den framtida historien.

Trots att inte ett enda ansikte längre uttryckte tecken på entusiasm, var det heller inget som visade antydan till motstånd eller protest. När detta faktum skådades av mannen bakom podiet rörde sig makthavarens mungipa en aning. Ett hånfullt litet leende av bekräftelse, så litet att ingen kunde bekräfta vad de sett med någon övertygelse.

”Vi är inte alla kapabla att uträtta dessa stordåd, men det bör stå i samtligas ansvar att göra sin del för att framhäva arbetet bland de som kan. Istället för att arbeta för detta möjliggörande använder en grav majoritet alla innovationer, inte för att ytterligare främja det högst värda, utan för att undfly sitt ansvar och krampaktigt klänga fast i sin privata strävan om ett förslappat liv utan mening. Ett liv fullt av ogiltiga anspråk på rättigheter man inte gjort sig förtjänt av."

Han visade inte en tillstymmelse av den tillfredställelse han med säkerhet upplevde när han såg hur en våg av obekvämlighet svepte igenom massorna. De som kände sig träffade, vars blickar sänktes ned mot backen, vred sig som om de försökte krypa ur sina egna skinn. En syn som säkerligen förstärkte härskarens njutning.

"Den teknologiska utvecklingen skall endast frigöra oss i syftet att förmå oss skapa ytterligare rum för att leda utvecklingen till nästa steg i mänsklighetens historia. Vi får under inga som helst förutsättningar uppnå ett stadium av belåtenhet över tingens nuvarande ordning och förslösa vår kapacitet i menlös dekadens."

Augustsson hade här kommit till en brytpunkt i sitt tal där utrymmet för uppmuntran och inbjudan, om än det varit tunt, nått sin ände. Hans tonfall övergick från det hårdföra men triumferande till ett befallande. Om ljuset över hela landets befolkning tidigare endast fallit i skuggans skymning, var det nu som om en månlös natt omslöt dem alla. Det sorl som alltid låg som bakgrund närhelst ett folk stod samlat, var helt överrumplat av en ödesdiger tystnad så fort befälhavarens vibrationer tonade ut. Det kunde vara av spänd förväntan eller renodlad rädsla.

"Det samhälle vi levt i har under de senaste generationerna fostrat individer till att antingen leva ett förtappat liv på andras bekostnad, eller som är det andra fallet, ett som fokuserar sina drivkrafter endast för individuella ändamål; meningslöst för allas vårt bästa."

Hans blick svepte över folkhavet innan han med ett lejons vrål åter tog till orda.

"Jag fördömer dem båda!"

Åter med en kontrollerad ilska i rösten fortsatte han utan ens en antydan till att lämna luft mellan talets stycken.

"Det har blivit hög tid för att säkra alla dessa försakandes bidrag till den framtid som står oss oumbärlig, och vi måste styra in de missriktade drivkrafterna i ändamålsenliga kanaler. Med allas medverkan i projektet som har högre värde än någon av oss själva, kommer innovatörer som inte längre behöver spendera sin tid med att utföra snyltarnas arbetsbörda att leda vårt kollektiva medvetande till nya storheter, vida överträffande något vi kan föreställa oss idag. Det skall endast finnas en väg framåt."

Bland den del av publiken som inte stod fokuserat betraktande sina egna skor, började ett ökande antal nickande huvuden ge sig till känna. Det var inte tal om någon majoritet, men en beskärd del av befolkningen var definitivt övertygade om sin bidragande kraft till kollektivets goda, och gav uttryck för sitt medhåll och åsikten att alla runt omkring dem inte gjort rätt för sig.

Augustsson vände sig ett kvarts varv och tog två steg bort från talarstolen vart han vände sig åter mot sin publik, med ena handen greppande ryggen av den andra under midjan framför sig. Han stod orörlig som en staty med en hårdsint blick riktad rakt ut, hakan rätad upp som en markör för att han såg över och förbi de undersåtar som var befolkningen framför. På samma gång försummande dem alla, och strikt bevakande.

Från scenens sida trädde en namnlös rådgivare fram till podiet, klädd i inverterad gråskala mot ledarens tunga svärta. Rådgivaren liksom de övriga i scenens periferi bar mörkgrå kostymer med likfärgade slipsar över svarta skjortor. Deras utstyrsel bar ett mörker som tillhörde Augustsson, men markerat underställda hans tvivellösa makt. Augustsson visade inget tecken på erkännande annat än att han lämnade talarens position över till rådgivaren som tog till orda.

Det fanns en vag antydan till uppmuntran i hans röst när strategin åter fick ord.

"Problemets lösning är enkel och mycket nära till hands, och det krafttag som krävts är redan utövat. Det skall inte längre finnas någon svårighet för var och en att inta sin roll i helhetens projekt. Ingen ska löpa risken att bli utelämnad ur gemenskapen. Och för att säkra att så är fallet, har en ny verksamhet instiftats med avdelningar i var större stad och centralort. Arbetsministeriet är med omedelbar verkan dit alla som inte redan besitter en värdeskapande roll i samhällskonstruktionen skall vända sig. Arbetsministeriet kommer att verka utan någon onödig byråkratisk process och de som skriver in sig kommer att bli tilldelad sin rättmätiga plats innan den första kontakten avslutats. All ovisshet kommer att elimineras."

Ända sedan Augustssons röst först tagit till orda hade en fängslande tystnad rått över alla landets samlingsplatser. Egentligen hade tystnaden redan tagit vid under den rituella stirrövningen som statens styresman introducerade sina tal med som bevis på hans överhöghet. Rådgivarens röst, utan samma skräckinjagande auktoritet, bröt det stillatigande som agerat ljudbarriär, om än bara i försiktiga viskningar mellan publikgrannar, men även viskningar blir hörbara när de utförs av tusental.

"Medan vi alla står samlade här på landets gator och torg skickas information ut till var och en. Informationen innehåller uppgifter om er distriktstillhörighet, nuvarande sysselsättning och status på denna. Vidare finner ni kontaktvägar till ert lokala arbetsministerium. Alla invånare har mottagit denna kommunikation, oavsett innehavande av en värdig samhällsroll eller ej, detta för att samtliga ska kunna assistera i vägledningen av de vilsna bland våra medmänniskor.

Receptionerna till det nya ministeriet är öppna sedan tidig morgon idag, och samtliga vars status uppmanar dem till det, vilka därmed inte är att betrakta som bidragande medborgare, skall snarast söka kontakt med sin lokala falang för att tilldelas en lämplig tjänst."

En ljusfläck efter annan bröt det sista av förtrollningen när var och en i publikhavet förlorade fattningen över deras behov att ta del av deras individuella status. Många av ansiktena lystes upp i förväntansfull nyfikenhet, men de flesta såg snarare ut att tyngas av en sorgfull oro inför den information som skulle möta deras sökande blickar. Som om följande den brutna tystnadens naturlagar eskalerade viskandet till hörbara uttryck, både i fördömande av de undermåliga liksom ovisshet inför det egna ödet. Fortfarande var dock alla röster dämpade av det rådande allvaret, och med oräkneligt antal väktare bevakande med förödande avsaknad av sympati i dess kollektiva uppsyn, var det ingen medborgare som ville göra anspråk på sin integritet.

Med en förnyad kraft, stark nog att återfånga var människas uppmärksamhet, tog Theodor Augustsson till orda igen efter att med fullt behärskat tålamod låtit publikens brus ta sin försiktiga ton.

"Samtliga medborgare som om tio dagar inte fullföljt sin plikt och anmält sig till arbetsministeriet kommer att omhändertagas av Ansatsens väktare. De kommer att dömas som revoltörer och tillges särskild sysselsättning. Allas bidrag till vår framtidskonstruktion måste säkras, och åtgärder finns till hands för att försäkra detta utfall även bland de motsträviga.

Tio dagar. Idag är den första av dessa, och den första dagen i framtidens tidevarv."

En sekund passerade för att säkra att det sista ordets eko skulle finna sin väg in i var individ som fanns framför honom innan han vände på klacken, och med militäriskt taktfasta steg lämnade podiet bakom sig och försvann ur befolkningens synfält. Kvar fanns endast den syrefattiga atmosfär som hans tomrum utgjorde, och en publik som under ett par ögonblick stod förlamade av sin andnöd.

Människorna började sakteligen röra på sig, och den trängsel som varit rådande på torget skingrade sig framför Adrian som valt att bevittna talet på håll. De första att lämna samlingsplatsen var de som erhållit en godkänd status. Kvar stod de fortfarande paralyserade individer vilka inte kunde upphöra betraktandet av den dom de blivit tilldelade. De vars liv stod med avsatsen endast en hårsmån framför deras skosulor.

”Nu ska ni fan få göra rätt för er, jävla snyltare!” utbrast en man och klev in mitt framför en ung kille som blivit kvar med förtvivlad uppsyn några meter framför Adrian.

Den unge kunde inte ha varit långt över myndig ålder och hade plötsligt kastats in i en verklighet som måste ha varit än mer skräckinjagande för en som inte ens hunnit uppleva den gamla verkligheten. Mannen som tagit ton var däremot i femtioårsåldern och klädd i varselfärgade arbetskläder. En som tog den nya ordningen som en bekräftelse på att hans hårda arbete var det rätta och gav honom tillåtelsen att fördöma.

”Förbannade ungdomar som tror att allting ska serveras till er utan att ni ska behöva arbeta för det. Dags att växa upp.”

Försöket att anstifta konflikt fick inget gensvar. Den unga killen tittade sakta upp mot mannen som inväntade respons, men allt han fick tillbaks var de glansiga ögonen av en ung man nära ett sammanbrott, ordlöst vädjande om råd. Välvilja var inget den rättfärdiga arbetaren hade nära tillhands, och när hans önskade konflikt inte mötte någon motståndare backade han ut ur ungdomens närhet och muttrade någonting om att det var ”rätt åt dig,” medan han vände sig om för att lämna gatorna.

Många fler liknande interaktioner tog plats av många fler lika rättfärdigade individer, men de föll alla lika platt inför de redan nedslagnas passivitet. Alla de som dömts mindervärdiga var alltför ockuperade av processen att absorbera det öde som attackerat deras värld, och stod handfallna utan alternativ annat än att underkasta sig den nya ordningen innan den tionde dagen. Tillräckligt många hade sett eller tagit del av Ansatsens väktares metodik för att inte önska bli ett objekt på deras radar.

Bortom torget, vid hörnet till en av stadens äldre tvärgator, fanns det i en värld av det förgångna ett föreningsägt kaffe, drivet av ideella krafter med motivationer endast om skapandet av en social mötesplats och viljan att göra gott. Trots att platsen sedan länge var försvunnen stod gathörnet som en symbol för att annat slags mentalitet. Adrian hade endast sett slutskedet av verksamhetens liv och även om han inte till fullo delade andan i vilken den levt, var det ett utopiskt alternativ till den ideologi som trätt i kraft inför hans vy denna dag. Han gick fram till lokalen som för att känna närheten till en förfluten trygghet. En ensam tår rann ned för hans kind och förlorade omedelbart sin varma temperatur i mötet med den kyliga omgivningens luft. En tår fylld av det sista hopp som fanns att uppbåda innan den föll till marken och rann ut över den mörka och blöta asfalten nedan.

Adrian blev stående på gathörnet, i ett sällskap bestående endast av de underkända. Han hade själv ännu inte tagit del av den status han tilldelats och som troligen skulle förena hans öde med de andra.

Hans stora sorg, och förlusten av allt hopp, var endast reflektioner av landet vilket inte längre stod i startgroparna. Processen hade kommit i full gång för att ansluta till grannländernas och hela Europas tillstånd av förfall. Sverige hade bevarat någon mån av förfluten omtanke så länge det varit möjligt. Ett samhälle som nu verkat cementera sin position bortom vändpunktens gräns, bortom anständigheten och frånkopplad humanismens välvilja.

Trots att han redan hade en plan för flykt redo och inte hade för avsikt att vara en del av den värld som var mindre än tio dagar bort, var han inte redo att se sitt eget öde förseglas utom hans kontroll. Det var högst osannolikt att den sysselsättning han fortfarande formellt sett utövade, skulle vara en som bedömdes tillföra samhället något enligt den definition som formulerats av Herr Augustsson och vilka fler som nu hade starka röster inom Radikal Ansats. Även om det alls fanns patienter kvar att samverka med hade Adrian svårt att se individuell förstärkning av personer i utsatta positioner som ett ändamål med kraft nog att överleva humanismens nedgång och fall. Den enskilt främsta anledningen till att han över huvud taget hade varit på plats nere i stadens kärna för att ta del av det spektakel som den politiska makten hade att presentera, var just det faktum att han saknade patienter att utöva sin egen humanism mot. Han hade under morgonen suttit själv bakom stängda dörrar på kontoret och försökt få tiden att passera medan Linda upprätthöll hans verksamma status åt honom.

Redan på vägen ner i trapphuset från kontoret var Adrian inställd på att han inte skulle komma att tycka om vad det var han skulle bevittna. Hur låga förväntningar han än hade gjort sig förberedd med, blev upplevelsen att tillsammans med tusentals andra skåda undergången som föreställdes genom projektionerna en traumatisk erfarenhet. Traumat hade inte hämtat sin tyngd från despotens budskap, det var helt i linje med Adrians låga förväntningar. Vad som våldförde sig på hans upplevelse var djupet med vilket hela publiken, inklusive honom själv blev slukade av. De var alla förhäxade av en despot vars avsikt var allt annat än god för en majoritet, men de hade alla stått redo att ta det onda för sanning utan att gå till uppror.

Med tanke på hur förtrollande luften varit på gatorna inför projektioner av framträdandet, var han tacksam för att inte ha varit en av de som behövt stå inför svartkonstnärens fysiska person inne i huvudstadens kärna, vart den onda andens kraft troligtvis slukat medborgarnas själar. Den anda som kunnat transmitteras på distans hade varit kraftfull nog.

Tanken påminde Adrian om vart han fortfarande stod, utanför det som en gång varit kafé men vars fönster nu var insynsskyddade och höljde ett kontorslandskap, en identisk skapelse med så många motsvarigheter. Han var nästintill ensam kvar på gatorna. Det var endast någon enstaka person som rörde sig inom hans synfält, inte längre berörda av den händelse som nyss exponerat tillvarons bräcklighet och lovat andra tider. Med en oväntad tacksamhet stod det klart för honom att ett beslut hade tagits. Den sista tvivel han upplevt över sin samhällsflykt var som bortblåst. Oavsett vilken status den nya ordningen tilldelat honom var han redo att ta sin packning när tidpunkten gav klarsignal. Adrians anknytning till tillvaron och personerna inom den, hade varit i ständig decimering tills det slutligen inte verkade finnas något alls kvar att hålla fast vid.

Med stela fingrar fiskade han långsamt upp enheten ur innerfickan på rocken. Adrenalinet som hållit blodcirkulationen levande i upphetsningen hade avtagit och lämnat honom mottaglig för årstidens influenser. Mycket riktigt fanns där ett meddelande väntande när den aktiverades. Han kände sig redo att möta sitt officiella öde och följde den länk som var inkluderad i texten han endast ögnade igenom med frånvarande intresse. Adrian var inne i meddelandet enkom för statusrapporten, inte plattityderna som sålde in konceptet.

Efter endast ett par eller tre knapptryckningar, lyste en grön rektangulär symbol upp med ordet *Erforderlig* skrivet med vit text följt av en asterisk om hänvisade till en finstilt textrad under symbolen: *Ingen åtgärd fordras.*

Fascinerad över att inte vara dömd som oduglig, liksom

nyfiken på hur kategorin var definierad och vilka fler kategorier som hade diktats upp, letade han sig fram till en förklaring. De erforderliga var en kategori placerad i mitten på en skala fördelad till sex olika. Definitionen i sig var godtycklig och gav honom ingen egentlig klarhet i hur han blivit kategoriserad som han blivit. Definitionen sa endast att en erforderlig var: *En medborgare som tillhandahåller samhällsnödvändiga tjänster*. Med andra ord hade han misstagit sig om vilken värdering hans yrkeskategori uppehöll.

Utöver den tydliga hierarkin av nivåerna ett till fem samt en onumrerad, var de även färgkodade med fem och fyra i blått, tre och två var gröna och ett var röd. Den lägst stående och onumrerade nivån var svart. Adrians associationer till färgerna formulerade en tydlig bild av att de blå som överträffade förväntningarna på bidragandet till samhällsutvecklingen. Människorna i de gröna gjorde vad de skulle, och i den röda kategorin gjorde man någonting fel. Den svarta kategorin var någonstans bortom räddning. Det var förstås bara en symbolisk tolkning men den fick snart bekräftelse när han började läsa titlarna och definitionerna av nivåerna utöver hans egen.

Fem var *Essentiell* och förklarades vara tillhörande *Individer med mycket hög begåvning*. Till den fanns ett förtydligande som sa att de *skall erhålla fritt utrymme att bedriva forskning och annan framtidsfrämjande verksamhet*.

Den nästföljande nivån var benämnd *Angelägen* och verkade vara kategoriserad som en sekundantroll enligt definitionen: *Individ med tillräcklig kompetens för att verkställa de essentiellas bedrifter*.

Kylan i luften började göra det obekvämt att stå kvar på gathörnet, men läsningen var så fascinerande att Adrian inte kunde förmå sig ta ett uppehåll långt nog för att förflytta sig till en plats med väggar, tak och värme. Fingrarna arbetade trögt men han fortsatte snabbt förbi den tredje nivån där han redan funnit sin hemhörighet och gick vidare ned för den hierarkiska trappan.

Nivå två var: *Medborgare som utför grundläggande civilisatoriska arbeten* och benämndes *Elementär.* Människoingenjören som formulerat dessa graderingar hade verkligen inte tagit hänsyn till ett perspektiv i namngivandeprocessen som skulle väcka entusiasm för den roll man blivit tilldelad; inte heller väcktes associationer av akademisk natur. Benämningarna verkade medvetet rättfram och lätta i sin tolkningsbarhet. Troligen inte utformade för att väcka intresse, utan för att delge klarhet i var individs samhällsroll och relevans i hierarkin.

Den ensamt röda nivån var en som benämndes *Redundant. Medborgare utan sysselsättning eller med en ej samhällsrelevant sysselsättning.* Liksom för de essentiella fanns ett tillägg till definitionen som löd: *Beordras omplacering genom arbetsministeriet.*

Distinktionerna mellan *individerna* i de översta skikten och *medborgarna* i de underliggande tre, var i sig själv en stark indikation om den stratifieringsprocess man hade för avsikt att inleda i den nya ordningen. Människorna i den understa nivån tilldelades varken epitet eller numrering över huvud taget. Tillhörde man denna kategori benämndes man *Förkastad* och var *Ej anpasslig för samhällsmedverkan,* och skulle *omhändertagas och tvångsplaceras.* Detta ackompanjeras av en uppmaning till allmänheten att: *Lokalisering av förkastade skall omedelbart anmälas till Ansatsens väktare.*

Det var inte längre bara klimatet omkring honom som spred kyla in i Adrians kropp och själ, kvar fanns ingen tveksamhet om den nya politiken eller om den skulle ha någon faktisk effekt för var människas liv eller ej. Tiderna då en politisk inriktning eller annan var ovidkommande för landets dagliga bestånd hade uppenbarligen nått en ändpunkt. Han begav sig åter mot kontoret trots att det endast var hans fysiska varelse som skulle kunna hämta någon värme från temperaturerna inomhus.

Den sena kvällens svärta passerade utanför bilen. Förutom det begränsade synfält som tilläts av strålkastarna var världen omkring endast ett inte. Även det som var tillgängligt att se var inte mycket mer än ingenting. Asfalt och växelvis omslutande skog och öppna fält, ingenting som kunde hjälpa en förare att lokalisera sig när han passerade de anonyma platserna. Hade det inte varit för de glest återkommande avfartsskyltarna vid vägskäl mot de få platser med tillgivet namn, hade han kunnat befinna sig varthelst i skogens domäner.

De smala landsvägarna, långt ifrån närmaste motorväg eller större bebyggelse, var helt befriade från medtrafikanter eller andra tecken på liv.

Vägarna var slingriga och kuperade och gav inget tillfälle för någon längre sikt. Adrian höll jämn hastighet när han steg upp för en av de högre backarna han mötte. Men så snart han nådde krönet pressade han foten bestämt över gaspedalen och såg till att så snabbt han kunde förmå ta sig ned på andra sidan. Med en hård inbromsning, som höll på att förlora honom kontrollen över bilen när däcken släppte över det lösa gruset som inkräktade från vägrenen, nästan sladdade han in på utbuktningen av den mötesplats som fanns vid backens botten. Så fort han fick stopp på bilen slog han från tändningen för att släcka alla bilens lysen och lyktor, och göra sig osynlig för den eventuella förföljare som låg bakom; om det nu fanns någon sådan. Han hade ännu inte sett någon indikation för det men ville ta det säkra före det osäkra.

Känslan av att bli bedragen hängde tung inom honom. Han hade svårt att förstå hur väktarkåren bara skulle ha släppt honom ur sikte efter den där dagen på Stockholms gator och hans misstänksamma shoppingturer. Ju mer han hade tänkt på butikens väktare, desto säkrare blev han att de verkligen hade bevakat just honom och att det inte varit någon slump. Att han sedan till yrket kategoriserats som en önskad del av samhället spädde på hans misstro ytterligare, och manade fram känslan av att det fanns någon okänd plan bakom skeendet.

Han stod stilla någon minut på mötesplatsen, väntande på det som visade sig inte skulle inträffa. En tung utandning vällde ur honom och han undrade om han hållit andan hela tiden han stått parkerad. Han kunde omöjligt minnas vilket, men var lättad när han återigen konstaterade att ingen verkade följa efter honom. Det här var tredje eller fjärde gången han utövat samma manöver för att säkra sin isolering.

Efter att ha kört långa omvägar längs de asfalterade sträckorna tog han till slut sikte på avfarten till grusvägen som skulle leda honom den sista sträckan. Adrian tryckte på startknappen och lät bilens motor åter ljuda ut i den svarta tomheten innan han rattade ut på vägen för att köra den korta sträckan som kvarstod innan avfarten. När han nådde den skulle det endast var någon kilometer kvar tills han kunde parkera fordonet och övergå till fotkraft.

En stund in på grusvägen saktade han in och körde i försiktig hastighet för att hinna se genom tunneln av träd som fanns längs vägen. Han måste ha saktat in långt tidigare än vad som var nödvändigt, tiden det tog honom att krypköra den sista biten var långt mer utdragen än de första kilometerna längs gruset. Han visste inte just hur lång tid som passerade, men den hårda fokus hans letande krävde gjorde säkerligen upplevelsen längre än verkligheten. Till slut stannade han till fullt stopp, uppgiven över att inte ha hittat det han letade efter och övertygad om att han måste ha passerat sitt objektiv. Men när han blickade upp från ratten som han precis dunkat pannan i av frustration, såg han det orangea märket han letat efter.

Ett tiotal meter framför bilen fanns en tall med orange färg målad i ett decimetertjockt band runt sin stam, två meter ovan mark; just synligt i strålkastarnas gula sken. Markeringen förklarade att detta var punkten där vandringsleden korsade vägen. Han backade bak bilen ett hundratal meter, till en glänta han passerat, vart han den här gången körde av vägen och lät bilen parkeras.

Motorn varvade ner och Adrian blev sittande med händerna kvar på ratten, lyssnande till ljudet av tystnaden. För första gången sedan morgonens kallelse gått ut och han gått ned till staden för att bevittna kriminaliseringen av arbetslösa, kunde han ta ett uppehåll från agerandet och framför allt reagerandet. Inte bara den gångna dagen, utan hela tiden räknat bakåt till regeringsskiftet, kändes som att den hade gått åt till att reagera på händelser som inte hade någon organisk del i den livsföring han trodde sig ha valt. Det var en nivå av dramatik som inte skulle varit möjlig, och händelser än mer främmande för honom. Stunden av andhämtning i tystnadens ro var endast ett övergående stadium och han kände snart behovet av att återuppta sitt agerande.

Adrian släppte greppet och öppnade bildörren vars gamla leder gnällde när den passerade mitten av gångjärnens omfång. En uggla hoade från den svarta skogen som svar och förstärkte tystnaden som svalde ekot efteråt. Han klev ur bilen och gick bak till bagaget. Ljuset från interiörsbelysningen lyste upp platsen han stod på när han öppnade luckan, och han kunde inte undgå att känna sig utsatt av att vara det enda synliga i en annars nattsvart omgivning utan synliga gränser. Han tittade ut i mörkret som för att försäkra sig om att ingen fanns där, även om han visste att han inget kunde se och att det inte heller skulle finnas någon där. Trots vetskapen om hans enskildhet behöll han ett öra fokuserat mot intet medan han knöt fast kängorna med deras egna snören i en av alla hakar och remmar på ryggsäckens baksida.

Med ett snabbt stapplande steg bakåt parerade han den förlorade balansen när ryggsäckens tyngd landade på hans axlar. Han visste att packningen var tung sedan han lyft in den i bilen, men var inte beredd på den förskjutning av tyngdpunkt som skedde när den stack ut bakom hans rygg.

Till fots letade Adrian sig tillbaks till vart han funnit den orangea markeringen, varifrån han sedan tog klivet av den anlagda vägen. Gympaskorna, som i bebyggda områden var att betrakta som grovmönstrade med tillförlitlig väghållning, visade sig snabbt inte kunna göra anspråk på samma karaktäristik när terrängen byttes ut till blöt och smålerig stig utan erforderlig belysning. Var gång han satte foten i backen skedde en ofrivillig förflyttning av fotens position en eller ett par centimeter innan det gick att sätta kroppens tyngd över den, och varje gång han trampade ifrån med fotens främre del slirade steget en aning.

För en person vars vana tillhörde asfalten och de anlagda underlagen, tog det en stunds invänjning för att kunna gå med någorlunda avslappnat steg. Avslappningen var dock relativ där han tog sig fram på stigen som endast lystes upp av ficklampan i hans hand. Allt som befann sig utanför skenets omedelbara spridning var det svartaste mörker Adrian någonsin upplevt, och den fullkomliga avsaknaden av sikt gav upphov till en förstärkning av varje ljud som rörde sig i det osynliga. Varje gång vinden tog tag i ett lövträd skallrade bladverken högljutt, och när han ofrivilligt skrämde fåglar att flyga sin väg dånade deras vingslag som släggor mot väggen i ett källarhål.

Det tog en stund att återfå övertygelsen om sin säkerhet och överlevnad var gång skogens ljud försatte hans anda i halsgropen och hans hjärtslag rusade i högvarv. Ingenting skrämde honom dock som när han tog sitt vuxna livs första steg på en samling blöta rötter i en än blötare skog. Utan någon som helst varning lämnade hans kropp tyngdkraftens rymd. Det fanns inte ett ögonblick tillhands för att försöka korrigera misstaget han gjort.

Ögonblicket då han befann sig fritt hängande i luften kändes långt nog för att han skulle hinna fundera vad som hänt. Upplevelsen var att någon sparkat undan hans egen fot, och en kombinerad ilska över denna någons illvilja, liksom rädsla för dennes uppsåt, grep klorna i hans bröst innan han med okontrollerad tyngd rasade i marken under sig.

Framför hans ansikte rörde sig andedräktens dimma upplyst av ficklampan som landat strax framför, lysande rakt ut till sidan, och ingenstans fanns det någon förbrytare att finna. Den tunga landningen hade slagit all kraft ur honom och trots att den blöta marken snabbt trängde igenom hans kläder och spred sin kyla genom hans hela kropp, var han inte redo att resa sig upp. Det var ett nederlag, om än endast kortvarigt, men han behövde vältra sig i känslan en kort stund innan han kunde uppbåda energi nog för att återskapa motivationen för hans pågående mission.

När han väl var på fötter var uppdraget inte längre något problematiskt om än obehaget av mörker och kyla fortsatte att hålla honom sällskap. Hans steg var nu försiktiga men innehöll en medvetenhet inför den svåra terrängen vilken höll honom upprätt och i ständig framdrift. Det var omöjligt att avgöra hur lång tid som hade passerat, men slutligen började den svagaste antydan till silhuetter göra sig kända och gav Adrian en riktlinje bortom ficklampans begränsning och det trofasta följandet av orangemålade träd.

Sjön som tillät det svaga ljuset från natthimlen att nå hela vägen ner till användbarhet, var riktmärket hans uppdrag hade haft i åtanke. Den representerade en av mycket få punkter i de djupa skogarna som han med sin begränsade vildmarkserfarenhet skulle vara kapabel att identifiera, oavsett vilken riktning hans ankomst tog när det väl var skarpt läge. Den var även en punkt inom en nåbar distans om hans flykt skulle behöva ta sin början inifrån staden. Hans kartografiska studier gav honom uppskattningen att sträckan skulle vara strax kortare än tio kilometer från skogsgränsen närmast staden. Om hans färd istället skulle ta sin början hemifrån skulle han inte få denna plats inom räckhåll om det inte var absolut nödvändigt. Det var den huvudsakliga anledningen till att planera och införskaffa all utrustning i dubblett. Med ryggsäcken som låg gömd i boden bakom garaget på tomten skulle han finna sin väg in i skogen ett par tiotal kilometer längre bort från sjöns position.

Med packningen gömd bakom en stor rotvälta, vänd bort från den uppmärkta leden, satte sig Adrian ned på en stubbe och släckte ficklampan i hans hand. Tiden var kommen då han kunde slappna av för ett ögonblick och njuta av den oerhörda enskildheten och det skydd den verkade vara kapabel att ge.

Han såg dock fram emot att återvända till civilisationen och åtnjuta alla dess behagligheter så länge det andrum han tilldelats lät honom. Den här första naturupplevelsen sedan barnsben hade gjort det klart för honom att hans vanor och referensramar i allra högsta grad var formade av en annan värld än den som levde kvar i okontrollerad skog. Det skulle komma att kräva en omfattande anpassningsförmåga för honom att klara sig, men sannolikheten för överlevnad i det fria var trots allt högre än hans förmåga att underkasta sig den nya maktens förtryck.

Varför han var utan någon form av tidvisare var bortom hans eget förstånd, men med enkel slutledningsförmåga konstaterade Adrian att nattens cykel åtminstone borde ha passerat sin mittpunkt. Med ett krafttag mot den trötthet som börjat ta över hans kropp och tanke, reste han sig upp för att återvända till det tillfälliga uppehållstillstånd som stod skrivet i hans namn. Med duschens varma strilande hägrande framför hans inre syn blev han manad att ta sig fram längs sin väg ut ur skogen utan ingripande av förtröstan eller förtvivlan.

Att rivas ut i den vakna realiteten var som att utstå en outhärdlig smärta. En stunds förtvivlad dragkamp mellan de två verkligheter vars respektive gravitationskrafter fick Adrians medvetande att kännas som att det höll på att slitas itu. Sensationen kunde närmast liknas med hur människans smärtsamma transformation till varulv porträtteras i film. Hur hela dess varelse och fysiska beståndsdelar brister ut i nya former den aldrig kunnat tro var möjliga. Sömnen vägrade släppa sitt plågsamma grepp även efter att han börjat uppfatta att det var Linda som stormat in i hans frostade skrymsle.

Bilderna som ockuperade Adrians tankar var fortfarande de av blöta och leriga kläder som låg i en hög på golvet i tvättstugan hemma. Ångest över att inte ha varit kapabel att övervinna tröttheten och sin handlingskrafts bristfällighet, och sett till att hantera det enda fysiska beviset för att hans flyktplan satts i rullning. Egentligen var han inte orolig för att Ellen skulle finna smutshögen eller få reda på att han spenderat större delen av natten i skogen. Det var mer troligt att hon skulle tolka det som tecken på en tillväxande galenskap än som bevis för hans envisa samhällsvägran.

När omvandlingen började nå sin fullbordan och hans medvetande till större delen var i den intersubjektiva världen, fann han inför sin syn att Linda stod, endast skrivbordets bredd bort och vevade med armarna i en båge för att påkalla den uppmärksamhet hon ännu inte erhållit.

”… har ju gått alldeles för jävla långt nu…”

Adrian hade blivit närvarande nog för att Linda skulle märka det och hon slutade vifta med armarna. Han hade dock svårt att ta in betydelsen av det som sas. Han hörde de flesta orden men fick inte till förståelsen och var osäker på om det var på grund av den överväldigande tröttheten, eller om det helt enkelt var tempot i vilket orden levererades som var ovan hans förmåga.

”Det är ett jävla hån mot våran intelligens. För att inte tala om våran integritet, och våra skyldigheter. Nu har de börjat inkräkta på vår arbetsplats också. Jag tänker fan inte ta det här!”

”Vad är det du pratar om?”

Orden i hennes tirad började forma ett sammanhängande koncept som Adrian kunde förstå men han förstod fortfarande inte i vilket sammanhang betydelsen skulle förankras för att ge honom hela perspektivet.

”Jag vet att du inte är särskilt aktivt arbetande längre, mitt jobb har liksom blivit att täcka upp för dig. Men du kan väl åtminstone hålla dig uppdaterad på din inkorg. Jag är inte din personliga sekreterare.”

”Man kan ju alltid önska.”

Sanningen var snarare den att Adrian varken hade ork

eller intresse av att upprätthålla observans mot arbetet; det handlade inte om att han förväntade sig att någon annan skulle assistera honom.

”Skulle du kunna sammanfatta huvuddragen?”

”Det är chefen som har skickat ut nya direktiv för hur vi ska arbeta och det är uppenbart att det är de där jävla nazisterna som ligger bakom det.”

”Ok. Men vad står det då?”

”Äsch, du får väl läsa själv. Jag tänker inte ha någon jävla högläsning för dig.”

Med en välbehövd tystnad som spred sig i rummet satte hon sig i en av fåtöljerna och lät honom ta fram informationen och bilda en egen uppfattning om bakgrunden till hennes utbrott; en chans för honom att delta i den diskussion hon försökte ha med honom utan vidare framgång.

Inkorgen var fylld till dess digitala bredd med olästa mail. En kollektion som sakteligen byggts upp i takt med hans dalande engagemang under samma period. Han filtrerade inkorgen tills det endast var chefens utskick som fanns tillgängliga, och med en ytterligare avgränsning såg han endast de senaste dagarnas. Rubriken *Viktig information om verksamhetsförändring* lät som ett rimligt utskick att anta vara det vilket Linda drog sin ilska från.

Adrians blick svepte ögnande igenom texten utan något särskilt intresse för detaljerna, han ville bara ta del av det övergripande konceptet, främst egentligen för att kunna tillfredsställa Lindas behov av diskussion. Han själv hade inte för avsikt att stanna länge nog för att behöva hantera de verkliga effekterna av vad förändringen än gick ut på. Det slog honom när han scrollade sig genom texten, att förklaringen till hur hans status som arbetande medborgare kunde anses godtagbar kanske fanns i denna information.

Inte riktigt motivation nog för att han skulle detaljläsa innehållet, men åtminstone för att avverka uppdraget relativt effektivt.

Detta, inledde chefen med att förklara, var den förändring hon hänvisat till vid tidigare tillfällen men som hon inte kunnat vara helt öppen med förrän nu då alla nödvändiga detaljer och avtal var färdigställda. Kontentan av förändringen var den att deras avdelning med omedelbar verkan hade inlett ett samarbete med arbetsministeriet, och att inriktningen på deras uppdrag skulle fokuseras mot att hjälpa de människor som blivit omplacerade i deras övergång och anpassning till den nya tillvaron. Utöver att patientbasen nu skulle utgöras av en särskilt definierad patientgrupp, en som troligen inte skulle medverka på en frivillig basis, skulle även ett nytt journalsystem introduceras. Detta var ett delat system i vilket journalerna delades mellan arbetsministeriet och deras egen avdelning.

De hade inte ens gjort ett försök till att dölja syftet med det hela annat än genom ett långt mildare vokabulär än det mycket starkare och mer dramatiserade som Adrian hade velat använda för att sätta hanteringen i sina korrekta termer. Det var till och med ett uttalat ändamål att använda de gemensamma journalerna som grund för åtgärdsplaner vilka skulle säkra att så stor del av befolkningen som möjligt strävade mot grön status och inte föll ner i förkastelse. Med ens framstod Lindas ilska inte längre som hennes normalt överdramatiska förhållningssätt, utan som den enda rimliga reaktionen på att forceras in i bidragande till individualitetens förtryck.

”Det här är ju absurt.”

”Äntligen är du med på noterna igen,” svarade hon med frustrerad självklarhet.

"Förutom obehaget i vad detta innebär för alla människor vi måste tvångskonvertera, innebär det också ett ultimatum mot vår egen överlevnad. Assimilera eller fördöm dina medmänniskor, eller bli själv fördömd. Jag vet inte vad..."

Adrian hade svårt att inte reagera med en ny våg av överväldigande uppgivenhet, liksom verkade vara det nya normala, trots att han inte hade ens minsta avsikt att bli en deltagare i detta härskningsutövande.

"Vi måste ta tag i det här nu. Göra någonting åt saken. De får inte komma undan med att styra och ställa som att vi vanliga människor inte har något värde," sa Linda.

"Jag tror inte att det finns någonting kvar för den lilla människan att göra. Acceptera läget som det verkar vara eller försätta sig i medveten utsatthet som brottsling mot dogmen. Oavsett vilket är det inget som kommer lyckas katalysera någon förändring, eller ens tillbakagång till det som varit."

Ilskan kokade i Lindas ögon.

"Jag skiter fullständigt i det! Det finns ingen jävla chans att jag kommer göra den där tyrannen någon tjänst. Om vi ansluter oss till rörelsen är vi inte några obetydliga små människor, då är vi starka och kan slå tillbaks. Hårt. Och vi ska fan rädda Rickard också."

Precis som det varit tidigare, var det fortfarande viktigast för Linda att hävda sin ståndpunkt. Det var oväsentligt om det fanns möjlighet till något användbart utfall. Att gå med i någon liten aktivistgrupp och tro att det skulle göra någon verklig skillnad var nästan absurt. Och Rickard var död. Ingenting skulle kunna reversera det ödet.

"Det finns ingen räddning, Rickard är borta. Vi måste acceptera det och inte låta det förtära oss."

”Fan heller att jag tänker ge vika. Du kan inte heller ge upp!”

Adrian funderade ett ögonblick om det nästa han skulle säga var en god idé eller ej, men då hon ställt upp för honom som hon gjort var det bestämt det enda rätta att göra.

”Linda, jag har planerat för ett alternativ. Jag kommer ge mig ut i exil, varken utöva eller falla under förtrycket, bara fly den här galenskapen tills det finns något att göra åt det. Att stanna här och slåss kommer bara att leda till fångenskap eller död. Följer du med mig?”

”För helvete Adrian,” svarade hon nästan direkt. ”Jag trodde inte att du var så förbannat feg. Hör inte av dig till mig förrän du fått lite stake och vågar stå upp för dig själv. Jag går och lämnar in min uppsägning nu direkt, och tro inte att jag kommer att göra det som någon jävla fegis. Jag har en polare som har kontakt med rörelsen och jag är fan i mig redo att göra det som krävs!”

Hon stormade ut ur kontoret och gjorde sitt bästa för att smälla igen den bromsade glasdörren bakom sig vilken bara sakta stängde sig i sin förbestämda takt.

Adrian följde hennes silhuett genom det frostade glaset och hörde de aggressiva stegen hamra dess hårda stamp i golvet när hon gick. Han fann sig själv lätt beundrande hennes trofasthet. Det var inte så att han hade några tankar på att själv låta sig konverteras, men hennes driv till att göra slag i saken var på något sätt beundransvärt. Han hoppades bara att hon skulle klara sig undan väktarnas våld även om sannolikheten för det nog var närmast obefintlig. Troligen skulle hon orsaka sitt eget slut, och det med en högljudd explosion som skulle dra med sig så många skyldiga som möjligt i sin tryckvåg. Han försökte intala sig själv att hennes ihärdiga strävan var något av positivt värde, och lite själviskt hoppades han också att vem som än ersatte hennes position på avdelningen inte skulle upptäcka den mörkläggning hon utfört å hans vägnar. Det skulle onekligen korta av hans kvarvarande tid i bekvämligheten om det blev allmänt känt.

De tio dagarnas nedräkning hade börjat kännas som en kortlivad nedåtgående spiral mot en permanent undergång. En omvälvning där arbetslöshet blev en otillåten handling mot en statlig vilja. Ett ideologiskt skifte från välmenande humanism till nedbrytande totalitarism. Och detta var troligen bara något sorts förstadium inför vad den fullskaliga framtidsvisionen bakom Theodor Augustssons maktbegär verkligen innebar. Bekräftelsen stod att finna även i det att den årliga cykeln av demokratiska omval plötsligt var försvunnen. Vanligen var nästa omgång av valkampanjer i full karriär vid den här tiden på året; nu var de ljudlöst frånvarande. Det värsta av allt var att ingen konstellation av mänskliga grupperingar var starka nog att höras i offentligheten. En överväldigande majoritet godtog det nya skedet, precis som Adrian själv till det yttre verkade göra.

Det enda positiva som fanns att hantera i det senaste skedet av förändringar, var det att så länge han upprätthöll en ambition för medgörlighet inför omvärlden, skulle han lämnas utan ytterligare bevakning eller risk för vidare åtgärd. Så länge han verkade gå med på att vara en agent för konformiteten skulle han tillåtas röra sig fritt och därmed ha sin flyktplan i oförändrat behåll. Det var bara en fråga om hur länge han själv ville upprätthålla fasaden mot betalningen i att erhålla de bekvämligheter som medverkan i en civilisation kunde erbjuda.

Uppskovet i nedräkningen mot den stora omvandlingen kom att bli en odramatisk tid. Undantaget var den minst sagt tryckta stämningen som kommit att bli norm närhelst Adrian befann sig i samma rum som sina medarbetare, för att inte tala om det vakuum som uppstod i tomrummet mellan Milton och honom själv. Perioden var avsedd för att tillåta verksamheten hantera övergången. För terapeuterna tillsammans med administratörerna innebar det att skriva avslutande sammanfattningar och rekommendationer, samt formellt avsluta av behandlingar i de gamla systemen.

För att inte försätta sig med någon onödig risk att bli påkommen erbjöd Adrian den administratör som kommit att ta över Lindas ansvarsområden att själv handlägga övergången. Utöver dokumentationen var det installationer och självstudier i de nya systemen, liksom läsning och studerande av de nya handlingsplanerna som formulerats och lämnats över av arbetsministeriet. Adrian läste förstås bara ur ögonvrån, men gjorde det med häpnad och fascination över de riktlinjer som nu skulle styra den terapeutiska verksamheten. Det fanns inte mycket antydan till terapi i metoderna, endast gammal hederlig övervakning, övertalning och hjärntvätt.

Lika fascinerande var det att betrakta flera av de kollegor som inte verkade utöva någon form av analytisk metodik över huvud taget över den förändring de stod mitt i. De tog sig an metamorfosen med en entusiasm och energi som om det vore vilken ordinär verksamhetsförändring som helst. Ingen vikt verkade tilldelas det förestående magnitud, bara positivt underbyggd förändringsbenägenhet, och framåtanda med sikte på framtida karriärsutsikter. Adrian förstod samtidigt sina så kallade kollegor till viss del, han levde ju också själv i en sorts förnekelse där han bara försökte suga ut så mycket det var möjligt av bekvämligheterna innan han gav sig av på egen hand. Han önskade att Linda fanns kvar för att påtala det idiotiska i både kollegornas liksom hans egna förehavanden. Kanske hade han då haft kapaciteten att hålla verkligheten närvarande. Tiden under nedräkning hade varit lika lätt för honom att ignorera som det var för kollegorna att till fullo ge sig hän. Uppskovets tillfälliga natur medförde dock att magin hade en definierad brytpunkt och förtrollningens härskare ville inte göra någon besviken, även om det var just vad Adrian blev.

På den första dagen efter de tio lyste väggen på Adrians kontor ofrivilligt upp än en gång, liksom han antog den göra inom varje kontor i korridoren utanför. Despotens närvaro gjorde sig ögonblickligen kända och utan att Adrian ens hann reagera. Atmosfären sögs bara ur rummet och lämnade inte syre för att tillfredsställa andetagens behov.

Vart framträdande herr Augustsson gjorde i offentligheten skulle med säkerhet medföra oroväckande nyheter. Den ondsinta förväntan som kommit att bli associerad med dessa, vare sig folket blev påtvingat det i sitt eget utrymme eller blev nedkallade till faktisk samling, fick Adrians nävar att knyta sig utan hans medvetna handling. Hans kropp stålsatte sig som reflex inför vilket otyg som än skulle presentera sig. Snart trädde den svartklädde fram på hans mörka scen av sten som än en gång var kuliss för en av hans respektingivande representationer av sitt jag, och den mörksinta vision han verkade för.

För en gångs skull var han ordentligt kortfattad, men det betydde inte att de ord han yttrade var mindre ominösa. Det handlade snarast om ett förtydligande om att tidsfristen hade passerat och en bekräftelse på att det han lovat nu trädde i kraft. Var man klassad som redundant hade man haft sin chans till frivillighet och de som inte tagit vara på tillfället, var nu att betrakta som förkastade och det hade inte varit några tomma hot om att revoltörer skulle omhändertagas. Dörrarna till ministeriet skulle för alltid hållas öppna om en förkastad tog sitt förnuft till fånga. Men om den påträffades av Ansatsens väktare skulle möjligheten vara förgången och åtgärd skulle vidtas.

I de avslutande meningarna tilldelades allmänbefolkningen dessutom rätten till civilingripande vid möte med en förkastad. Det skulle vara fritt fram, och uppmanades till att skrida till handling av egen bedömning för att säkra en av två utkomster: antingen styrning till arbetsministeriet eller säkerställa en väktares uppmärksamhet och ingripande.

Adrian ryste av tanken på den minoritet som säkerligen fanns därute, men som med glädje skulle utnyttja sina nyvunna våldsrättigheter till fullo bara för att leva ut sina sadistiska böjelser. De skulle troligen inte vara många, men många nog för att sprida ett reellt obehag i det offentliga rummet. Det var med säkerhet också ett av syftena med att statsöverhuvudet beviljat en sådan undantagsregel.

Den första dagen innebar att Adrian i praktiken bytte tjänst då verksamhetens nya inriktning också skulle träda i kraft. Inte mycket av det som blev sagt i alla de introduktionssamtal som hölls var till någon förvåning. De var alla, i varierande grad, skeptiska eller helt emot att tvingas till lågbetalt arbete utan att själva ha någon talan i hur det skulle utformas. En av de första av de nya patienterna kom från en ofrivillig arbetslöshet och var därför inte lika benägen att betrakta förändringen med negativ betoning, även om metodiken inte nödvändigtvis kändes som den rätta. Den stora variationen var endast i deras olika benägenhet till ärlighet. Förståeligt nog fanns det en överhängande rädsla inför att erkänna sig otrogen mot ideologin. Men att läsa av vilka känslor som låg bakom även det bästa försöket till medgörlighet var en analys utan särskild ansträngning.

Redan vid hans första tillfälle för journalföring, efter det första introduktionssamtalet, med den första patienten, på den första dagen i den nya eran, blev det smärtsamt uppenbart att förmågan till fördömelse inte fanns inom Adrian. Han kunde inte förmå sig dokumentera en enda mening som han visste skulle kunna användas för ytterligare förtryck mot en av de som redan befann sig i en sådan utsatt position. Till hans stora lättnad bekom det honom inte att fabulera fullständiga utsagor om personernas genuina intresse för förändringen eller villighet att göra det bästa av situationen för att bidra till det stora perspektivet.

Adrian hade, till statens omedvetna förtret, tilldelats en sprillans ny möjlighet att utöva revolt och genom den, skona så många av sina medmänniskor han skulle hinna med innan någon misstanke skulle fattas. Det var väl inte helt osannolikt att exempelvis Milton skulle få för sig att gå in i hans journaler och se den diskrepans som skulle framträda mellan deras olika uppsättningar patienter. Den ondsinte kollegan skulle med säkerhet anmäla det vidare i ren skadeglädje och för sitt eget nöjes skull.

Den ökade risken och den eventuella kostnaden krävde knappt något övervägande för Adrian att bedöma som acceptabelt. Det var en sista möjlighet att sätta sig på tvären mot den mobbande storebrodern och göra ett sista slag för humanismen. Vid ett snabbt förbipasserande ögonblick hoppades han att detta var en handling som skulle försona Lindas tycke om honom.

Med trippande, nästan dansanta steg nedför den lilla entrétrappan i sten klev Adrian ut på gatan i backen utanför kontoret. Hans lätta steg drevs av energin från det nöjsamma kryphål han funnit i förtrycket, och den fullkomliga medvetenheten av att det inte fanns någon chans att komma undan med det i längden. Vårsolen värmde som en kärleksfull smekning över kinderna så fort de ännu isiga vindarna lättade upp för en kort stund.

Vid något av dessa små avbrott i säsongen kunde han sluta ögonlocken och så länge han höll dem stängda, förtränga hela den värld som kommit att ta form sedan Radikal Ansats blivit en integrerad del av den. Det hade under en lång tid inte funnits mycket utrymme för fri sinnesnärvaro. Med de värmande strålarna av guldgul sol på kinderna, och utan synen av stad och dyster framtid, infann sig en stund av ostörd lättnad.

Han hade svårt att bromsa in steget i backens sluttning. Benen verkade följa gravitationens kraft och ökade takten till ett nästan joggande steg nedför lutningen mot stadens kärna. När han kom ner och rundade hörnet i samma korsning som det föredetta kaféet var farten för hög och han rusade rakt in i två människor som stod dolda på andra sidan.

Krocken bröt isär de två från varandra. Den ena for iväg i ett stapplande steg baklänges. Den andra reagerade med att försöka fånga upp Adrian som ramlade handlöst genom tomrummet som öppnades mellan dem efter att han snubblat på någon av deras fötter vid mötets början. Den som försökte fånga hans landning misslyckades i sitt företag, men fick tag i Adrians högra arm och bromsade farten med vilken hans fall närmade sig marken. Han lyckades rotera kroppen så att kraschlandningen mötte hans axel och övergick i en rullande mjuk landning istället för ett platt fall med ansiktet först, vilket var vart det hela var på väg innan den andres intervention.

Först lättad över att ingenting gjorde ont, sedan tacksam för hans räddares insats, vände sig Adrian om i en armhävningslik rörelse för att resa sig upp och tacka personen för hans reaktionsförmåga. Knappt hade han påbörjat rörelsen upp från det stenlagda underlaget innan han mottog en hård tvåhändig knuff i bröstet av den som Adrian råkat skicka snubblande baklänges.

”Vad fan håller du på med? Håll dig undan!” röt han med en aggressivitet som talade om ett verkligt hot.

Adrian stirrade mållöst ner på attackerarens skor istället för att möta hans ansikte och upprätta ögonkontakt.

”Du höll ju på att låta han komma undan. Stick härifrån! Du har inget med det här att göra.”

Adrians tänkte att det sista uttalandet var väldigt udda påtänkt. Ingenting i händelsen visade väl att han hade haft någon intention att ingripa i vad det nu var som hade föregått krocken. När han nu såg att den aggressiva höll ett fast grepp om den andres hela kropp som någon sorts mänskligt skruvstäd, kände han dock impulsen att göra ett ingripande.

Den argsinte påminde om den arbetare han sett försöka starta konflikt på torget efter den stora samlingen två veckor tidigare. Han undrade om hans räddare, som nu innehade rollen av offer, inte var samma unga kille som varit motpart i densamma ickekonflikten. Möjligen var det bara dynamiken i den äldre arbetaren och den skrämda yngre killen som fick Adrian att inbilla sig sambandet. När han såg att förövaren vände blicken mot det unga offret, reste sig Adrian som av en reflex och rusade mot de två i ett försök till en medveten knuff som skulle sära på dem än en gång.

På det sista steget innan kollision tog Adrian spjärn för allt han var värd samtidigt som han blundade för att inte behöva bevittna sammandrabbningen. Hans blinda framfart möttes av en sinnesrubbande smäll rakt i kinden. Den som slog upp ögonen på honom så att han medan han rasade ihop i backen kunde se att det var den äldres armbåge som stoppat hans heroiska försök till rättvisa. Innan han visste ordet av låg han fastkilad med en arbetskänga hårt tryckande över bröstet, förlamad från ytterligare försök att göra något åt situationen.

”Jag sa åt dig att sticka härifrån. Men nu stannar ni båda här tills väktarna kommer.”

Det enda Adrian kunde göra för att underlätta situationen och minska sina plågor, var att med ett krampaktigt grepp om kängan försöka hålla nog mycket kraft borta från hans bröst och lungor för att behålla tillgången till sin andningsfunktion.

Hans belägenhet var en ordentlig knipa oavsett vilken väg detta trångmål än gav sig av. Utan väktarnas ingripande skulle han snart förlora det sista av sin kraft och troligen kvävas, eller lyckas slita sig lös men då bli mottagare av ett än mer hänsynslöst våld. Någonting med översittarens karaktär övertygade Adrian att chansen för att släppas på fri fot utan kamp inte fanns i hans uppfattningsrymd. Om istället väktarna kom och befriade honom ur det mänskliga skruvstädet, skulle han troligen möta ett öde liknande det han bevittnat den dagen då Rickard försvann.

Med all kraft som fanns att tillgå lyckades Adrian med en vrålande ansträngning kränga sig ut från under kängan. I det korta förloppets gång hörde han ett förtvivlat pipande läte från den andre fången då överraskningen fått mobbaren att krampa ytterligare i det huvudlås han förslutit runt den unge killens hals.

Så snabbt han förmådde rullade Adrian över från sin ryggliggande position, men hann inte mer än hundraåttio grader innan ett nytt skruvstäd landade mellan skuldrorna.

”Vad har vi här då?” hörde Adrian en lätt skrockande, men tungt auktoritär stämma ljuda från ovan. Det enda han kunde se var blanka svarta, militäriska kängor vid botten av ett par svarta byxben, och han kunde ana ytterligare en uppsättning likadana bakom sig.

Den hårdföre mannen knuffade fram Adrians yngre medoffer till väktarna.

”Den här är arbetslös, och inte nog med det, han är kaxig nog att skryta om det. Eller dum nog kanske.”

Det fanns inte i Adrians uppfattning att den nu gnyende pojken skulle besitta de alfavågor som krävdes för att framställa sig som kaxig, men samtidigt hade han inte sett honom i ögonblicken före deras vägar korsats.

”Den andra var korkad nog att försöka rädda den förkastade men tog sig visst lite vatten över huvudet.”

Stoltheten i hans röst vibrerade genom luften tillsammans med beundran inför maktens utövare, som om hans våldsamma ambitioner var synonyma med en strävan att ingå i den statliga maktkåren. Väktarna var dock inte mycket för smicker och erbjöd endast ett kort tack och meddelade att de skulle ta över och hantera de två ynkryggarna.

Ett stillestånd varade i den obeskrivliga händelsen under det korta fönster i tiden medan den självutnämnde civilhjälten uppfattade uppmaningen, och gav sig av lite snopen över att inte erhållit större ära för sitt dåd. Vid vakuumets upplösning ökade tempot till mångfalt det som skulle varit möjligt att absorbera från den position Adrian var tvungen att uppleva förloppet. Begripligheten återvände inte till världen förrän Adrian plötsligt fann sig uppställd med ryggen mot tegelväggen på byggnaden bakom, mitt emot det som en gång varit den förflutna erans välvilliga kafé. Det pulserade i bakhuvudet som om han inlett mötet med väggen med huvudet först, men kunde inte dra sig till minnes att han upplevt krocken. Intill honom stod den spensliga unge kumpanen och hyperventilerade med gnyende små andetag. Adrian kunde nästan själv förnimma obehaget i den unges kallsvettande kropp.

När han vände blicken åter mot överhögheten möttes han av mynningen till en mattsvart pistol. Den förmedlade tyngd och avgav upplevelsen av ett kraftfält redo att expandera med full kapacitet. Aldrig förr hade uppgivenhet känts så påtagligt hjälplös.

Plötsligt rörde sig någonting hastigt i ögonvrån. Den unge kastade sig ut från väggen i en handling vilken Adrian omedelbart förstod endast kunde ha ett mycket särskilt utfall.

Väktarens ögonlock blinkade bort uttrycket av hans ohejdade självförtroende och öppnade upp för ett nytt av blänkande förvåning och ett stressat obehag. Hakan sköts fram ur balaklavan som satt för snävt runt ansiktet. Det svarta tyget såg ut att klia mot huden. Hjälmen vickade till av justeringen men skymde inget viktigt i hans synfält.

Den väktare som stod diagonalt från Adrian var redo att reagera på det som höll på att hända. Hans axel var redan sänkt och beredd att parera stöten som snart skulle forcera honom att absorbera eller låta sig förlora kontrollen. Det finger som vilat över avtryckaren kramade med behärskning mekanismen bakåt. Rörelsen verkade långsam i mötet med hanens reaktion när avtryckaren nått sitt innersta och sedan kastade den framåt med en våldsam fart, omedelbart följt av en kaskad av explosiv eld från skjutvapnets mynning.

Ljusets reflektion mot de olika matta vinklarna fick densamma svarta nyans att skifta i olika toner av det svartgrå spektrat. Manteln sköts bak samtidigt som tomhylsan kastades ut på den skymda sidan, direkt följt av rekylen som tvingade upp kornets vinkel utan möjlighet att bromsa.

Det panikartade uttrycket av ilska som strålade ur den unge mannens förtvivlade ansikte när han kastade sig fram i offensiv, föll i ofördröjlig tomhet när projektilens svarta krater öppnade sitt djup som ett tredje öga där näsben och panna möttes. Trots den våldsamma kraft som mötte hans huvud, var den mänskliga kroppens fysiska bestånd inget som helst hinder för kulans destruktiva kapacitet. Som om han var gjord av luft fortsatte hans framfart trots att livet lämnat både hans ögon och kropp. Bakom huvudet förde skottet med sig ytterligare en kaskad liksom den som givit den kraften att lämna pistolen. Denna var dock av drypande blod istället för eld eller rök. När kroppen slutligen förlorat momentum och rasat till marken stod spåret som en röd målning över teglet bakom.

Utan att alls hinna tänka på vad som skedde eller vad som skulle komma näst, slog Adrian vapnet ur handen på väktaren rakt framför. Det var en reaktion utan plan; endast en omedveten impuls. Väktaren själv verkade heller inte förmå planerad handling och stod istället förvånat blickande mot kollegan vars pistolmynning släppt ut en plym av rök ut i avrättningens dyning.

Tiden stod stilla i allas medvetna värld. Adrians omedvetna verkade vara det enda med kapacitet till handling, och efter att han fått vapnet att flyga ur väktarens förvånade hand, kastade han sig runt och åt sidan i ett språng mot torgets mitt.

Först när han lagt ett avsevärt antal meter mellan mördarna och honom själv vaknade tanken åter till liv. En ånger över valet av riktning infann sig när han insåg att han stod helt öppen, utan tillgång till skydd, men samtidigt måste det ha varit den snabbast tillgängliga och den som möjliggjort utbrytande i flykt.

Han stannade upp för ett ögonblick i ett försök att orientera sin position och lokalisera vilka vägar som stod till förfogande, men insåg nästan omedelbart det dumma i idén och återvände till språng. Med den bakre foten fortfarande i kontakt med mark hörde han dånet av ett skott som avfyrades som bekräftelse för hans val. Den oerhörda turen fick honom att inbilla sig att han kunde ana skottets vinddrag i nacken när han flyttade sig bort; troligen endast en lättnadens tacksamhet som gav sig till känna.

Oskadd satte han av mot den korsning han fann närmast, ännu utan plan för vad som sedan skulle komma. Den enda prioritering han kunde förnimma var att hitta något att placera mellan sig själv och de vapen som följde hans riktning.

Med gathörnet inom räckhåll tittade han över axeln, sökande efter hotet i hans spår. Ingen av dem siktade längre sina vapen åt hans håll, men de hade båda satt av i full karriär över torgets diagonal med en marginal som inte var mer än några tiotal meter. Det skulle inte vara många sekunder om Adrian än en gång stannade upp.

Löpningen förde honom i ingen riktning alls, men med en intensitet som om målet varit självklart. Det enda som stod till hans fördel var att han verkade snabbare än sina båda förföljare. Ett förvånande utfall för någon fullkomligt eliminerad från historien om fysisk aktivitet. Logikens regler verkade som förlorade, men så länge adrenalinet förde honom framåt tänkte han inte ifrågasätta det.

Som om dirigerad av kroppens förståelse för sina egna begränsningar, fann Adrian sig ankommen till den myllrande bussgatan utan att med medvetenhet försökt ta sig dit. Han dykte rakt in i folkhavets oändliga gömställe för att finna trygghet.

Med steget i uppehåll dunkade kroppens signaler om stoppets anledning. Försöken till tankeverksamhet pulserade i takt med hjärtats bultande innanför bröstkorgen, som om hans medvetande endast klarade av att fokusera en syresättning åt gången. Bröstet var på väg att brista, och andningen skrapade som en rasp i halsen vid var inandning. Den intensiva ansträngningen hindrade honom från att fylla lungorna till dess fulla kapacitet. Kippande efter att tillföra syre till sitt system stod han framåtlutad med händerna över sina knän. Han var väl dold från sina fiender men hade en växande oro inför alla stirrande blickar.

Med tung ansträngning reste han sig upprätt. Paranoian reste sig fortfarande som en misstänksamhet mot alla i hans närhet. Vem som helst kunde vara en potentiell förrädare som kunde säkra hans tillfångatagande.

Adrian kom på sig själv med att stå fast på en och samma plats, snurrande och tittande omkring sig utan att se någonting alls. Ingenting i hans synfält fylldes med mening, endast förvirring, tills ett intensivt ansikte med närmast glödande ögon plötsligt stod mitt framför honom, bara på armlängds avstånd.

Väktaren, den som skjutit den unga arbetslöse, sträckte sig fram och försökte gripa tag om Adrians axlar, men plötsligt reagerade hans kropp igen och tvingade undan förvirringen. Han slet sig lös från väktarens grepp som inte fullt lyckats bita tag. Som om lungornas och hjärtats dunkande smärtor upplösts till intet var han åter i språng, denna gång äntligen ackompanjerad av sin kognitiva kapacitet som vägledare av det strömmande adrenalinet.

Med sinnet i brukligt skick insåg han att det endast fanns två logiska alternativ tillgängliga: antingen finna en fri passage till garaget, och bilen som skulle ge honom den fart som vida kunde överträffa hans löpteknniks kapabilitet, eller att smyga sig ut ur staden till fots. Direkt ut i skogen med siktet riktat mot sjön vart han skulle få tillgång till utrustning och proviant. Även om möjligheten varit en förberedande plan just för någon situation liknande den han nu befann sig i, kunde han inte hjälpa sin egen motstridighet över att ge sig av utan optimala förutsättningar. Om han bara först kunde ta sig till bilen skulle hans färd ta vägen förbi huset vart han skulle kunna klä sig med allt det varmaste och mest vädertåliga som fanns att tillgå, istället för att nöja sig med det minsta nödvändiga som låg gömt i skogen.

Tillsammans med sin inre kompass kunde han läsa en ungefärlig kartbild av stadens gator och korsningar. Den hade ett par eller några suddigare områden, men det fanns tillräcklig skärpa för att Adrian skulle bestämma sig för att chansa sin väg till bilen. Det kunde inte vara någon omöjlighet att navigera korsningarna på ett säkert sätt, även om han i det första paniska skedet av flykten tagit alla olämpliga vägar han kunnat för att öka avståndet till parkeringshuset.

Utanför stadskärnan tystnade gatorna avsevärt, och utan att behöva se vart jägarna befann sig kunde han stanna upp bakom hörnet på ett närliggande höghus. Så fort han fått kontroll på sin syretillförsel lyssnade han om det fanns någon i hans närhet. Väktarna må ha varit skräckinjagande men med kängornas tunga steg och all utrustnings metalliska skramlande hade de lika gärna kunna bära bjällror runt halsen.

Han befann sig i utkanten av ett bostadsområde, angränsande till en smal strimma planterad skog som separerade området från det nästa. Inget ljud nådde hans hörsel annat än det avlägsna bruset av biltrafik på håll. Med kustens klarhet bekräftad tog han vaksamheten som ledord och började skifta sin färds riktning för att sakteligen få åtkomst till bilen inne i staden. Tempot var sänkt till gång med sporadiska inslag av jogg över öppna ytor han inte ville vistas på någon längre tid. Alla sinnen var fortfarande på helspänn som om varje rundat hörn var ett nytt synfält att analysera på sin väg in i ett strategiskt sicksackande mönster genom kartbildens rutnät. Han ville undvika alltför öppna ytor men också navigera sig så att hans ingångsvinkel till garaget inte skulle passera stadens mitt, även om han inte hade annat val än att gräva sig ganska djupt in för att nå sitt mål.

Låga bostadshus och höga punkthus ersattes åter av skyltfönster och kontorslandskap i långa korridorer av höga betongkonstruktioner som begränsade sikten endast till räta linjer utan någon periferi. Efter en så lång stund utan att ha sett tecken av sina fiender hade en antydan till obefogad nonchalans trätt fram i Adrian. En ouppmärksamhet som nästan fick honom att glömma bort att reagera när ett par tunga svarta kängor stegade ut ett femtiotal meter framför honom.

En kyla nöp tag i Adrians panna som en omedelbar kallsvettning uppkommen från ingenstans. Ett ögonblick passerade utan handling, men han var snar att med ett långt kliv åt höger ta sig in bakom det första skydd som fanns intill honom.

Inne i portalen till ett garage som inte var det han var intresserad av kunde han titta ut i en vinkel genom de gallerförsedda öppningarna mot gatan. Väktaren hade inte sett honom än men närmade sig garagets öppning. Den anonyme rörde sig i ett makligt tempo och tvingade Adrian djupare in, letande efter ett sätt att ta sig in bakom garagets port. Portalen han stod i var endast ett yttre rum för en bil åt gången i väntan på tillgång till hissen; utan tillgång till gömställe om väktaren tittade in.

Med frenetiskt sökande ögon fann han först ingen lösning, åtminstone ingen som skulle släppa in honom utan högljutt våld. Porten var nedskjuten. Persondörren intill verkade vara konstruerad av alltför beständiga metallstänger och att med våld få tillgång genom gallret intill skulle både ta för lång tid och föra sådant oväsen att han lika gärna kunde ropa in väktaren direkt.

Väktaren var nu ett tiotal meter närmare men hade stannat för att titta sig omkring. Adrian blundade och tog ett djupt andetag. Han visste att det fanns en lösning. Med ett krampaktigt försök till lugn öppnade han ögonen lagom för att se hur gallret intill dörren gungade till när han la sin hand för att ta stöd mot detsamma vid sin sida.

Från midjehöjd och nedåt satt gallret löst, utan förankring i dörrposten. Om det var dåligt installerat, av tiden korroderat eller av biltjuvar manipulerat spelade Adrian ingen roll. En snabb blick mot gatan gav honom ett fönster med tillräcklig tid för att med stressad försiktighet böja upp stängslet och krypa in, och sedan med tysta steg smyga in i mörkrets skydd.

Han höll sig på huk, utan att egentligen veta om det var bättre att göra det snabbt eller osynligt, men det verkade fungera. Från så djupt in i garagets mörker det var möjligt att sjunka, vände Adrian uppmärksamheten åter mot ljusets riktning och den svarta skugga som rörde sig utanför. En silhuett med mjuka kanter av himlens sken som svepte runt om. Det gick inte att se någon enskild detalj, men när kroppen roterade ur profil och höjde en arm för att skärma solen från dess syn, var det som om blodet slutade att flöda i ådrorna. Utan möjlighet att göra något åt saken stod

Adrian orörlig på huk och hoppades att mörkret var skydd nog. Först när den svarta återupptog sin rörelse och passerade utom gallrets insyn tilläts hjärtat att slå på nytt.

Efter att den sista vågen av skrämsel sköljt genom hans kropp blev Adrian stillastående kvar i det tysta mörkret av garagets innersta. Som om adrenalinet slutligen runnit ut och tagit de sista av hans krafter med sig var han oförmögen att resa sig för att återuppta sin färd mot rätt garage. Det hade blivit tid för vila och inget kunde längre förmå honom att skjuta det framför sig.

Trots att det var ett automatgarage avsett för bilar att förflyttas på mobila plattformar, fanns det dörrar och trappor som troligen avsedda för servicepersonal vart Adrian letade sig upp till ett övre plan för att minska risken att upptäckas av någon förbipasserande. Mellan två bilar, lutad mot en meterhög karm av betong fann han en stunds ro. Han var några meter över gatuplan och förhoppningsvis utom synhåll. Det fick bära eller brista, orken räckte inte till att oroa sig längre. Sannolikheten var åtminstone låg för att någon precis nu var på väg till garaget för att utföra underhåll.

Efter några halvhjärtade försök att hålla de allt tyngre ögonlocken öppna suddades verkligheten ut inför hans ögon.

Adrian vaknade utan en tillstymmelse till nyvaken brådska. Först bara tankarna och ögonen som blinkade till liv. Kroppen var fortfarande i en nedsövd domnad och gjorde ingen ansats till att röra sig. Han låg som en säck potatis lutad mot betongen. Helt utan känsla för hur lång tid som passerat låg han orörlig ytterligare en stund för att återfå sin fattning. Tanken kändes grumlig bakom den utmattande flyktens kvarvarande trötthet.

Det verkade fortfarande vara dag även om ljuset nästan var rött i sitt dramatiska intrång i garaget och sa att eftermiddagen var långt gången. På gatan nedanför, i korsningen runt garagets hörn, såg han skuggorna av vad han antog var väktare. En rastlöshet sprungen ur rädsla började slita i hans kropp och sa honom att tiden i garagets gömmor var över och att det var dags att finna vägen ut och vidare på hans flykt.

När han med försiktiga steg tagit sig ner för spiraltrappan och smugit sig ut ur det djupaste mörkret, kunde han från gallret ut mot gatan se åtminstone en av skuggornas ägare. Det bekräftade omedelbart hans farhågor om vem den tillhörde.

Förutom den han kunde se, rörde sig ytterligare två skuggor i utkanten av hans synfält. Chansen för att väktarkåren skulle avfärda Adrians så kallade brott verkade onekligen låg och utan kriterier för att endast låtas bero. Från den vänstra sidan av garagets port kom en svart skåpbil långsamt rullande förbi Adrian som backade bak till skuggorna medan bilen fortsatte till samlingen utanför. Den stannade en kort stund innan den fortsatte vidare i oroväckande spaningsbenägen hastighet och lämnade två av väktarna kvar på hörnet, i vägen för Adrians möjligheter att fritt ta sig åter ut på gatorna.

Velande om vilka alternativ han hade att tillgå stod han utan att kunna skrida till någon handling alls. Nervositeten över att bli upptäckt var plötsligt ersatt av stress över handlingsförlamningen själv istället för de eventuella handlingarnas konsekvens. Med blicken fokuserad på de två som fortfarande stod posterade vid garagets hörn, svartnade det plötsligt för ögonen när ett svagt skallrande ljöd från gallret där han först tagit sig in. Adrians fösta reaktion var att lyfta upp armarna och där stelna till orörlighet innan han insåg att ingen auktoritär order om hans underkastelse kom från vem det än var som orsakat ljudet. Med händerna fortfarande resta, vred han sig sakta om till synen av en äldre herre i grånat skägg med svart sotarmössa på hjässan som bara räckte just över öronens topp.

Med en förundrad lättnad gick Adrian gubben till mötes och såg att han med ena handen höll en ihoprullad lapp i ett av hålen närmast grindstolpen. Han väntade med vänligt sinnad blick på att Adrian skulle komma hela vägen fram och ta meddelandet ur hans hand.

”Ta dig till den här adressen,” viskade den gamle mannen, nästan mumlande genom den tjocka mustaschen. ”På husets sida finns ett valv som leder in till bakgården. Vänta där så möter jag upp dig så snart möjligheterna har visat mig sin väg.”

Adrian utstötte någon form av gurglande läte som aldrig kom att forma ett uttalat ord, och innan han kunde göra ett nytt försök hade åldringens omsorgsfulla allvarsamhet förvandlats till irriterat bekymmer när han stegade ut ur portalen och satte av mot vakterna i en hastig, halt gång som i inte verkade sann mot verkligheten.

”Vad är det som försiggår här egentligen?” utbrast han ogillande på sin väg nedför gatan. Rösten förvrängd med ett uttryck av vresig osäkerhet, helt utan den värme och det lugn han haft i rösten när han viskat till Adrian.

Den gamle mannen travade rakt på och hela vägen förbi de svartklädda soldaterna medan han viftade med händerna i luften, och pekade dem runt hörnet när han fortsatte gapa om något ”hiskeligt liv och oväsen” som tydligen ”störde vanligt hederligt folk.”

Adrian insåg att han var tvungen att krypa ut omedelbart. Den äldre räddarens plan var kort bara att säkra en distraktion till Adrians fördel, även om förklaringen till varför låg bortom tillgängligt förstånd. Han behövde ta chansen, och han behövde göra det nu. I det fall att någon trots allt skulle se honom vågade han inte springa, men det tempo hans steg rörde sig i var inte långt ifrån.

Det var inte längre än runt garagets grå koloss och två korsningar bort innan han fann sig på den angivna gatan. Även om han inte på förhand visste vart den exakta adressen var tog det honom endast en snabb blick nedför och upp från den korsning han stod för att se vart han skulle, utan att ens behöva leta efter rätt numrerade port. De flesta husen var ombyggda till moderna snitt, eller helt enkelt rivna och uppbyggda som nya. Ett enda hus stack ut med dess höga grund av stenblock, liksom hörnen och våningarnas golv och tak sett från utsidan. Någonting med den gamle mannen och hans vilja att stå till tjänst placerade hans naturliga hemvist i det enda hus gatan hade att erbjuda från en förfluten tid. Adrian fick för sig att han var en man som ville känna historien i sitt hem, och hade säkerligen bott där sedan han var en ung man.

Adrian rundade den pelare av sten som utgjorde husets bortre hörn och klev in under valvet som var entré till innergården; en plats någorlunda skymd från de boendes nyfikna sikt, men väl i det dolda från gatans förbipasserande.

Fukten i den annalkande kvällsluften kändes rå och kall, och den tvingade Adrian att krypa in i rockens krage och ärmar så gott det gick för att använda hans egna värme i ruljangs. För mycket rörelse skulle riskera att dra till sig onödig uppmärksamhet och han hade hur som helst slut på energi. Att ens hålla sig stående började kännas tungt. Det han hoppades på var endast bundsförvantens ankomst och hoppet att varm interiör stod näst på tur.

”Kom, kom. Bäst vi skyndar oss in.”

Stunden hade hunnit bli lång och Adrian hade i sin väntan hunnit bli orolig för gubbens välstånd men stått hoppet troget. Han följde efter när han blev vägledd in i trapphusets ingång från gården och stigningen uppför trapporna till våning två. Det fanns en gammal gallerförsedd hiss, men den var bara stor nog för en, om denne var en liten person. Adrian förvånades över spänstigheten i den äldres steg långt överstigande hans egen trötta klättring till den massiva gamla trädörr som var deras målgång.

”Stig på. Välkommen.”

Han höll upp dörren och visade Adrian in med hela handen som vore besökaren av hög börd. Adrian tog sig endast över tröskeln innan han segnade ned i hallens soffa, byggd i något mörkt slags trä han inte var förmögen att artbestämma. Dess snidade, snirkliga detaljrikedom andades artonhundratal.

”Mitt namn är Arthur.” Begynnelsens a uttalades med

långt uttryck och han nästan rullade det avslutande r:et, ”Arthur Johansson.”

”Adrian. Evander,” svarade Adrian osäker på varför han också lagt till sitt efternamn. Det kändes överflödigt.

”Jag ber om ursäkt för min fördröjning. Min förmåga som spion var inte fullt så förfinad som jag hade föreställt mig när jag åtog mig uppdraget.”

Han skrockade lågmält, men med riktig glädje och en sorts njutning som var svår att definiera.

”De där stollarna köpte nog inte mitt skådespel. När jag såg att du var utom synhåll gick jag min väg men upptäckte direkt att de följde efter. Deras begåvning inom spionyrket var sannerligen lägre än min egen, så jag fick leda dem på villovägar ned till staden och tobakshandeln för att styrka mitt alibi och samtidigt skaka dem från min svans.”

Adrian kunde inte hjälpa att dra på smilbanden genom tröttheten när han hörde Arthur nöjsamt berätta om vad han betraktade som ett roligt äventyr. Hela hans sätt att tala var fullt av artikulerade konsonanter och förtydligande betoningar som mottogs med en nostalgisk glädje av Adrian. Liksom att höra benämningen tobakshandel på vad han antog var en generationell motsvarighet tills hans eget snabbköp. Hur gammal eller ung han än var, var det utan tvekan inte bara en generation mellan de två. Om än Arthur verkade pigg och smärt både i tanke och sätt var han med säkerhet en bra bit över pensionsålder och troligen ganska mycket därtill.

Lägenheten gav inträde i en tidskapsel som sträckte sig bortom båda deras livstider. Många av möblerna och vad som snarast kunde betraktas som artefakter måste ha varit arvegods redan för Arthur, och hela boendet andades av en atmosfär Adrian nästan kommit att glömma existerat.

Golvklockans tickande pendel väckte minnen av en barndom i farföräldrarnas stuga. En tid och upplevelse han inte kunde minnas några detaljer från, endast en känsla av barndomens fascination för allt som då var okänt men som sedan blivit mondänt.

”Varför tog du risken att komma till min undsättning? Du vet ju inte varför jag höll mig undan för svarta väktarna.”

”Du har rätt. Jag visste inte varför då, och behöver heller inte veta mer nu. När det kommer till att göra med fascism såsom denna nya och all den gamla likaså, då finns alltid utrymme för goda handlingar. Oavsett vad de dig anser skyldig till är deras synder långt svårare att förlåta. Dessutom har jag inte fått möjligheten att visa mig på styva linan på många, långa år. Det finns till och med risk att jag varit lydig sedan detta århundrades början och det är ett tillstånd jag inte kan låta bestå när min tid närmar sig slut.”

Adrian log mot denna underbara person men hade inte orken att besvara honom mer.

”Sen skall det vara sagt att detta inte är något permanent uppehälle jag erbjuder dig, men det utgår jag ifrån att du förstår. Jag erbjuder endast varm mat, en stunds vila och förstås ett glas eller två för att värma din själ. När nattens mörker infallit måste jag lämna dig åter till din egen makt.”

”Självfallet,” lyckades Adrian svara med trött men genuin uppskattning.

”Lägg dig nu på soffan och vila medan jag spisar oss något varmt att äta. Antingen kökssoffan som du har där,” han gestikulerade mot soffan intill köksbordet, rakt in från hallen, ”eller den i vardagsrummet om du hellre ligger mjukt. Det finns en pläd på vardera som du kan svepa in dig i.”

Medan värden gick in i lägenheten och mot köket, gick Adrian till närmaste fönster för att orientera sig. Det bakom kökssoffan vette mot innergården och gav inte den utsikt han var intresserad av. Från vardagsrummet var det däremot möjligt att skåda stadens gator. Solens sken hade vid det här laget lämnat civilisationen utan ljus. Det dröjde inte många sekunder innan den svarta skåpbilen passerade nedanför; om det nu var samma. Oddsen sa att det var fler ute och patrullerade om han kunde se en var gång han vände blicken mot gatorna. Orimligheten i att hela pådraget skulle ha initierats för jakten efter en enstaka rymling vars enda illdåd var att ha rymt undan en avrättning upptog hans fulla tankeprocess.

Adrian fiskade upp sin enhet ur fickan och gjorde några översiktssökningar i de mediekanaler som dök upp närmast tillhands för att finna vad annat som kunnat ge upphov till uppståndelsen.

Ickenyheterna hade uppenbarligen inte ännu blivit nedstängda av det nya samhällsstyret. De fullt menlösa sensationerna varvades med lika överflödig konsumtionshets. Efter några ögonblicks bläddrande dök dock mycket riktigt det han sökte upp. *Terrordåd mot arbetsministeriet i distrikt sydväst*, löd den rubrik som med all säkerhet inhyste Adrians medrymlingar. Artikeln förklarade att en bomb hade detonerats i vestibulen till det nya arbetsministeriet, och att två av terroristerna tillsammans med både väktare, anställda och även civila, totalt cirka dussinet, med största sannolikhet omkommit medan en tredje terrorist fortfarande var på fri fot.

Efter ett första ögonblicks lättnad över att inte vara huvudobjekt, vände sig obehaget till en illamående ångest då insikten slog honom att sannolikheten var hög att Linda var en av de tre. Det kunde inte vara en slump att den första incident som tagit plats i distriktet var utan sammanhang med Lindas uppsägning och hennes anslutande till det de kallade oppositionen. Alla andra händelser som kunnat läsas om var orsakade i reaktion mot det förändrade klimatet, och hade varit riktade mot de centrala delarna; mot politiker och huvudkvarter, inte mot filialer i ytterkanterna. Men han kunde förstås inte vara säker.

Tanken var smärtande och han försökte stävja den genom att intala sig själv att han gjort vad han kunnat genom att erbjuda henne ett alternativ, även om det inte hade varit ett starkt argument. Hon hade vetat vad hon gav sig an.

Han trängde undan skuldkänslorna, och övervägde om han var skyldig Arthur en förklaring om orsaken till hans egen flykt och att hela kåren inte var ute enkom efter honom. Men den gamle hade avsagt sig intresse för det och Adrian bestämde sig för att hedra hans vilja och bara visa sin uppskattning för hjälpen som erbjudits.

Han vände åter mot köket och möttes i öppningen av en glaskupa med mörk gyllene dryck och en uppmaning att låta den värma hans inre. Adrian läppjade en liten smutt och även om smaken inte var honom fullt tillfreds kunde han omedelbart känna värmen som spred sig genom halsen och ut i bröstet. Han slog sig ned på soffan och lät det inte passera lång stund innan han druckit ur glaset och lagt sig med pläden över midjan på den hårda men tryggt sköna kökssoffan, vilande utan förnimmelsen av omedelbar fara.

”Hur väl kommer du ihåg politiken innan den tog formen av vad den är idag?”

Adrian kvicknade till och steg ur den dvala han legat i. Han hade inte kunnat sova, det fanns inget behov av det sedan stunden i garaget. Allt som behövts var återhämtning i ett lugn utan jaktens oro.

Arthurs fråga var en han inte visste hur han skulle besvara, någonting med hur Arthur hade ställt den gav honom intrycket av att det var en kuggfråga.

”Vilken form är det du syftar till? Den där vi inte tillåter vår makt mer än ett år värt av tålamod för utbetalningen av deras löften, eller den där vi överlämnat våra öden helt och fullt i någon annans hand?”

”Jag tänker mig en tid även långt före allt det där. Det är omöjligt att säga just när, men det var någon gång när jag fortfarande var en relativt ung man, under fyrtio i alla fall. Kanske var det än tidigare. När politiken fortfarande försökte framhäva sin övertygelse för en ideologi. Man brukade ha en övertygelse vilken värderades som det högsta. Det var värderingarna utifrån denna som var medlet för att övertyga folk att ansluta till rörelsen och låta den vägleda. Det var ett sätt att omstöpa samhället omkring en tillsammans med de som ingick i det. Någonstans längs vägen blev det endast en tävling för att vinna val utan att ha någon egentlig plan."

För första gången sedan deras vägar korsats uttryckte Arthur en sorgsenhet inför ordningen som den var. Hittills hade han verkat benägen att ta det med en sorts visdomens lättnad, som att han med åldern lärt sig när det fanns något att göra åt och när det bästa var att låta saker passera. Kanske fanns det en gräns för hur mycket ondska man kunde andas innan man kvävdes.

"Det är inte lätt att minnas hur något var," svarade Adrian. "Jag var nog bara ett barn, eller åtminstone ungdom. Min uppfattning av dåtidens ordning är den som skådats och filtrerats genom ett ungt sinne. Vem vet med vilka förvanskningar jag mottog budskapen. Jag vill minnas någon kampanj, kanske den första i vilken jag fick rösta, där flera partiers löften endast kretsade kring hur en röst för dem åtminstone var bättre än alternativen och hur de skulle använda den för att utesluta motståndarna. Informationen var frånvarande om vad de själva ville. Kanske har jag aldrig upplevt den tid du talar om."

Adrian kände sig plötsligt mycket ung. Klyftan mellan den gamle och han själv verkade i det här avseendet inte bara vara en av olika grad. Han talade om en tid som troligen för Adrian tillhörde historiestudier och inte en upplevd värld.

Arthur log varmt mot den unge, skingrandes en del av

den sorg som tillfälligt gjort sig känd. Han blev sedan åter neutral.

”Kanske är vi bara sentimentala inför den här diktatorn vi har fått över oss. Det är första gången på många, många år som någon faktiskt presenterat en politisk ideologi och inte bara medverkat i en popularitetsbedömning. Trots att hans vision och metod givetvis är av hemskt slag, har hans avsikter åtminstone aldrig varit dolda. Det må vara tungt att härda men samtidigt kanske det är vår egen börda att bära. Jag vet inte riktigt vad jag ska tro längre. Det kan lika gärna vara så att jag gett upp.”

”Jag har svårt att se hur uppgivelsen om människans värde någonsin skulle kunna leda till något gott,” svarade Adrian. ”Det får inte vara något annat än den sista anhalten.”

Trots att deras meningar hade börjat skiljas var tiden inte inne för diskussion. Samtal om livets värden hade litet utrymme när avstampet redan skett. Mitt inuti skeendet fanns endast överlevnad kvar att stå för.

Tystnaden la sig över köksbordet och Arthur reste sig för att bära bort deras tallrikar. Vid hans återvändo hade han med sig en mönstrad karaff som såg ut att vara av kristall. Inuti var samma gyllene dryck som värmt Adrians bröst vid deras hemkomst till lägenheten. Varsitt glas fylldes upp långt högre än vad Adrian trodde var norm för sprit av mörk sort. Men det var en extraordinär kväll så vem var han att ifrågasätta med vilka medel situationen kunde underlättas.

Lågan i det levande ljuset flämtade på bordet och slocknade med ett litet fräsande när det drunknade i skålen av smält stearin som blivit kvar efter blockljusets övergångna liv. Det skallrade från fönstret i vardagsrummet följande en kraftig smäll som Adrian vid det här laget blivit allt för bekant med. En skottlossning som ekade mellan husen på gatorna och lockade de båda att gå fram för att titta ut i landskapet av betong och elektriskt ljus. Himlen ovan var svart och berättade att deras samtal tagit dem långt in i kvällens sista timme innan natten mot en ny dag skulle ta sin början.

”Det ter sig åtminstone inte vara dig de exklusivt har i åtanke,” log Arthur skämtsamt mot Adrian som inte kunde annat än att finna en viss lättnad i att så faktiskt var fallet.

”Och jag som börjat förlita min självkänsla till uppmärksamheten de visade för mig. Vilket svek.”

Det var skönt att dela upplevelsen med någon som kunde distansera sig från allvaret utan att förlora förståelsen för dess innebörd. Samtidigt insåg Adrian att sällskapet var en tillfällighet, och vistelsen hanterade inte på något sätt det som väntade utanför. Även om Arthur inte visade några tecken på att känna sig utnyttjad ville Adrian inte tänja för mycket på gästvänlighetens gränser och drack därför ur glaset och vände sig för att gå mot hallen.

”Arthur, tack både för din insats och för ditt oerhörda sällskap. Bara för att väktarna inte ger mig nog av deras uppmärksamhet skall jag inte ersätta mina begär på bekostnad av din tid och omsorg.”

Den gamles nyss muntra min sänktes åter till allvar, dock utan antydan till den sorg som syntes vid minnena från förr.

”Ja, visst. Det var ju så det var sagt; att i nattmörkret var det dags. Enligt förnuftet är det förstås så det behöver vara. Min ålder har blivit alltför hög för att göra anspelningar på någon ny form av samboskap. Jag har ju levt ensam länge nu, och har troligen blivit allt för satt i mina sätt för att dela dem för längre tid än en kväll.”

Han talade så långsamt tillika eftertänksamt att Adrian hunnit klä på sig sina ytterkläder och skulle just till att knyta skorna till Arthurs avslutande ord.

”Nåväl. Jag hoppas att du funnit dina krafter åter och att cognacen håller dig varm tills du nästa gång befinner dig inom fyra väggars värme. Adjö.”

Det skulle nog dröja ända till sommarvärmens ankomst innan Adrian fick uppleva någon värme igen, men han ville inte sänka den äldres förstämning lägre än han redan gjort. Han sa inte mer än ”Adjö” medan han öppnade dörren och åter klev ut på egen hand.

I det ordinära livet var natt och mörker förenat med en viss mån av rädsla och osäkerhet. Inte när natten betraktades från insidan av ett hem, därifrån var känslan ofta ett omslutande lugn, men att ge sig ut i mörkret skulle ha varit som att försätta sig utan skydd. Den svarta natten inhyste obehagliga varelser vars syn var anpassad för en värld utan ljus och kunde göra honom blind. I livet på flykt var mörkret hans vän. Nu var det han själv som var den mörkrets varelse som tog överhanden i osynligheten, och han nyttjade smidigheten i att vara endast en. De patrullerande väktarna var både högljudda med all deras utrustning och prat mellan varandra, och skenets synlighet från deras ficklampor och strålkastare skrek än högre. Deras sökande roll gjorde dem uppenbara och lätta att undvika.

Adrian satt inom kort bakom ratten på sin bil, fasande inför att starta motorn och ge sig till känna; göra avkall på sitt tysta skydd. Så fort han rullade ut på gatan skulle han inte längre vara gömd och så fort de såg honom var risken överhängande att den omedelbara flykten åter skulle tas upp. Vart möte med en patrull skulle vara en risk för ett avkortat liv. De behövde inte ens känna igen honom från någon av hans tidigare transgressioner för att döma honom utan byråkrati.

Med övertygelsen om hur långsamt och försiktigt han körde var det konstigt att höra motorns vrål. Kurvor och korsningar som på håll föreföll normala och lätta krävde nästan fullt rattutslag och tjutande gummi när bilen krängde över hjulen. Händerna krampade över ratten och foten trampade på pedalen för allt den var värd, med spjärn hela vägen från höften tryckte han sig högt upp i sätet. Han började kippa efter mer luft och insåg först då att han glömt att andas, endast fyllt på mer utan att släppa någon ut. Han var halvvägs ut ur staden när han åter fick tag i andan och behärskade sina ansträngda lemmar. Det var som om hans kropp haft en egen agenda. Den ville föra honom utom räckhåll så snabbt den kunde utan hänsyn till hans faktiska körkunskaper och önskan om att diskret smita undan.

Enligt vyerna från speglar och genom rutan fram, var det ingen som hade tagit notis om hans korta stadsrally, åtminstone ingen som bestämt sig för att ta reda på ursprunget till den vårdslösa ljudbilden. Hur noga han än försökte tygla sin brådska märkte han gång efter annan hur fotens tyngd mot gaspedalen ökade och tvingade honom att släppa upp.

Vid botten av backen upp mot den sista korsningen innan huvudleden som skulle ge honom passage till motorvägen, såg han bakdelen av en svart skåpbil på hörnet uppe på trottoaren. Han såg ännu inte någon väktare, de var troligen gömda någonstans bakom, men det var hur som helst för sent att göra något åt det. Gatan var endast två filer bred med hög trottoar intill. Att vända skulle inte vara någon ögonblicklig manöver, det var bara att fortsätta och låta hoppet ha sin gång. Kanske skulle de se honom endast som en oskyldig medborgare på sin väg till produktiva mål.

Bakom den parkerade bilen pågick något som blivit Adrian allt för bekant. Två väktare stod med framsträckta armar, varsitt vapen i hand. Den ena med en pistol i sin, den andra än mer dramatiskt utrustad med någon sorts automatvapen mot sin skuldra. Det var en repris och Adrian visste precis hur det skulle sluta, men kunde inte slita blicken från det morbida ens när han hade passerat. Han vände sig om i sätet för att se två flammor lysa upp korsningen och två kroppar falla ihop.

Tätt följande ljöd en tredje hård smäll som orsakats utan väktarnas hjälp. Distraherad av den fasansfulla åsynen hade han tappat uppfattningen om sin egen framfart och kört rakt ut i den trevägskorsning utan tillgänglig riktning fram.

Det smärtade i axeln som hållits fast av bältet och han var lätt omtumlad från bakhuvudet som kastats in i nackstödet, men han trodde sig vara rimligen oskadd. En plym av rök ringlade sig försiktigt upp mellan motorhuven och vindrutan.

Motorljudet hade tystnat liksom ekot från skottlossningen tonat ut. Efter ett misslyckat försök att få motorn att starta, såg han sig om och såg de båda svarta röra sig hans väg med vapen resta. Det skulle inte finnas tid för fler försök. Rakt framför honom, bakom husväggen som stoppat hans färd, fanns det bostadsområde som skiljde honom från hans alternativa flyktväg. Härifrån skulle det inte vara lång väg bort, bara han än en gång skulle lyckas springa ifrån de våldsamma och undvika att bli skjuten på vägen.

Han tog ut holografenheten ur fickan och lämnade den i handskfacket, säker från att kunna utge hans framtida position. Sedan knuffade han upp dörren som inte längre passade riktigt i sin ram. Den knakade och skrapade i metall men öppnades utan att Adrian behövde ta i. Han spände sig fri och klev ur bilen omedelbart på huk. Utan att se sig om rörde han sig fram till öppningen mellan husen ett tiotal meter fram. Väl runt hörnet och fortfarande ej beskjuten reste han sig till upprätt och satte av i fullt språng. Den här gången fanns inga alternativ. Inga tveksamheter skuggade hans handling. Det enda i hans värld var nu full fart till starten på det nya livet.

Lampans sken var endast tillräckligt för att uppvisa en bråkdel av den svarta skogen. Adrian kontrollerade omgivningarna i långsamma rörelser, noga med att rikta den begränsade ljuspunkten upp och ned. Från stigarna på marken, och upp längs trädstammarna i sitt sökande efter de orangea ringarna som än en gång slutat vägleda honom. Han vred sig några grader och repeterade, uppbådade fokus att se bortom de närmaste träden, bortom det omedelbara, men kunde inte finna sin väg. Med hjärtat bultande i bröstet, som i ett försök att få honom att leta snabbare, blev detaljerna allt mer otydliga tills allt framför hans ficklampas sken var en enda växt, multiplicerad till oändlighet. Träden var alla identiska och började förflytta sig ut ur ljuset han hade till hands.

Adrian kramade samman ögonlocken för att stänga ute det pågående hånet. Ett spratt spelat av skogen för att befästa hur långt utanför hans element han befann sig och en uppmaning att återvända och lämna hans plan därhän.

Med mörkret framkallat av hans egen kraft var han mindre utsatt, och med hjälp av djupa andetag lyckades han övertala sin eskalerande panik till reträtt. Det fanns endast ett sätt, och det var inte att rusa i hjärtats takt. Han var inte så utlämnad till naturens öde som stunden fick honom att tro. Utom räckhåll skulle den gömda utrustningen vänta. Där fanns både fler lager kläder liksom bättre ljus och verktyg för att skapa eld. Allt som krävdes var att ta kontroll och övervinna rädslan för det okända runt omkring.

Att fly undan människojägarna var vad han trott skulle vara den svåraste delen. Efter ett flertal framgångsrika försök visade det sig att han hade en talang för att undfly de skräckinjagande svarta. Deras klädsel verkade snarare ha varit utformad för skrämsel, och dåligt lämpad för vad man lurats att tro var deras ändamål.

Adrian hade inom något enstaka kvarter från krocken med husväggen känt sig på betryggande avstånd och hade utan problem kunnat leta sig till civilisationens kant. Han hade känt igen den orangea färgen redan på lyktstolparna längs gångbanan och vetat att de skulle leda honom rätt. De pekade till områdets yttersta kant och ut längs en stig över en liten äng vars andra sida var den tornande skogens gräns. Just innan skogen stod en två meter bred skylt med karta över skogen och förklarade etappens start.

Till en början hade hans förtroende varit högt. Stigen var väl upptrampad och lätt att följa. Ficklampan kunde han rikta främst mot träden runt om och han hittade med lätthet markeringarna som sa honom att han var på rätt väg. Så snart avståndet till staden börjat tillta bortom vart de boende verkade promenera, ställde stigen plötsligt högre krav. Var gång han tog ett steg utan ljuset eller med blickens fokus förflyttad från direkt framför fötterna, snubblade han på en rot eller sten, halkade i leran eller klev i riset utanför stigen.

Markeringarna hade varit tätt placerade, det var bara att ta sikte på den nästa, efter nästa, efter nästa. De kom inte med många meters mellanrum. Men med stigens ökande svårighet var det som om även markeringarna flyttades längre isär. Först var det tio meter mellan, nu kändes det som fyra gånger längre. Han förbannade de många korsande stigarna åt alla skogens riktningar. Det hade varit tillräckligt med den uppmärkta så att man skulle kunna finna sin väg.

Han lyckades skingra sin förtvivlan över skogens orättvisa behandling av honom, och öppnade åter ögonen med en plan för sin egen räddning. Om han inte kunde hitta nästa markering skulle han leta sig till den förra. Han var inte till fullo övertygad, men trodde sig kunna känna vilket håll han kommit från och började med långsamma steg följa sin känsla med noggrann belysning som hjälp.

Desperationen var konstant redo att bistå med sin instans. Vart steg kändes som ett in i en helt ny värld och det var omöjligt att avgöra hur lång tid som förflöt. Snart måste han ju varit åter i sina spår. Vare sig det gått fem minuter eller en timme var det hög tid för igenkännelse, men ingenting var bekant. Han hade inget minne av att ha klättrat över en fallen tall men här var den ändå. Förtvivlan kröp sig åter inpå och sa honom att han var på väg åt fel håll. Han måste skynda åt det andra hållet innan han förlorade kontakt med platsen han nyss varit på, men benen fortsatte sakta ta honom i den riktning han påbörjat.

Stirrande på hans fötters vardera steg kom han plötsligt till ett stopp när stigen bröts av vid foten av en gammal björk, med grova fåror som passade bättre i en fantastisk saga än på ett vanligt träd. När hans blick klättrat upp till sin egen höjd möttes den av samma orangea färg som vuxit sig helig i hans sinne.

Medan lättnaden rann igenom hans kropp och vätte hans ögon utan att han kunde blinka bort det, la han sin hand mot björken för att förankra sin plats, rädd för att förlora den åter. Han bröt ut i en förbannelse över den enkla ficklampans bristfälliga funktion, och önskade att han vore förenad med den pannlampa som låg väntandes i hans gömda förvar; den som besatt förmågan att göra skogens natt till dag och skingra den smala tunnel han nu hade som enda referens.

Punkten han stod vid var knytpunkten för stigar i fyra riktningar runt honom. Det var stigen hans inre kompass försökte intyga honom var vägen framåt. Det var stigen full av förvillelsens fasa som han just funnit sig åter från, och ytterligare två alternativ i riktning mot varsitt okänt mörker. Vid Adrians kartografiska studier hade allt sett så mycket enklare ut. Det hade varit räta riktningar och ledens färd hade varit utan skogens oändliga infrastruktur av upptrampad stig. Hans normalt så starka lokalsinne var helt ur bruk, utslaget av ett mörker som eliminerade all känsla för referenspunkter och riktning.

I änden av ficklampans otillräckliga sken fann han ytterligare ett färgat band runt stubben av ett kapat träd. Driven av längtan efter den inbillade trygghet mer utrustning hade att ge, var han åter på väg, övertygad om att han bara behövde överleva den första natten för att få bäring och kontroll. Men hur länge var det var innan morgonens infall? Liksom avstånd visat sig svåra att bedöma var även tid ett relativt koncept där han befann sig. Det gick inte att avgöra om det var en timme eller fem sedan han lämnat gatlyktornas sken bakom sig. Fötter och ben förklarade att färden ännu var ung men den urlakade orken hävdade att upplevelsen pågått natten lång. Han tittade upp för ett svar, men trädkronornas knappt tydbara kontur mot den nästan ljuslösa skyn gav inget försök till hjälp.

Vägen blev brant och stenig, och efter en stunds klättrande med tung andning suddades hans sikt när ficklampan försökte lysa genom andedräktens dimma. Han fick hålla lampan långt ut åt sidan eller högt ovan huvud för att kringgå det moln av utandad fukt som annars begränsade hans framfart. Landskapet han rörde genom sig var utan många mätbara höjder och när hans klättring fortsatte kunde han med lycka sätta ett finger på vart han befann sig. Det fanns endast en höjd som skulle bestigas mellan staden och sjön. Det gav honom tryggheten att fortsätta även om den förklarade att han inte var mer än halvvägs på sin första sträcka. Han befann sig inte längre i en gränslös svart skog, utan på en specifik plats som kunde markeras på en karta.

Han önskade att han hade haft en plunta med mer av Arthurs cognac. Matens energi var sedan länge förbrukad och han saknade den brinnande värmen inuti bröstet. Han föreställde sig den särskilda känslan som det enda utöver en brinnande eld som kunde tränga igenom den isande kylan som trängde djupare in under huden för vart steg han tog. Så här års tog sig vårens tecken endast uttryck under dagtid. Nätterna var fortfarande oförlåtande vinterkalla.

Muskler och leder började stelna av kylan och gjorde rörelserna obekväma och fick honom att tappa fart. Vart steg blev tungt att ta med rötter som plötsligt låg högre och var halare än bara en kort stund tidigare. Stenarna kändes vassare och det var svårare att balansera det evinnerliga snubblandet och snavandet. Trots framgången i att ha kommit halvvägs till sitt första mål, var kylan redo att sänka hans mod.

I drönande form rörde han sig fram. Blicken fokuserad på marken inför nästa steg. Hans sinnen krympte världen omkring tills allt som existerade var hans nästa steg och att fortsätta fram; målet som varit i sikte förvandlat till rörelsen i sig. Med långa mellanrum kvicknade han till ur sin fokuserade dvala och tittade förskräckt upp på jakt efter de märken han trodde sig ha förlorat kontakt med, men som till hans lättnad fortfarande lyste i orange. Han försökte hålla blicken uppe men försjönk var gång åter till det som låg närmast tillgängligt. En fot efter den andra, utan att tappa fästet och ramla, med hoppet om att ljuset snart skulle komma till hans dämpade desperations undsättning.

Han hade inte kvar någon ork att lyda de starka känslornas kraft. Han var fastbunden i avdomnad likgiltighet, meddragen av den fortsatta stigen framåt.

När han inte längre kunde finna nästa markör när han tittade upp fanns det ingen reaktionsförmåga kvar. Han såg sig omkring och kunde endast konstatera att han gått vilse igen, men ingen kraft fanns kvar att känna något alls. Hans puls var lika förstelnad som hans frusna fingertoppar och domnade ben. Det långsamma tempo han gått med hade inte varit tillräckligt för att hålla kroppen varm och nu hade han slutligen kommit till ett stopp.

Med smärtande leder och otympliga rörelser klättrade

han ner, först på knä och sedan runt på rumpan med ryggen mot närmaste träd. Just som hans ögonlock förberedde honom för vilan kunde han ana en antydan till en ljusnande sky. Innan han somnade fanns tid för en sista tanke, och den var att han överlevt natten och trots allt skulle klara sig till ytterligare en dag.

Runt omkring honom låg en stilla skog utan bortre gräns. Ett landskap av vildvuxen terräng, glittrande av tinande frost i morgonsolens löftesrika strålar. Adrian beskådade fascinerat övergången mellan vinter och vår från sin knastrande bädd av ris och kvistar, samtidigt som han försökte förstå att synen också innebar att han överlevt vilan som mycket väl kunnat bli den sista. Han var osäker på hur låga temperaturer som skulle krävas för att livet skulle kylas ur en människa, men kunde inte tänka sig att han varit långt ifrån. Han var frusen in på djupet och det smärtade i hela kroppen vid varje försök till rörelse. Han tvingade sig att acceptera smärtan när skogen visade sitt upplysta jag i en förklaring att det svåraste skulle vara över.

Utan mörkret som motståndare kunde Adrian se sig om utan andra hinder än skogen själv. Hans säng var placerad på en yta mitt emellan två stigar, den ena tydligt märkt med det orangea som under natten varit så dyrt och ouppnåeligt heligt. Han kunde inte undgå att känna sig lite dum för att inte ha kunnat lokalisera det under natten, trots att han inte säkert kunde avgöra just vilken hans väg till sovplatsen varit. Inget av nattens ödesdigra dramatik kändes längre närvarande. Istället fylldes han av en nästan skamlig känsla över att inte ha kunnat sansa sig nog för att finna sin väg. Men han uppskattade att retrospektivet var något långt särskilt från upplevelsen som den varit.

Med dagsljuset som ledsagare var navigeringen inget han alls behövde tänka på, och underlaget som krävt sådana tekniska färdigheter några timmar före, var nu endast ett aber för värkande muskler och leder, men hade förlorat förmågan att fälla stegen i hans framfart. Även om fötterna skrek av domnad smärta var de bara att placera i nästa steg och nästa efter det. Med solen i sin rygg hade skogens täta innanmäte på håll börjat lätta upp. Innan han ens nått fram till den stilla och spegelblanka sjön visste han att målet var uppnått, om än några timmar sent.

Sjön innebar att räddningen han planerat för sig själv äntligen skulle vara inom räckhåll. De hjälpmedel hans urbana vanor skulle behöva för att ha en chans i skogen låg vilande runt den flytande spegelns buktning. Packningen skulle på intet sätt leda till enkelhet, men den skulle hjälpa honom undvika fler upplevelser som den gångna natten.

En vag stolthet låg pyrande bortom tvivlet över att ha lyckats besegra naturens vilja att fördöma. Det krävdes ingen stor ansträngning för att ignorera det faktum att den ursprungliga planen genomförts som ett enda stort misstag. När den formulerades var visionen en första natt i frihet utom civilisationen. En som skulle spenderas vid en sprakande brasa efter att med lätthet förflyttat sig för upphämtning av utrustning och iordningsställande av en provisorisk rastplats.

Ett liv utanför den kontrollerade tillvaron visade sig inte vara utan en egen vilja, och förutsättningar Adrian inte var kapabel att förutse. Hur mycket han än försökte intyga att han skulle vara duglig hade han också accepterat sin underkastelse för den makt han hyste sådan respekt för.

Med packningen på sin rygg såg han en ring av stenar intill stranden nere vid sjön. Den hade använts som eldplats av människor före honom själv, och innan han ens börjat fundera på att söka virke till ved såg han även ett väderskydd till hälften fyllt av huggna klabbar i skogsbrynet vid sidan. Hans inre röst försökte ge honom beröm för det väl valda gömstället men det medvetna jaget var tvunget att avfärda det som en lycklig slump. Den natten han gömt väskan hade han definitivt inte sett skymten av någon förberedd campingplats.

Brougesen hade blivit färgade i en helt ny ton av brun av det nu intorkade lagret lervälling som impregnerat skorna. Av någon anledning var det en sentimental process att ställa skorna åt sidan med vetskapen om att de nu gjort sitt. Medan Adrian återfick rörelseförmåga och känsel i fötterna, som han hade lagt upp på en liten stock mellan den han använde som sittplats och elden på andra sidan, höll han upp de grova svarta kängorna som tillsammans med ett par underbart mjuka ullsockor skulle se till att huden på hans fötter aldrig blev lika grå och genomblöt som den blivit under natten. Mellan spännbanden på packningens rygg satt macheten fastspänd i sitt hölster. Mitt i den dramatik han upplevt hade Adrian inte vid ett enda tillfälle funnits sig i behov av vapnets assistans och det kändes snarast som en överdramatisk symbol i en kamp han insåg var för hans egen förmåga att överleva naturen, och inte en som hade någon person eller något djur att möta med våld.

De vildsinta lågornas dans var trollbindande hypnotisk och begärde honom att rulla stocken än närmre ringen av hetta. På så nära håll, när eldens ljus var bländande starkt och tog upp mer och mer av hans synfält, var det som om dagsljuset omkring tonade ut. Bortom lågornas toppar speglade sjön ett mörkrets landskap och band honom ytterligare till eldens trygghet.

Adrian kände sig egoistisk när han tittade in till den väl tilltagna högen av vedklabbar som låg till grund för hans pågående välbehag. Det hade inte funnits annat att göra för att stilla det obehag som härjade hans nedkylda kropp i väntan på att elden gjorde sitt jobb. Det hade varit en sorts nödfall som förhoppningsvis skulle förlåtas av den vars ansvar det var att säkra vedbeståndet intill sjön, eller den friluftsutövare som sedan anlände i behov av värmens kraft. Han lämnade ved nog för att göra en brasa men inget som skulle räcka en hel natt.

Med slutna ögon kunde han bryta lågornas förtrollning över den parkerade tillvaron. Planen hade ursprungligen varit att den andra dagen skulle vara dedikerad till att finna sin väg djupare in i vildmarkerna, till en lägerplats som skulle vara konstruerad långt bortom stadens räckhåll. Han skulle både finna sin väg dit och hinna göra platsen i ordning för att uppehålla hans närvaro tills han visste vad nästa steg var. En lång del av dagen hade redan passerat, men den hade varit nödvändig både för att återställa hans fysiska varelse, och att höja moralen efter en dränerande kamp. Det var tid för att lära sig att färdas i skogarna utan att det skulle vara med livet som insats.

I de planerande stadierna hade det alltid funnits en

romantisk underton av natursköna vyer; vidsträckta utsikter från bergstoppar ut över oändlig skog och spegelblanka sjöar. Kanske skulle han passera något dramatiskt flödande vattendrag. Kanske till och med något vattenfall eller någon okänd skandinavisk lagun, fantastiskt undangömd från tidigare vetskap. Verkligheten erbjöd något långt mindre spektakulärt. Även om lugnet och tystnaden innehöll element av magi och han avnjöt dagsljusets obegränsade sikt, var det mest skogens innanmäte som fanns att se. Vid några tillfällen möttes han av små sjöar, som förvisso var vackra utsikter i dess orörda stillhet, men utan den mystik hans förhoppningar velat möta. Däremot fanns det bergstoppar överallt; ett helt landskap utan plana ytor. Dock endast några få som någonsin bröt sig ut ovan trädgränsen.

Den initiala besvikelsen var övergående, och Adrian fann sig snart vandrande i en trivsam harmoni, utan vare sig väktarnas hot eller stadens ihållande buller och brus. Tillvarons simplicitet var nog för att sätta ett försiktigt leende på hans ansikte. Med kängornas betryggande grepp på fötterna förde han sig med lätthet längs stigarna, hoppande över små bäckar som korsade hans väg eller klättrande uppför något av de små bergens sidor. En uppsjö av naturens små svårigheter att bemöta med endast en enda förhållning att hålla fast vid: han skulle ta sig till lägerplatsen. Enkelheten i kontrast till en livslång erfarenhet av livet i en ständig dragkamp mellan olika krafters önskan om uppmärksamhet och evigt engagemang. Fokus endast på det som låg inför ens väg, och utrymmet som fyllde upp allt runt omkring med njutning och opåverkad upplevelse.

Efter att ha vandrat ned i en klyfta så djup och överväxt av trädens kronor att dagsljuset inte fann sin väg ner, stod han plötsligt inför en bergsvägg som var brantare än någon han hittills mött. Den grova ytan tornade sig skräckinjagande upp framför honom, inte fullt vertikal men brant nog för att det inte skulle finnas någon tanklös väg upp. Med blicken sökande efter en lämplig väg fann han sakteligen en kant efter annan som tillsammans bildade en sicksackande trappa upp. Väggens lutning var brant nog för att tvinga honom att kämpa för att hålla sin tyngdpunkt lutad mot väggen när han klättrade, ett metodiskt kliv åt gången, noga med att även finna bra grepp för händerna att stödja hans färd. Ryggsäckens tyngd försökte forcera hans tyngdpunkt ut över tomrummet som vidgades nedan honom för vart nytt kliv han tog.

Med både muskler och sinne drivna av adrenalin och spännande upphetsning över äventyrets osäkerhet, skingrades det mesta av den rädsla som pirrat i magens djup när han stod på marken, redo att ta det första klivet. Nu var han många meter upp. Hur många var utom hans förmåga att bedöma, men han hade passerat topparna på ett flertal av de gamla granarna vars stam han stått intill innan han började klättra.

Den branta lutningen började avta försiktigt och gav honom modet att titta vart han kommit ifrån. En hissnande svindel sköljde över honom och förhöjde entusiasmen över företaget. Hans klättring övergick till kravlande på alla fyra, och snart efter, upprätt på två ben igen när berget planade ut under hans fötter. Först utan utsikt, men det var en kortvarig besvikelse som inte sträckte sig längre än tills han började ana vad som fann på bergets vänstra sida, vilken hans riktning börjat närma sig på vägen upp till den högsta punkten.

På bergets sida dalade trädtopparna ur sikte till Adrians

förhoppning om att möta färdens första utsikter. Bortom topparna växte avståndet mer och mer för vart steg han tog. Först inget annat än turkos himmel och mjuka vita former utan tydliga gränser. Inte förrän han klev upp på en sista platå som sedan skulle leda honom upp till toppen, kunde han skåda vad som fanns bortom den vänstra sidan. En horisont dök slutligen upp i grönt längst bort i slutändan av den skog som tog sin början bakom vattnet som flöt långt nedanför hans utsiktsplats.

Till skillnad från de stilla sjöar hans färd passerat var vattnet här vid fullt liv och rörelse. Ett strömmande vatten som bröt det ändlösa gröna och försatte Adrian i en beundrande paus. Han fyllde sina lungor med den öppna världens syrestarka luft. Det var som om luften plötsligt blivit lättare att andas; som att de täta skogarna begränsat tillgången på fullgod andning fram tills han fick andas i de ohämmade viddernas cirkulation.

Utan att släppa utsikterna med sin blick fortsatte han med långsamma steg upp längs avsatsens yttersta kant de sista meterna till bergets höjd. Han visste att städerna fanns bara någon mil bort, men från hans utsiktsplats bredde sig en gränslös skog ut och sa sig vara hela hans värld. Upprymd av de efterlängtade vyerna fortsatte hans färd ner på andra sidan med en försiktig lutning, utan äventyrets inspel längs stigen ned mot platsen vart det livliga vattnet verkade hämta sin rörelse. Det såg ut att vara lugnare strax innan det försvann ur sikte där det rundade av bakom träden en bit fram på Adrians högra sida. I samma riktning som stigen vek av när den förflyttade honom bort från klipporna och åter ner i skogens djup. Det såg ut som att han skulle möta vattnet efter nedstigningen var över.

Efter en kort vandring från bergets bakre fot skymtade

han som väntat vattnet igen, där det verkade ha stannat i en stilla vik. Han balanserade sin väg längs spängerna som sträckte sig över en bit våtmark på vägen mot vad han väntade sig skulle vara vikens strand.

Med fötterna åter på fast mark lyfte han blicken från fötterna, upp mot stranden och stannade tvärt utan att släppa ut det sista andetaget. Det var helt rätt att det fanns en strand vid vikens innersta. Vad han inte väntat sig var att se rök stiga från en brasa ett tiotal meter upp från vattnet. Från den fortfarande skymda delen högre upp på stranden kom en människa gående mot elden. Adrian var fortfarande på behagligt avstånd och väntade sig inte bli upptäckt, men visste samtidigt inte vad han skulle göra härnäst. Sannolikheten för att det skulle vara någon med ont uppsåt var liten, men han var inte benägen att längre lita till några naiva förhoppningar om alla tings goda. Med tanke på alla andra nya upplevelser han tvingats bemöta det gångna året, skulle det inte längre förvåna honom om det så var en kannibal han hade framför sig.

Han gick närmare med försiktiga steg, noga att inte knäcka någon fallen gren eller kvist som skulle avslöja honom innan han själv kunnat få en bättre uppfattning om vad för människa han gick till mötes.

”Oj! Du är inte bara ute på en liten campingtur du.”

Adrians hjärta gjorde ett försök att rymma från hans kropp. Det gjorde ingen skillnad att rösten lät som om uttryckt av vänligheten själv.

”Eh… va?”

Det var en svår uppgift att ta in och bearbeta verbala ord när han stått djupt övertygad om sin osynlighet och trott att han hade någon sorts övertag. Han vände först blicken, följt av huvudet och kroppen tills han slutligen kunde se frågans ägare.

”Ja, det ser bara ut som om du har lite ovanliga verktyg med dig för en friluftstur i skogen.”

Hon gestikulerade med handen och sin blick mot allt som hängde bak på Adrian som förstås förstod vad hon menade. Både spaden och yxan var fastspända på ryggsäckens baksida ovanför en hoprullad presenning. De var kanske inte så överdrivna, däremot var macheten en mer utstickande detalj där den stack upp med greppet ovanför väskans kant så att den skulle vara lättillgänglig om det nu uppstod en situation som krävde det.

”Nej. Det skulle nog vara svårt att förminska mina förehavanden till en nöjesfärd. Du har alldeles rätt.”

När han mötte den som kommit på honom och upptäckte att hon såg lika vänlig ut som hennes röst berättade, kunde han slappna av en aning och svara. Hon hade svart, rakt hår uppsatt i en enkel och spretig tofs på huvudet med luggen inramande ansiktets ena sida. Det räckte att se in i hennes mjuka bruna ögon för att se att hon hade ett värmande leende i hela ansiktet. En ung tjej, knappast över tjugofem och ej heller över hundrasextio centimeter lång. Hennes olivfärgade hy sminkad endast av vinden och kylan. Det kändes mycket otroligt att hon skulle ha ont uppsåt för hans ankomst. Förvisso behövde man kanske inte vara ond för att vara kannibal, det var nog främst en kulturell sak, men något sa honom att hon inte var en människoätare. Hur det var med personen han sett borta i lägret var ännu för tidigt att avgöra.

”Jag heter Azadeh och han där borta,” hon nickade mot stranden bakom Adrian, ”är Jesper. Kom, vi går dit.”

”Jag är Adrian,” fick han ur sig som svar just som hon trängde sig förbi honom på stigen som knappt var bred nog för en. Han undrade om det var en god eller rent av farlig egenskap att vara så vänligt sinnad som hon verkade vara. Det var osäkert om han själv skulle vara benägen att be någon slå följe efter att endast ha utbytt några enstaka ord, och dessutom låta den nye gå bakom sedan hon knappast kunnat undgå att se att han var beväpnad. Men han var i position att kunna hålla uppsikt så han följde efter utan att protestera.

”Hjärtat, det här är Adrian. Han har också gått ut ur samhället; som oss.”

Det lät lite som att uppmärksamma det väldigt uppenbara, men Adrian förstod vad hon menade, och det verkade som att Jesper förstod det med.

När hon klev in mot honom och kramade Jesper lite från hans sida slogs Adrian av hur väldigt liten hon var. Hon fick plats under hans armhåla och när Jesper kramade om henne var det nästan som att hon försvann. Han var förvisso väldigt lång, säkerligen en bra bit över en och nittio och ytterligare förlängd i uppfattningen då han var riktigt smal och spenslig. Det såg nästan komiskt ut att två av samma art kunde se så olika ut i sin fysiska varelse. Vad som höll dem samman var deras lika genuina vänlighet som inte gick att undgå även om Jesper åtminstone visade ett uns av misstänksamhet. Han hade en vänlig framtoning, men granskade Adrian ett ögonblick innan han tog ett kliv fram för att ta den nya i hand och välkomnade honom till deras hemvist.

”Vad fick dig att lämna galenskapen då?” frågade Jesper och backade tillbaks till eldstaden och rörde om i grytan som stod på ett galler i utkanten av brasan.

”Det var väl just det: galenskapen.” Adrian kände en ovanlig lätthet inför att uttrycka hans orsaker inför de båda trots att han inte kände dem, och utvecklade sitt svar. ”Jag kunde inte följa deras inhumana viljor och verkade ha en talang för att hamna i väktarnas väg hela tiden. Efter en gång för mycket hade jag inte längre något val. Men det hade nog inte dröjt länge tills jag tagit mig ut på eget bevåg ändå."

"Jag förstår vad du menar," svarade Azadeh i Jespers ställe men han nickade medhållande vid sidan.

"Hur länge har ni varit här ute?" frågade Adrian verkligt nyfiken.

De verkade båda ha ett naturligt sätt i naturen som han inte kunde sätta fingret på. Det var också någonting i deras kläder som förmedlade ett hemmahörande där dem var. Båda hade varsitt par funktionella byxor med massor av fickor som de dessutom, för var och en verkade ha funnit syftet med. Deras kängor såg ut att vara väl ingångna och deras stickade tjocktröjor förmedlade en trivsel, som om de inte befann sig där enkom av nödvändighet. Azadeh var utan smink eller fixat hår och Jesper var orakad med rufsiga lockar hängande ut ur den tofsförsedda mössan, men ingen av dem såg egentligen ovårdad ut. Inte heller Jesper såg ut att vara äldre än tjugofem men båda förde sig med en van självsäkerhet som kunde tillhört en livslängd av långt längre erfarenhet.

"Det har nog hunnit bli någon månad nu. Vi har tappat kollen på tiden lite. Den har inte så stor del av tillvaron här."

Någonting i Jespers tonläge viskade om en ambivalens inför det faktum han sa, men hans ansikte och kropp berättade det med avslappnat uttryck. Kanske var det bara Adrian som läste in för mycket i vad som bara var ord i ett enkelt samtal.

"Men det betyder ju att ni har varit utomhus sedan mitt i vintern. Vad fick er att fly redan då? Jag menar bara att den nya makten inte har hunnit göra något förrän precis nyss."

”Hörde du inte talas om den där… vad var det den där jäveln kallade det: *en incident av inhemsk terrorism* eller nåt sånt? Jag kallar det snarare när vi blev överfallna för att vi försökte stå upp för våra rättigheter.”

Det var Azadeh som tog ordet igen.

”Jag var också där,” svarade Adrian. Han hade nästan glömt, eller kanske förträngt den traumatiska händelsen inne i huvudstaden. Så mycket nytt hade hunnit hända efter som hade lagt en skugga över minnet.

”Då förstår du. Jag såg så många av mina vänner bli skadade och bortförda; till och med mördade.”

Det sista sades med en låg röst och det var inte svårt att se att hon blev djupt berörd av att minnas. Adrian var alltför förtrogen med känslan.

”Jag lyckades ta mig oskadd bort från kaoset men blev jagad hela vägen ut ur stan. Och det slutade inte där. De kom hem till oss när bara Jesper var hemma, men trodde inte på honom när han sa att jag inte var där. De förstörde hela lägenheten. Efter det vågade jag inte bo hemma. Jag sov hos en kompis några dagar men ville inte riskera att hon skulle behöva ha med mördarpatrullen att göra så jag kom hem igen, men de fortsatte leta efter mig. En gång slog de också Jesper med ett gevär i huvudet så att han blev medvetslös.”

Hon tittade med en oro fylld av kärlek upp mot honom där han rörde om i grytan igen. Hon hade satt sig på en av stockarna de hade som bänk intill eldstaden.

”Efter det bestämde vi oss för att lämna det där bakom oss. De skulle inte låta oss få tillbaks våra normala liv.”

”Jag blev också förföljd efter det där, men mig verkade de ge upp, och de tog aldrig till våld.”

”Då hade du nog bara tur.”

”Så var det nog. För min del i alla fall. Jag förlorade en nära vän den där dagen; såg hur de släpade bort honom, blodig och utan chans att göra något motstånd. Han var ingen våldsam person, även om de inte varit två som tog honom hade han aldrig gjort mer än sett till att komma därifrån. Det var fel person att tvinga på ett sådant öde. Han förtjänade inte att dö.”

Adrian förvånades över hans öppna ärlighet. De båda nya bekantskaperna ingav ett sådant starkt förbund att han blev obekväm med hur bekväm han kände sig inför dem.

”Ingen av alla de som blivit utsatta av den där tyrannin har förtjänat den,” svarade Jesper.

”Han kanske klarade sig, din vän. De lät honom kanske gå sen.”

Azadehs välvilja verkade obeveklig. Hennes vänliga värme vadderade all den strävhet som skrapade med varje annan känsla, men Adrian ville inte släppa in det förförande hoppet igen.

”Jag har önskat att det var så, men tyvärr har jag tvingats acceptera att det är en menlös förhoppning, Rickard är död.”

För att inte riskera att behöva motstå fler försök att ingjuta något nytt hopp inom honom gav han inte tystnaden utrymme för någon fortsättning och såg till att snabbt byta samtalets riktning.

”Även min egen tur varade endast så länge. Hur har ni klarat er genom hela vintern? Hur har ni fått tag i mat under så lång tid? Jag har bara varit ute en natt och jag trodde nästan att jag skulle dö redan den första.”

Jesper slutade att röra om i grytan som bubblade högljutt. Han satte sig intill Azadeh på stocken i rät vinkel från Adrians sittplats.

”Jag har en vän, Marcin, som kör ut en leverans åt oss varannan vecka. Det är den enda tid vi har att passa i det här. Det blir mycket torrvaror där man får med sig mycket mat i vikten eftersom vi måste bära det från mötesplatsen till vart vi än håller hus. Ris och torkade bönor som vi kan koka upp är väl det vi lever på mest. Vi får med oss lite konserver också men det är så tungt att bära så vi tar bara nog mycket för att kunna bryta smaken någon gång ibland.”

”Har ni flyttat runt mycket?”

”Inte jättemycket, men vi har rört oss lite för att försöka hitta bättre lägerplatser. Vi hoppas kunna hitta någonstans där det finns utrymme för att både kunna elda under tak. Sovplatser är inga problem, vindskydd är lätta att ordna och vi har en presenning som vi spänner upp som tak.”

Han tog med sig Adrians blick upp till stranden för att visa en anordning där presenningen var uppspänd från två träd och på pinnar så att de hade tak och skydd i en riktning åt sidan. Resten var en konstruktion av kvistar och pinnar som inte såg ut att vara helt beständigt men som likväl skapade ett sovrum.

”Det som är värre är skydd för elden. Vi har byggt upp några, men alla har haft sina brister och när det regnar får vi kämpa rätt mycket för att hålla elden vid liv. Det tar lite tid att komma i ordning på en ny plats och om vi flyttar oss för långt från mötesplatsen med Marcin, kan vi inte göra det förrän efter nästa leverans så att vi kan komma överens om en ny mötesplats i vilket område vi nu beger oss till.”

”Det här är bara vårat fjärde läger,” sa Azadeh som för att bekräfta omständigheten i företaget att förflytta sig.

Vintern hade i det närmaste varit snöfri, men Adrian hade likväl svårt att förstå hur man klarade sig utan någon verklig tillgång till värme. Det måste ha varit som att befinna sig i ett sorts permanent nedkylt tillstånd. Kanske skulle han själv bli tvungen att lära sig leva med det som de verkade ha gjort.

”Planen är att vi ska förflytta oss igen snart,” fortsatte hon, ”innan nästa leverans. Vi har några dagar på oss men vi har bestämt med Marcin vart vi möts nästa gång. Det borde inte vara mer än en dagsvandring till nästa plats vi tänkte utforska. Älskling, visa kartan. Det är så svårt att förklara utan att kunna visa.”

Jesper reste sig och gick för att hämta kartan från deras sovplats. När han hade återvänt och vecklade ut kartan för att visa deras planer var det som om de visade en karta över Adrians egen trädgård. Kartbilden hade blivit en så inpräntad bild i hans medvetande att den redan kändes som hemma, trots att det fortfarande var hans första dygn ute i det fria.

”Dit är vart jag var på väg och hade tänkt göra läger,” avbröt Adrian de båda som precis skulle till att förklara sin egen plan. Han blev så ivrig av samhörigheten i att röra sig inom samma karta att han inte kunde hejda sig. Han pekade på en inbuktning vid en av de lite större sjöarna mitt i den utvikta delen av bilden.

”Det är en fin plats. Vi passerade där för kanske en månad sen. Men du vill nog inte stanna till där, det var hemskt blåsigt över sjön. Det skulle inte gå att hålla ett vindskydd helt där,” svarade Jesper och la sitt eget finger intill Adrians på kartan och drog det högt upp i nordväst.

Fingret pekade på en ganska liten sjö, långt både från vart Adrian tänkt sitt första mål, nästan dubbelt så långt från deras nuvarande. Det såg ut att vara mycket mer än vad Adrian föreställde sig en dags vandring.

”Den sjön borde vara omgärdad av klippor och förhoppningsvis ganska skyddad från vädret så det blir lättare att bygga skydd,” förklarade Azadeh.

Jesper tog fram en till karta. Den visade samma område men med helt andra markeringar och skalor; bland annat topografiska hänvisningar med angivelser om höjdmeter.

”Enligt den här verkar mer än halva sjön vara omgiven av berg eller klippor,” sa Jesper.

”Vill du följa med oss dit?” fortsatte Azadeh.

Hon lät lika glad och vänlig som när hon först skrämt livet ur Adrian. Jesper tittade förväntansfullt upp mot Adrian i väntan på svaret på hennes fråga. De verkade ärliga i viljan att ha honom som sällskap. För egen del kunde han inte tänka sig en bättre lösning för att kompensera hans egen inkompetens.

”Självklart. Gärna!”

Att få sällskapa med två som lyckats lära sig leva i naturen, till och med genom den värsta säsongen på året, skulle nog vara ovärderlig erfarenhet som han kort sagt inte kunde undgå att dra nytta av.

”Jag vet inte hur jag skall visa min tacksamhet. Låt mig bara inte bli en belastning för er. Om jag inte förmår lära mig det som krävs får ni klippa kopplet och gå er egen väg.”

Han kände själv att han lät lite defaitistisk, och långt mer hjälplös än han troligen var, men det kändes som att de båda just kommit till hans undsättning och oron över livet i skogarna kändes inte längre lika ovisst.

”Äsch, du kommer få grepp om det snart. Det är inga svåra saker, mest bara mycket att göra.” Det fanns ingen antydan till underdrift att söka i Jespers röst. Han verkade tala med rättframhet. ”Men först ska vi se till att du får lite varm mat och börjar invänjningen i din nya kosthållning.”

Han skopade upp två slevar av någon sorts bönröra, med riset kokat direkt i, och gav metallskålen till Adrian som inte var nämnvärt berörd av den smaklösa sensationen. Det var nog att få hålla händerna om något varmt, och känna hur maten värmde upp det som elden inte riktigt räckte till.

Det hade börjat skymma igen och efter maten hjälpte de honom att slå upp hans egen sovplats, strax intill deras. De tog den tall som stod närmast, bara några meter ifrån. Hans anordning var långt mycket enklare än deras, endast en presenning med öljetter i vart hörn som knöts upp med ett hörn mot trädet och de övriga tre spikades ned i jorden. Anrättningen var ingen lyx men med jämförelsen om den föregående natten nära till hands, var han tillfreds när han lät ansträngningarna ta ut sin rätt och försjönk i en vila fri från oro intill ett vakande sällskap.

Rösterna från ett lågmält samtal var det första han hörde innan han ens hunnit öppna ögonen. Han visste inte om det var av dem han vaknat eller ej, men Adrian låg kvar utan så mycket som en vickning på tårna. Han var i det avslappnade tillstånd som endast var möjligt att uppleva i gränslandet mellan vilan och början av en ny dag. Han kunde inte höra orden som rösterna sa, men något i deras tonläge sa honom att samtalet hade en planerande karaktär.

”God morgon Adrian. Hoppas vi inte väckte dig,” välkomnade Azadeh honom när han väl brutit meditationen och krälat ur sin plastbeklädda kokong.

”Du kommer precis i tid. Kolla här.”

Jesper vinkade honom till sig och kaffepannan han höll ovan elden på en grov pinne, fastkilad mellan en av stenarna på eldstaden med sin fot.

”Tricket för det perfekta kaffet är att inte koka det för varmt. Man måste hålla ett öga på det och när det börjar dansa i pannan, höja upp den lite från värmen, precis så att det fortsätter puttra men inte spiller över. Så här."

Adrian klev fram och tittade ner under locket Jesper höll upp ovanför pannan. Det bubblade nästan svart men utan att koka över. Doften spred sig runt honom och väckte en längtan han inte visste att han hade. En vars tillfredsställelse kändes som fulländning när de alla tre en kort stund senare satt med varsin kopp ångande mellan fingrarna i den stilla morgonen.

"Vi pratade lite om planen innan du vaknade, jag och Jesper. Det är ingen brådska för oss att röra oss vidare, vi har inte planerat att möta Marcin förrän om några dagar på den nya mötesplatsen. Men vi börjar få lågt lager ved och har inte så mycket rent vatten och så vidare. Antingen lagrar vi upp lite nytt och stannar här tills vi måste bege oss, eller kör slut på det vi har under dagen och förflyttar oss imorgon och startar på nytt förråd där. Vad tycker du?"

Adrian övervägde alternativen en kort stund samtidigt som han kände efter vilken form han själv var i. Med vetskapen om att platsen de befann sig på bara var en tillfällighet bestämde han sig redan innan temperaturen på kaffet sjunkit och var möjligt att dricka.

"Jag är en sådan som gärna tar tillvara på marginalerna där de finns. Om vi ger oss av imorgon har vi både tid på oss att gå vilse om det skulle vara så, och hinner göra i ordning lägret innan vi möter upp Marcin. Jag röstar för att vi rör på oss."

"Bra. Vi är lite ivriga att komma iväg vi också, vi ville bara inte stressa dig om du behövde tid att landa efter din flykt."

"Jag tror att det är okej. Det känns snarare som att jag är redo att utforska detta så att jag kan börja min acklimatisering. Dagarna i staden har känts som en obruten strid mellan tillvaron och en slitsam ångest. Det är en lättnad att ha undsluppit den kampen, men jag behöver börja lära mig vägarna till överlevnaden här, så att jag inte bara ersätter en kamp med en ny."

"Perfekt. Då tar vi det lite lugnt idag. Vi kan visa dig lite hur vi har gjort här så går det smidigare när vi startar upp det nya lägret."

Efter kaffet började Jesper med tillagningen av en frukost till de tre medan Azadeh tog med Adrian för att visa honom de konstruktioner de hade byggt och som skulle behöva göras på nytt när de kom fram. Hon förklarade hur hon och Jesper hade knutit ihop ramarna till vindskyddet, som de sedan vävt till ett sorts nät av kvistar. De hade använt två sådana för att hålla ihop ett mellanlager av mossa och granris för att täta vindens genomsläpp, som ett naturens egen isolering. En likadan tätad platta hade de lagt ovanpå en kista av upptravade stenar för att isolera ett utrymme till deras mat- och vattenförråd i den bakre delen av lägret, där trädens överhäng hjälpte som ett ytterligare skydd från väderleken.

"Dunkarna där är rent vatten." Hon pekade på de två tiolitersdunkarna som stod bredvid torrvarorna. "Normalt skulle vi ha börjat koka upp mer vatten så fort frukosten var klar och det finns plats över elden, men jag tror att vi har nog för att klara oss tills imorgon."

Hon lyfte dunkarna en efter den andra och nickade bekräftande till nivåerna i dem.

"Finns det någon fisk i sjön?" frågade Adrian när han tittade ner i förrådet och föreställde sig enformigheten i att äta samma uppsättning kokade ris och bönor dag efter dag. Det var förvisso mättande men minnet av den smaklösa upplevelsen från kvällen innan fick det att växa i hans mun.

Hon tittade rådvillt mot honom, som om tanken aldrig ens korsat hennes medvetande tidigare.

”Ehm… Vi har aldrig kollat.”

Sättet hon svarade fick det att låta som om det var någon sorts kontroll man kunde utföra om man bara ställde sig vid vattnets kant, men som de inte visste hur man utförde.

”Jag har ett metspö och krokar i min packning. Vi får testa vår fiskelycka när vi slår läger på nytt.” Adrian kände för första gången sedan mötet med sina nya kompanjoner att han faktiskt skulle ha något att bidra till deras gemensamma välfärd. ”Mina kunskaper är nog bristfälliga. Jag har inte fiskat en enda gång sedan jag var barn, men det är nog bara en färdighet vilken kan läras som all annan. Vi listar ut det tillsammans.”

Hennes ansikte återfick ett närvarande uttryck, till synes lättad att gapet i förståelse mellan de två inte var så stort som hon trott.

Dagen flöt därefter på av sig själv. Allting verkade så enkelt. Det var förstås underlättat av att deras tillgång till mat var med den moderna civilisationens hjälp. Överlevnaden framstod som tillgänglig bara genom att samla ved och virke nog för att hålla en eld vid liv, och att hålla de invanda materiella behoven på tillräckligt avstånd för att låta kontemplation stå centralt i livsföringen. Den överlevnadens självklarhet han tyckt sig avläsa i deras uppsyn var nog lika mycket en tillfredsställelse över tingens ordning i frånvaro av den ondska som härjat i deras gamla liv.

”Vad gjorde ni medan ni fortfarande bodde i samhället, innan ni blev tvungna att ge er av?”

Adrian hade varit lite tveksam inför att ens fråga om det som varit. På något sätt upplevde han det som att det nya livet skulle vara en möjlighet till nya definitioner, som inte var knutna till ett liv av lönearbetande titulering. Samtidigt var det referensramarna han hade för att kategorisera och tolka. Hur gärna han än ville låta personernas varande tala för vilka de var, var det i ramverkets kontext han sökte placera och förstå dem. De satt alla tre runt brasan även om värmen mitt på dagen var tillräcklig utan den.

"Jag var sekreterare och satt i receptionen på en veterinärklinik i Centrum. Det var länge sen jag tänkte på det. Jag saknar alla djuren. Det var så sorgligt med alla som var svårt skadade eller sjuka, men alla de andra. När jag fick tid över brukade jag buse med de som klarade av att vara utanför sina burar." Hon log och tittade ut över sjön och vad hennes inre än kunde se bortom horisonten. "Det var dåligt betalt och långa dagar, och när jag var där var det mest jobbigt med all stress, men nu kan jag bara minnas djuren och hur glada de blev när man umgicks med dem."

Utan förvarning försvann orken att sitta upprätt. Adrians axlar sjönk ihop som om kraften att fylla lungorna med luft runnit ur honom. Azadehs röst hördes fortfarande dovt i bakgrunden av en skuldfylld sorg han inte kunde tränga undan. Ett dagdrömmande minne överröstade hennes ord när hans tankar sökte efter en lycka som lämnats i det förflutna. Ellen hade många gånger uttryckt sin saknad efter hennes barndomsvän Findus, döpt efter Pettssons egendomliga följeslagare, och sin längtan att, när hennes och Adrians gemensamma liv drömdes fram, skaffa en ny katt att väga upp saknaden med. Fotografierna hon visat på en liten blond flicka lyckligt omfamnande ett orange-brunt rufs hade varit nog för att övertala honom att delge sitt medhåll till hennes önskan, även om han själv inte såg mycket positivt med sönderklösta möbler och ammoniakstank stickande i näsan. Under skolåren hade det inte varit tillfälle, och när deras respektive karriärer började ta över tillvaron hade det slutligen fallit i glömska. Nu funderade han på om en rufsig skogskatt hade kunnat vara det som skulle ha avväpnat distansen som vuxit mellan dem. En undran som aldrig skulle få ett svar men som fick honom att undra om hans frånvaro ens blivit känd där hemma.

Samtalet hade hunnit tystna på andra sidan dimman, och han slog undan tankarna med ett försök till ett litet förstående leende även om han inte hört slutet på Azadehs berättelse.

”Hur var det för dig?” Adrian vände blicken mot Jesper. ”Vad underhöll din vardag i det gångna?”

Det verkade som att han snubblat tillbaks till medvetande i rätt tid, och ingen av dem gav några tecken på att hans frånvaro skulle ha märkts av.

”Oss emellan var det hon som var försörjaren. Jag arbetade, men i officiell mening betraktades jag som arbetslös,” förklarade Jesper.

Adrians omedelbara tanke var en om kriminell verksamhet, men han hade svårt att sätta den harmlösa unge mannen i någon kategori av brottslighet som motsvarade kriterierna. Anledningen fortsatte innan han hunnit finna någon logisk koppling.

”Jag skrev. Främst noveller, men lämnade också ett första utkast till vad som var min första roman i skrivbordslådan hemma i lägenheten. Det låter säkert som att jag bara var en av de där som använde författardrömmar som ursäkt för att inte jobba och bara slösade bort tiden, men jag arbetade verkligen varje dag. Så fort hon gick till jobbet satte jag mig i arbetsstolen och slutade inte förrän hon kom hem igen.”

”Fascinerande. Verkligen. Jag önskar att jag hade kunnat läsa något av det.”

”Jag vet inte. Kanske var det bara drömmar om att vara unik, men jag hoppas att jag har varit sann mot mig själv.”

”Det har du,” sa Azadeh med övertygelse, ”det är därför jag älskar dig och alltid kommer att fortsätta stötta dig.”

Adrians sorg över sin egen förlorade kärlek mildrades av åsynen av hennes uttryck. Han mottog det som en bekräftelse på att det verkligen fanns ärliga känslor av tvåsam kärlek, utan den cynism som vuxit fram i hans egna försök till upplevelsen. För en stund kändes det inte som att hela hans vilja varit lönlös, trots den väg som i slutändan blivit alltför svårnavigerad.

De nya vännerna hade nog gjort ett klokt val i att undvika makternas vilja. Deras kärlek må ha varit övertygande, det som skulle blivit svårnavigerat för dem var deras, framför allt Jespers val av sysselsättning i den nya värderingen av yrkeskategorisering och tvångsåtgärder. Det slog Adrian att de inte ens kunde veta vilket öde de undsluppit genom flykten redan vid den första nivån av förföljelser och hot.

”Är mitt antagande rätt att ni hann söka skogens frid innan Augustssons politik tog full form och övergick i fullkomligt vanvett?”

”Vad skulle kunna vara mer vanvettigt än att människor

blir utsatta för våld och förföljelse av den statliga ordningsmakten?"

Jespers svar var närmare ett påstående än en faktisk fråga.

"Känner ni till arbetsministeriet?"

"Nja. Jag tror jag har hört talas om det men är inte säker. Var det den där myndigheten som fanns förr i tiden, som hjälpte arbetslösa att hitta jobb?"

Adrian blev påmind om att det fanns en uppenbar åldersskillnad dem emellan, och var frestad att förklara vad den sedan länge nedlagda myndigheten egentligen haft för syfte, men han beslutade sig för att kväva tillrättavisandet och hålla sig till ämnet.

"Det var arbetsförmedlingen, och är inte den jag åsyftar. Arbetsministeriet är ett nytt påfund som instiftades alldeles nyligen. Det blev aktivt för någon vecka sedan. Det som är än mer vanvettigt än det du säger, är att den nya regeringen, uppenbarligen sedan ni hunnit avvika, delade upp hela befolkningen i någon sorts befängd hierarki av lämplighet och missriktad värdesättning av människors förmågor att bidra till förverkligandet av deras snedvridna världsbild. Jag kommer inte ihåg exakt vilka epitet som tilldelades dessa kategorier, men det var verkligen en rangordning av vilka som bedömdes relevanta för samhället eller inte. Den lägsta nivån tvingades till det här arbetsministeriet för att tvångsplaceras i något nedvärderande arbete bara för att anses kunna bidra. De som gjorde motstånd eller inte var villiga blev vad de kallade förkastade, och skulle omhändertas av väktarna. Augustsson gav till och med allmänheten rätt att ingripa med vilka medel den än hade att tillgå. Utan att säga det rakt ut bad han vanligt folk att ta till våld av frivillig grad för att hindra människors frihet. Jag var förstås övertygad om att det skulle mottagas som en absurditet, men Augustsson blev faktiskt åtlydd. Det var när jag av en slump avbröt ett civilingripande som min egen flykt tog vid. Jag tror att ni gjorde rätt som gav er av tidigare, det har bara blivit värre."

Trots att dagsljuset stod högt såg Adrian lågornas skuggor dansa i Azadehs ansikte som inte verkade vilja ta till sig av det han berättat. Båda hade lyssnat uppmärksamt men det var bara Jesper som hade en replik till hands.

"Det låter som det. Jag hade knappast varit mycket värd i deras ögon. Även om det inte var mig de var ute efter då, skulle de definitivt ha letat rätt på mig efter det där. Jag tar gladeligen till mig deras benämning, om den endast innebär att man väljer att behålla sin egen vilja. Jag är förkastad. Vi är de förkastade!"

Adrians sinne lättades av sättet Jesper mottog nyheterna. En våg av stolthet av att inte ha kuvat växte upp till bröstet genom magen.

"Vi är de förkastade," bekräftade han Jespers utrop och såg att även Azadeh anslöt i medhåll, med ett leende som öppnade upp hennes ansikte och skingrade det bekymrade uttrycket.

"De förkastade."

”Vad sägs om att vi tar ett litet uppehåll? Jag skulle behöva lite påfyllning av energi och låta fötterna andas för en stund.”

De hade påbörjat vandringen omedelbart efter frukost, precis när det första ljuset gjort stigarna tydliga nog för vandring. De hade nu vandrat i åtskilliga timmar och hela tiden i ett tempo som tänjde på Adrians övre kapacitet. Både Jesper och Azadeh rörde sig längs stigarna som om de återgått till människans ursprungliga form. Deras steg verkade aldrig behöva anpassa sig efter underlagets ojämnheter, eller så var det bara en anpassning som kommit att bli så naturligt rotad i deras rörelser att den inte var anmärkningsvärd.

Oavsett vilken anledningen var hade Adrian svårt att hänga med i den takt de satte när deras lätta steg skuttade över stenar och bäckar, trippande mellan rötter där han snubblade om vartannat och tvingades till långsamma och genomtänkta val i varje steg. Svetten lackade och fötterna pulserade, både av de värkande smärtorna från var gång han sparkat tårna i något av naturens hinder, men också från den ansträngning hans ovana lemmar behövde utstå genom ihållande ansträngning.

”Absolut. Det borde vi ha tid med,” svarade Azadeh och tittade menande mot Jesper, som för att intyga även för honom att det verkligen fanns utrymme.

”Vi borde ha hunnit närmare en tredjedel av vägen så det kanske är dags.”

En tredjedel, tänkte Adrian och föreställde sig hur den här dagen inte skulle bli lättare för honom ju längre deras steg förde dem.

”Så länge det hjälper oss hålla tempot senare. Jag vill inte gärna behöva orientera stigarna i mörkret ikväll.”

Jesper lät frustrerad, men Adrian gjorde sitt bästa för att inte sinka dem och hoppades att det var tillräckligt. Det fanns inte mer att göra, men han blev lite obekväm över att ha påkallat Jespers brådska. Det var en ny sida hos han som verkat vara den med starkast närvarande ro i sinnet. Oron för mörkret måste varit välgrundad.

Med så effektiv fokus som det var möjligt att uppbåda, försökte Adrian lista ut hur hans oanvända gaskök fungerade och fann som tur var att utrustningen var lätt att hantera. Inom kort hade de varsin frystorkad pastarätt att använda som bränsle. Han hade kommit fram till att det lilla lager proviant han packat för sin överlevnad hur som helst inte skulle räcka lång stund och tänkte att de lika gärna kunde förbrukas som en gest av tacksamhet tillsammans med hans räddare.

Det verkade endast vara Adrian som var i verkligt behov av påfyllning. Azadeh åt, men utan någon hungers brådska, och Jesper såg ut som att han bara accepterade situationen. Han gav ingen antydan till brådska förrän det provisoriska köket åter var nedpackat och de satte av igen. Den här etappen i en takt som utmanade Adrian än mer än deras första. Azadeh såg till att hålla tillbaks lite för att Adrian inte skulle tappa kontakten med henne medan hon höll uppsikt över Jespers framfart längre fram.

När de väl var kommit in i rytmen igen verkade Jespers takt sänkas en aning. Han låg fortfarande en bra bit framför men gjorde det möjligt för Adrian att komma ikapp Azadeh som inte alls visade någon antydan till att dela sin partners oro. Hennes humör var lika lättsamt som det alltid verkade vara. Intill henne kunde Adrian tränga undan något av färdens börda. Han lyssnade till henne prata om skogens skönhet och peka ut än den ena vackra växten efter ett annat ståtligt träd och uttryckte fascination över hur gammal en mossa såg ut på stenarna omkring dem. Även om han inte fullt delade hennes obekymrade upplevelse var han lättad över att med jämna mellanrum komma till insikt om hur långt de hunnit gå sedan han senast tänkte på det.

Andrummet gav upphov till tankar som inte kretsade runt åtagandet, och lät honom istället fundera över vad som låg framför i ett vidare perspektiv. Hans farväl till civilisationen hade varit den enda tänkbara reaktionen på tillvaron som den artat sig, men han hade lämnat begränsat utrymme till att formulera vad som låg inom och bortom krishanteringen. Linda hade förespråkat handling och motangrepp men han hade avfärdat det för att säkra sin överlevnad. Han kände sig vilsen inför vad ett nästa steg skulle behöva innehålla. Han kunde inte gärna konvertera till en fullkomlig naturist som formade sitt leverne endast kring överlevnad ute i elementen. Det saknades mening i en sådan avskalad version av livet.

”Titta!” utropade Azadeh och avbröt tankarna med att peka och ta med hans uppmärksamhet mot en punkt bortom stigens vidgande utrymme mellan träden. ”Där är halvvägsmärket. Sjön där du hade planerat att bosätta dig vid.”

Han önskade för ett ögonblick att den planen fortfarande var vid liv och att deras vandring skulle varit över. Vetskapen om att han skulle behöva klara sig på egen hand om han valde att stanna fick fantasin att spricka. Han behövde hålla ihop med sitt sällskap. Ingen annan lösning fanns ännu till hands och han tyckte om gemenskapen med de båda följeslagarna som han redan kommit att betrakta som vänner.

Temperaturen var ganska behaglig och ansträngningen av att kånka på en rejält tung packning genom skogen höll kroppsvärmen hög. Men de hårda vindarna över sjön ilade i hans kropp och förklarade att han gjorde rätt i att följa kamraternas råd att inte använda detta område som hemvist. Det spelade ingen roll att han var klädd i funktionella material vars uttalade syfte var just att hantera liknande väder, den isande luften var inte beredd att släppa taget om den övergående säsongen och besatt makten att tränga igenom vad än den fann hindrade dess framfart.

”Vad har motiverat er att hålla modet uppe här ute?”

Naturen var vacker och med undantag för just den stormtunnel de för tillfället befann sig inuti, kunde det vara uppfriskande att andas in luften utan stad. Men det måste finnas mer än så för att mening skall kunna uppstå.

”Hur menar du?”

Adrian lät ett ögonblick passera medan han funderade

vad det egentligen var han ville ha svar på.

”Säg att platsen vi är på väg mot visar sig vara den perfekta platsen för ett långtida läger, och ger oss alla förutsättningar för att klara oss utan temporära lösningar; ni skulle då inte längre vara nödgade att fortsätta förflytta er från en plats till nästa. Vad är den strävan som finns kvar efter det?”

De kom ikapp Jesper som stannat för att vänta in eftersläntrarna, huksittande mot en tall som pekade ut i en svag vinkel över vattnet.

”Behöver det verkligen finnas en plan bortom tryggheten?” Svarade Jesper med både beslutsamhet och öppet sinne.

Det hade inte slagit honom tidigare, men förutom den uppenbara fysiska likheten, påminde Jespers sätt om Rickard. Plötsligt kände Adrian saknaden efter den troligtvis enda riktiga vän han haft i sitt vuxna liv.

Jespers beslutsamhet avtog när han fortsatte. ”Antingen kan vi vänta på att någon sorts normaltillstånd återkommer bortom dårskapen i samhället, eller så tar vi våran chans att forma någonting nytt här. Något som är befriat från generationer av påbyggnader som inte går att rubba utan att riva hela korthuset. Jag tror vi står inför möjligheten att åstadkomma något fint här ute. Något både förlåtande och accepterande.”

”Finns det ingen risk att vi förr eller senare bli upptäckta av makterna. De kommer säkerligen att vidga sitt härskardöme?”

Adrian ville helst inte agera skeptikern i gruppen men kunde inte hjälpa att ifrågasätta något så naivt som att det utan vidare skulle gå att konstruera utopi. Vilken tidsrymd det handlade om var förstås en oklarhet, men sannolikheten var att skogskollektivet skulle växa i antal och förr eller senare skulle det vara svårt att existera anonymt från en törstande makt. På ett sätt eller annat skulle nyheten tränga ut ur skogen och påkalla uppmärksamhet.

”Så länge ingen vet om oss kommer ingen att hitta oss. Vi är verkligen långt från allt,” försäkrade Azadeh med sitt betryggande sätt. ”De kommer inte att *råka* hitta oss. Och kommer det fler frihetssökande är de mer än välkomna. Ju fler vi skulle bli desto lättare blir det praktiska.”

”Ni har nog rätt. Jag är bara orolig.”

Det skulle inte leda närmare någon lösning att orsaka friktion i sällskapet. De verkade alltför naiva inför det genom historien många gånger bevisade faktumet att girighet inte hade några gränser, vare sig det handlade om rikedomar eller makt. Men tills han själv hade något bättre förslag skulle Adrian tvingas spela rollen av den traumatiserade.

”Nu ser vi till att ta oss till vår nya trygghet, vi är redan halvvägs. Om vi fortsätter så här kommer vi att hinna få igång en brasa innan solen går ner.”

Jespers brådska lät nu vänligt sinnad. Både som att framdriften hade bekräftat att deras företag var görligt, och med en omvårdande omtanke för den nykomna flyktingen.

De fortsatte vandringen genom hela den långa dagen, och just som solen började sätta atmosfären i brand väckte ett utrop Adrian från den dvala som stegens evinnerliga repetition försatt honom i.

”Här är det!” ropade Jesper från ett femtiotal meter framför där han hade bestigit klättringen ut ur skogen.

Adrian ville skynda ikapp för att få beskåda mållinjen

som hägrat så lång tid, men hans utmattade kropp förmådde ej att lägga i någon högre växel. Han var fast i en låg som precis klarade att säkra en fortsatt rörelse framåt. Azadeh verkade däremot befriad från samma lidande och sprang med en skogsvarelses lätta steg upp för trappan av sten. Oberörd av en hel dags nästan obruten vandring, förvandlad till en silhuett av atleticism mot den glödande bakgrunden bortom berget.

Han kom slutligen ikapp och möttes av en oas i det gröna täcket som sträckte sig ändlöst åt alla håll runt omkring höjden de stod på. Klipporna formade en nästan fulländad ellips runt en stilla sjö som reflekterade trädens toppar och solnedgången som värmde mellan dem.

Adrian rasade ihop på en stol av sten inhuggen i klippornas kropp, med fötterna dinglande ut över kanten och med lättnaden som vällde över hans medvetande. Från sin viloplats kunde han beskåda lägerplatsen som var brännpunkten på andra sidan sjön. Allt som kvarstod var att följa klippornas sluttning ner runt sjöns omkrets för att nå ovisshetens slut från baksidan av den udde som skulle bli deras nya hemvist.

Istället för en enkel eldstad ute i det öppna hade ett fullskaligt vindskydd med tak byggts runt en murad öppen spis med skorsten som kulle leda röken ut från utrymmet runt omkring. Bänkraderna som var byggda längs innerväggarna var smala men skulle, om nåden krävde, vara en undflykt från presenningstält om nattens kyla blev för sträng. Men framför allt skulle de ha en plats där de kunde hålla sig torra när regn gjorde sitt bästa att fördärva deras tillvaro och de skulle inte möta svårigheter i att hålla elden levande. Ett hus att kalla hem i de enskilda avkrokarna, långt utanför civilisationens gräns.

”Det känns inte riktigt som att man uppnår samma renlighetsgrad som i en dusch eller ett bad, men det är definitivt att föredra framför alternativet,” sa Adrian och svepte med blicken ut över det mörka vattnet i sjön. Under den mulna himlen såg det än kallare ut än det varit när han hällt vatten över sin kropp och känt vinden kyla honom med nästan omedelbar effekt.

”Du kommer att vänja dig,” svarade Azadeh med den vänliga stämman som aldrig verkade tappa tonen.

”Nu är det åtminstone lite värme i luften så att man hinner njuta av ett ögonblicks behag innan den dunstar,” la Jesper till. ”När det var kallare ute kändes det nästan meningslöst att värma vattnet innan, det var ändå iskallt i samma ögonblick som det lämnade hinken. Och än värre var ångan som dunstade upp i ansiktet och kändes som ännu en kalldusch. Men som hon säger: du kommer vänja dig och det kan inte vara jättelänge kvar tills det går att bada i sjön.”

Det var den första dagen i det nya lägret och Adrian kunde bara anta att de hade rätt. Jesper tog den uppfyllda hinken ur Adrians famn och satte den på värmning inför nästa på tur i tvagningskön.

”Jag tänkte gräva fram lite bete och testa fiskelyckan i sjön, så har vi förhoppningsvis några fiskar att grilla till lunch eller middag sen. Vad sägs om det?” föreslog Adrian.

Han kände sig tillfreds med sin omedelbara driftighet redan vid dagens början. Jesper mötte däremot hans förslag med en frustrerad blick och såg ut att samla sig lite. Han vände sig menande mot Azadeh som för att visa att det var han som hade ordet.

”Du får nog vänta med det. Innan vi har någon tid till nöjen måste vi få ordning i lägret om du inte gärna sover en natt till på de här träbänkarna.” Han lämnade blicken låst åt Azadehs håll även om orden var riktade mot Adrian. Han knackade med knogarna i en av plankorna under sig och släppte upp blicken igen. ”Vi ska nog ta och fördela de obligatoriska sysslorna först och sätta en agenda så ser vi vilken tid som finns över sen.”

Förvånad över reaktionen kunde Adrian inte göra annat än att nicka accepterande till kommandot. Han trodde att det var just att hjälpa till som han föreslagit och såg inte fisket som någon nöjessyssla, men han tänkte att det var lika att följa Jespers plan, det var trots allt de som var de erfarna.

”Okej, du har nog rätt. Vad är det som behöver göras?”

”Jag bygger vindskydden och förbereder ett förråd. Du kan följa med Azadeh och leta bra virke att klyva till ved, och börja koka vatten till dunkarna. Vi behöver dricksvatten. Sen sammanstrålar vi och slår upp våra sovplatser tillsammans. Sätt igång ni medan jag tvättar mig.”

Uppmaningen lät närmare en order än ett förslag.

Han lyfte av hinken med vad som nu var varmvatten från gallret vid eldstaden.

”Börja med vattnet medan elden brinner så slösar vi inte på brasan och hinner kyla första omgången tills förrådet är redo,” sa han med ryggen vänd mot de andra. Han var redan på väg mot stranden några tiotal meter framför.

”Hämtar du dunkarna och fyller den första med vatten som vi kan koka så diskar jag upp kastrullen?”

Azadeh verkade inte alls ta någon notis om Jespers beteende medan Adrian bara nickade utan att resa sig. Han var förbryllad över bristen på demokratisk process i arbetsfördelningen och skiftet från Jespers tidigare så vänliga sätt till det där han verkade tvungen att ha det på sitt sätt. Det tog några ögonblick för Adrian att bestämma sig för att släppa det som en tillfällighet som kanske inte hade mer betydelse än att Jesper tyckte om en effektiv process. Det föredrog även Adrian, han hade bara blivit förvånad över att bli tilldelad instruktioner på det viset.

När han kom ner till vattnet intill Azadeh stod Jesper några meter bort, vänd mot sjöns sida utan att möta varken Adrians ankomst eller Azadehs närvaro. Azadeh var redan färdig med disken och väntade in Adrian medan han fyllde upp dunken och skruvade på locket. Med henne som sällskap glömde han snart sina bryderier och kunde fokusera på vad de höll på med istället. Hon verkade lagd åt det hållet att allt hade en positiv sida och det var lättande samtidigt som det var frustrerande att vistas intill sådan optimism.

”Jag tycker om den här processen. Allt vi gör fyller liksom ett syfte att göra det bättre för oss själva. Vi kokar vatten så att vi kan dricka utan att bli sjuka, vi ska hugga ved så att vi kan hålla oss varma, och på samma gång håller vi oss sysselsatta. Jag kommer ihåg hur ofta det kändes som att man inte hade något att göra i det andra livet och hur man försökte komma på saker bara för att ha något att göra. Är det inte fantastiskt?”

”Ja, det var väl det som var ett av det moderna livets största frågetecken: hur skapar man mening när det inte finns kvar någon kamp för överlevnad. Allt blir bara ett individens sökande efter något att själv tilldela mening utan någon inneboende att förankra den i. På samma gång en frihet och en livslång kamp.”

”Jag tror aldrig att jag sett på det som en stor fråga om livet, bara som hur livet är. Det kändes aldrig som en kamp, jag var bara rastlös.”

”Det är nog så de flesta känner det, det är bara filosofin som tenderar att vara dramatisk och tycker om att använda bombastiska uttryck. Och det är fängslande att låna de uttrycken; en del av deras dragningskraft antar jag.”

”Nu tror jag det är dags att avsluta det här och använda en annan sorts dragningskraft,” sa Azadeh.

Hon lyfte av kastrullen och började hälla över innehållet i den nästan fulla dunken intill den andra som redan var full av renat vatten. Det var tidskrävande att utföra livets nödvändigheter men hela processen var kanske just den charm hon uttryckte om det enkla livet.

”Nästan där,” sa hon med långa vokaler medan rännilen ändrade tonläge när vattennivån gick upp till just under handtaget på dunken. ”Så där ja. Ska vi leta rätt på lite ved då?”

Adrian reste sig från bänkraden och rörde sig ut mot det öppna som svar. Jesper satt på huk strax utanför.

”Vi går ut och samlar ved. Vi stället vattnet på kylning nere vid stenarna.”

Han förstod inte själv varför, men Adrian kunde inte hålla sig från att försöka komma på god fot med Jesper igen trots att han inte ens visste varför det skavt mellan dem vid frukosten och han egentligen inte tyckte att det var hans uppgift att ordna med en försoning. Jesper drog åt knuten han jobbade på i sin konstruktion och tittade upp på Adrian och Azadeh när de passerade. Inget uttryck, varken av agg eller uppskattning, bara en kort nick, sen återgick han till sitt byggande. Azadeh höll sin blick på hennes käresta medan de gick förbi och gav inget intryck av att det var något avvikande i Jespers distans. Det var kanske bara Adrian som läste in för mycket i uttrycken, eller frånvaron av dem. Det kunde lika gärna var så att det var hans egen osäkerhet som tolkade Jespers fokus som något negativt riktat mot hans person. Han ville endast vara tillräckligt bidragande till deras lilla samhälle.

De följde en av stigarna ut i skogen på motsatt den sida de ankommit till lägret med kvällen innan. Det fanns ett flertal att välja på men de valde den uppmärkta för att vara säkra på att hitta tillbaks om de skulle tappa orienteringen; åtminstone var det Adrians tanke, Azadeh verkade inte vara orolig. Hon instämde bara i Adrians förslag när de stod inför vägvalet.

”Du får hjälpa mig nu,” sa Adrian när de gått planlöst några minuter, ”vad är det vi söker efter? Jag antar att kvistar och annat smått inte är tillräckligt för att hålla en brasa vid liv.”

”Det bästa vore om vi hittade en fallen björk eller något annat större som vi kan släpa tillbaks och hugga upp. Vi borde kunna få med oss något ganska stort nu när vi är två.

Men huvudsaken är att det är något som inte är färskt, då brinner det så dåligt, men vi vill inte heller ta något helt uttorkat för det brinner för snabbt istället, och ryker jättemycket. Men man får inte vara allt för kräsen heller. Vi får se vad vi hittar. Om det behövs mer är det bara att vi tar en ny vända senare."

Det mesta som gick att finna var sly eller gamla murkna stockar men det gjorde inte så mycket för Adrian att tiden passerade. Det var fortfarande mitt på dagen och han njöt av tillståndet att inte vara jagad och kände ingen nöd för sin överlevnad. Det var tryggt att ha två erfarna överlevare i sällskapet. Ibland kom han på sig själv med att helt glömma att de hade ett uppdrag att utföra och kunde fastna i naturens harmoni. Han betraktade någon bäck som sköljde över stenarna i dess botten och fann det tillfredställande att se hur den grova texturen slätades ut av vattnets rörelser. Det fanns ingen brådska i företaget och nöden i att framkalla värme kändes inte som en utsatt för risk.

I slutändan var det Azadeh som fann en björk som fallit bruten till marken och som tydligen var lagom torr för deras ändamål. De försökte att tillsammans bära och släpa åbäket som var flera meter långt men kom snart fram till att det smidigaste var att turas om att släpa stammen längs stigen. På så sätt fick de vila lite mellan ansatserna och kunde hålla upp tempot någorlunda hela vägen tillbaks. Det var fascinerande att se den lilla kroppen kånka trädet genom skogen när det var hans tur att vila. Hon påminde honom om en myra som bar flera gånger sin egen vikt och storleksförhållandet mellan henne och trädet var nog nära det mellan en myra och ett barr även om en myra skulle använda materialet för att bygga och de, människor som de var, skulle bränna upp sitt byte.

. . .

Doften av brasans rök välkomnade de båda dragdjuren innan lägret trädde fram genom träden och snåren intill stigen. I tanken var de nästan färdiga med etappen av sitt projekt, men Adrians kropp tolkade signalen som ett klartecken och förlorade alla dess krafter. Stocken vägde plötsligt det dubbla av vad den gjort precis innan.

”Du klarar det,” hejade Azadeh som måste ha sett krafterna rinna ur hans arbete, ”det är bara det absolut sista nu. Kolla! Där är det.”

Hon sprang fram längs stigen som kröktes framför dem och pekade hoppfullt.

Det rationella inom Adrian ville dela entusiasmen. Allt som kvarstod var att hålla ut några få minuter till, men axlarna värkte och underarmarna krampade av att greppa det otympliga föremålet som ett försök att tvinga honom att släppa taget i en bedjan om vila. En inre monolog fnyste åt sinnets lättmanipulerade befattning, och upprepade ett mantra om att det bara var vetskapen att slutet var nära som gjorde honom trött. Kunde sinnet lura kroppen att den var trött, kunde det även manipulera den i motsatt riktning. Han lyckades på intet sätt med kampanjen, men den höll honom upptagen länge nog för att plötsligt finna sig innanför lägrets gränser med bara några fåtal meter kvar till eldstaden. Vid målgången släppte han trädet till backen och satte sig intill med benen utsträckta, lutande med händerna bakom sig.

”Då är det bara att börja hugga upp det så att vi kan använda det också,” sa Jesper med antydan att det inte fanns tid till vila.

Adrian fick inte fram ett enda ord till svar. Han

öppnade munnen i ett försök att förklara det absurda i att inte hinna ta någon paus, men ingenting kom ut och han lyckades inte ens formulera orden i huvudet. Han visste inte om han ville svara urskuldande och intyga om ansträngningen han redan lagt in och försvara nöden av en paus, bevisa att han var väl medveten om att det arbetet kvarstod och inte behövde bli tillrättavisad, eller om han bara ville motsäga sig Jespers försök till auktoritet. Det spelade ingen roll. Jesper hade bara sagt det i förbifarten och hade redan passerat bakom. Han gav upp sin tanke att försöka och tog istället med tacksamhet emot en kåsa med vatten från Azadeh som klev fram med ett leende på läpparna, nöjd över deras insats vilket gladde honom.

”Det där var jobbigare än jag hade väntat mig,” sa han.

”Verkligen. Vi fick med oss en ordentlig pjäs. Jag tänkte att det skulle bli lätt eftersom vi var två, men det tog verkligen på krafterna. Men visst är det en skön känsla att ha arbetat med något man vet kommer göra sådan nytta?”

”Ja, faktiskt. Jag försöker alltid att se till att det jag gör har ett syfte och en mening, men den fysiska insatsen lägger till ytterligare en dimension. Det är som ett kvitto på att arbetet verkligen är gjort och inte behöver någon ytterligare utvärdering för att bekräfta resultatet. I mitt jobb i den vanliga världen har jag alltid behövt ta fram någon modell att mäta resultatet med, här finns det ett träd på marken och värkande muskler. Det är väldigt konkret.”

Hon svarade med ett medhållande läte mellan stängda läppar och slöt ögonen med ansiktet lutat upp mot himlen och Adrian följde hennes exempel. Solen tittade fram mellan de tunna molnen och bländade skönt genom ögonlocken även om det inte fanns mycket värme att hämta ännu. Det var lite för kallt i luften för att kännas som att våren fått något ordentligt grepp om världen den hade till uppgift att transformera.

Stunden i uppehåll var en tacksam paus men det dröjde inte lång stund innan tillvarons oro började störa Adrians upplevelse igen. Han kunde inte undgå det tillfälliga i livet de verkade ha som mål att leva.

"Är det här ett liv tillräckligt för en människas hela värld?"

Hon satt kvar med slutna ögon när Adrian vände sig mot. Några sekunder passerade utan svar men njutningens avslappnade ansikte försvann direkt.

"Jag tror… jag vet inte egentligen vad jag tror. Här ute kan vi leva utan att bli jagade, och jag trivs med sysselsättningen som liksom kommer av sig själv. Men det är klart att det saknas mycket av det som är bra, och jag kan inte säga hur länge vi klarar oss utan att saknaden blir för stor. Det finns inte samma utrymme för drömmar. Han säger det inte, men jag ser på Jesper att det är tungt att hans dröm om att bli författare inte kan bli verklighet och vi har alltid pratat om vårat liv som en familj någon gång. I drömmarna är vi en normal familj, i ett normalt liv, inte några vildmarksmänniskor. Det går inte riktigt att vara ute och promenera med en barnvagn längs de här stigarna och det finns inga skolor. Vi skulle aldrig få se ett barn växa upp med kompisar, eller gå på skolavslutningar."

Hon tystnade en stund och såg ut som att hon försökte se livet som inte fanns när han blickade mot himlen. Sedan tog hon till orda igen:

"Men det är här vi befinner oss, och vi måste försöka göra det bästa vi kan. Jag vet inget sätt att göra något annat. Samtidigt är det ju mycket som är fint med att vara här."

”Jag vet inte heller vad alternativet skulle vara,” svarade Adrian lite lättad av att höra att deras tilltro till skogslivet inte var så blind som det hade verkat, men också sorgsen när han insåg att hans nya kamrater troligtvis gjorde än större uppoffringar än han själv för att överleva. De hade ännu något att förlora medan han redan hade förlorat allt.

”Vad säger du; ska vi fortsätta med det här?”

Han klappade trädstammen intill sig.

”Absolut. Vill du försöka göra det med ditt svärd eller ska jag hämta yxan?”

Hon reste sig skrattande och gick för att hämta yxan inifrån stugan och Adrian log för sig själv över det absurda vapen han trott att han skulle ha någon användning av, men som bara var en vilsen själs försök att konkretisera det han inte förstod. Han hade hämtat sin inspiration från populärkulturen och såg inte alls längre vad han skulle med macheten till, och beslutade sig för att lägga den i förvar till den dag han hade en djungel att kämpa sig igenom.

Motorljudets trötta puttrande hördes inte förrän bilen redan var oväntat nära, inte förrän precis innan den blev synlig runt en dold krök bara ett femtiotal meter framför de väntande tre. Kanske var det samma skogens dämpande effekt som framkallade naturens lugnande karaktär. Träd och buskage som ett filter, där allt ljud som fann sin väg fram till en lyssnande individ var det från en omedelbar omgivning framkallande enskildhetens stilla känslor.

Azadeh, Jesper och Adrian själv stod med varsin väska vilande mellan fötterna just där vägen tog slut. Där skogens livskraft vuxit över det som någon gång långt tidigare varit en förlängning av grusvägens utsträckning. Väskorna var tömda på innehåll så när som med varsin vattenflaska i väskornas yttre fack, förberedda för mottagandet av en ny leverans.

Vandringen till mötesplatsen hade varit mindre än en uppskattad timme lång. En distans som hade förlorat sin ansträngningskraft även för Adrian som började vänja sig vid att färdas till fots både längs stigar och obanad terräng. Ännu inte med samma naturlighet som de andra två men åtminstone med en avsevärt minimerad fallrisk. Först den långa vandringen till den nya lägerplatsen och sedan, under de dagar de hunnit spendera där, med åtskilliga vandringar, både sökande efter eldningsbart virke och som tidsfördriv i syfte att stifta bekantskap med deras nya miljö.

Det hade varit en oerhörd tillfredsställelse att ha funnit en plats att kalla hem som erbjudit tillräckligt med bekvämligheter för att inte bara vara temporär, men samtidigt kunde Adrian inte skaka av sig känslan att det inte skulle vara säkert där för all framtid. Han hade hittat en led att följa runt hela sjöns omkrets och åter till den väg de först anlänt vid. Där vattnet avgrenat sig i bäckar ut till skogens kretslopp hade det funnits spänger att korsa, och även utan att tala om det hus av värme som var lägrets hjärta var det uppenbart att platsen inte var okänt territorium. Förutom det uppenbara att en uppmärkt vandringsled sträckte sig till platsen och förbi, var det också av en människas händer dessa konstruktioner byggts. Och det var inte enkla och av en enskild vandrares behov, utan något tänkt för allmänt bruk. Inte nödvändigtvis allmänt känd men platsen var allt annat än för evigt hemlig.

Tankarna höll han dock för sig själv. Hans misstro hade redan varit nära att orsaka slitningar dem emellan och han ville inte lägga grunden till deras samliv i form av antipati. En väg framåt skulle uppenbara sig tids nog och till dess fick blind tro råda som gemensamt medvetande. Han stod inte över att försöka göra det bästa av en åtminstone för stunden stabil situation. Det fanns fortfarande mycket framför dem i det som redan var.

När lägret väl satts i brukligt skick hade Jespers auktoritära ambitioner lättat upp något och Adrians förslag om att tillsätta fisk till menyn betraktades inte längre som en nöjeshandling, men deras första försök i den strävan hade endast påvisat deras oerfarenhet. I förberedelserna hade de varit övertygade om att nästa måltid skulle vara grillad fisk med ris. Att söka upp bete att agna kroken med hade varit en sådan självklarhet i all sin enkelhet i den våta marken, och Azadeh lyckades utan förbehåll fästa en tjock, slingrande mask över krokens spets. Med betet under ytan och flötet stilla guppande ovanpå, visade sig dock fiskelyckan inte upprättad av sig själv. Det fanns säkerligen någon metodik att tillgå för att manipulera de simmande varelsernas vilja till napp, men det var en färdighet de uppenbart skulle behöva lära sig med tiden. Slutligen hade de fått ge upp och kasta tillbaks den enda lilla fisk som svalt betet, alltför liten för att bringa mer än en liten munsbit var.

De väntade istället med ökande förväntan på mötet med Marcin. Jesper och Azadeh främst för möjligheten att fylla upp nya lager, och för att ta bekräftelse att deras överenskomna mötesplats skulle vara möjlig att tillgå med bil. Adrians förväntan var snarare inför mötet själv. Att stifta nya bekantskaper var alltid en nervös procedur och han var redan i pågående med en dubblett. Men han såg fram emot att få ett ansikte till namnet som i praktiken var deras överlevnads sponsor, åtminstone den vars tjänst möjliggjorde att skogslivet blev en bekvämlighet. Gissningsvis skulle även Marcin förr eller senare bli en del av kollektivet, och att då redan ha upprättat en kontakt skulle underlätta hela processen av att övergå till ett samboliv.

”Där är han!” utropade Azadeh med en oväntad iver. Som att hon väntat sig att något skulle ha gått snett och hindrat honom från att dyka upp.

Nosen av en vit transportbil klippte det högväxta gräset mellan de två fåror som däcken rullade i på sidan om. När den kom närmare blev det som skulle vara bilens grill synlig, men istället för krom var den ersatt av en utklippt skiva kartong, fastsatt med packtejp och spännband som spretade svarta mot den vita bakgrunden. Vindrutan speglade brutna kontraster av träd och himlen ovanför, och tillät ingen ordentlig insyn, men det gick att ana fler huvuden än endast ett bakom ratten.

"Är det någon fler med honom?"

Jesper lät orolig.

"Nä, varför skulle det vara det?" svarade Azadeh.

Spegelbilden rullade upp över vindrutan som eftertexterna i en film när den rullade in strax framför dem, och i svärtan som framträdde efter speglingarna gick det till slut att se att det var tre personer inuti.

"Det ska vi nog snart få svar på," sa Adrian precis när däckens rullning stannade upp och motorljudet stängdes av.

Föraren var den första att öppna sin dörr och kliva ut. En man i fyrtioårsåldern, klädd i ett par slitna blåjeans och en grå farfarströja uppknäppt över en svart polokrage från tröjan under. Hans ansikte var härjat, som att en hel livstid av slitsamt arbete gjort allt för att sätta sina spår, men ögonen glänste fulla av livskraft och en energi som verkade omedelbart smittsam. Han gick fram och kramade om, först Azadeh för att sedan slå sina enorma nävar runt Jesper. De båda var nästan jämnlånga men den som Adrian utgick från var Marcin var byggd i grövre modell. Armar som fyllde ut tröjans ärmar, och axlar som såg ut att spänna tröjans sömmar till sitt yttersta under nacken som var lika bred som ett mindre träd.

Marcin släppte sitt björngrepp om Jesper och vände sig mot Adrian.

”Och vem har vi här då?” frågade han med en vänlighet endast motsvarad av de två som redan var i Adrians sällskap.

”Adrian,” svarade Adrian och sträckte ut sin hand för att hälsa på bjässen, nästan lite rädd att få sin hand krossad av mötet.

Istället för att sträcka ut sin egen, klev han fram till Adrian i ytterligare en omfamning som fick Adrian att känna sig som ett litet barn i den stora kroppen som slöt sig runt honom. En första impuls fick honom att vilja slingra sig ur greppet, men innan han hann skrida till handling släppte kramen upp och Marcin tog ett steg bak.

”Vi mötte Adrian ute på stigarna häromdagen. Han har också blivit tvungen att fly undan staden och delar nu läger med oss,” sa Azadeh i Adrians förstummade ställe.

”Vilket sammanträffande, vilket sammanträffande.”

Marcin avbröts av passagerardörrens gnällande gångjärn när dörren öppnades av de två ännu okända som kommit med honom.

”Jag hade också en tanke att ni skulle bli fler. Det börjar se riktigt mörkt ut i stan.”

Adrian tänkte att det verkligen var ett enkelt konstaterande att göra när människor hade börjat avrättas på stadens gator utan att ens ha gjort något fel. Även om den nya ordningen hade varit att betrakta som något att efterleva, var straffet för olydnad inte alls nära rimligt.

”John här,” Marcin gestikulerade till den unga killen som klev ut först, ”kom till mig och berättade att Lisa blivit tillfångatagen och att han behövde min hjälp. Jag tänkte att de skulle vara säkra tillsammans med er.”

”Vad menar du med tillfångatagen? Hur lyckades ni frita henne?”

Azadeh kastade ur sig frågorna i ett tonfall, blandande bedrövelse och en iver som verkade sprungen ur att olydnad inte per automatik ledde till en dödsdom, som om hon fått en idé hon ännu inte formulerade högt.

”Jag ber om ursäkt. Kanske hade det varit vänligare att hälsa er välkomna innan jag utan vidare överöser er med min utfrågning. Självklart är ni välkomna till vårat tillhåll, vi har plats för fler.”

Det var alla de vänligheter hon verkade kunna uppehålla sig med innan hennes ivriga idé behövde fler svar.

”Kan du förklara hur det var där? Orkar du?”

Hon som tydligen hette Lisa hade precis hunnit kliva ur bilen när hon fick frågan. Hennes röst skakade i ett ofrivilligt vibrato när hon började tala men hon verkade villig att låta upplevelsen leva kvar.

”De tog mig till någon sorts industriområde utanför stan och slängde in mig på en stängslad gård. Det fanns redan massor av folk där. Undernärda, frusna och förtvivlade. Det enda skydd som fanns var något sorts gigantiskt plåtskjul där man kunde komma undan blåsten, men ingen värme förutom brasorna som brann dygnet runt, och knappt någon mat, bara en brödbit och någon smaklös sås med bönor i. Jag får nästan kväljningar bara av att tänka på det. Det var som de där koncentrationslägren vi läste om i skolan, från andra världskriget.”

Sedan tog Marcin över berättandet men Adrian kunde inte riktigt slita sin blick från Lisa. Det var något med henne som kändes bekant utan att han kunde sätta fingret på just vad eller från vart.

”Vi hittade en skymd plats vid stängslet, bakom

hangaren eller vad det där plåtskjulet nu var. När väktarna hade skiftöverlämning klippte vi upp stängslet."

"Hur kom ni undan?" avbröt Jesper och fick svar av Lisa igen.

"Väktarna fick fullt upp med att samla ihop alla som trängdes för att smita ut efter oss så vi hann ta oss därifrån innan de hann komma efter. Vi hade tur." Hennes obehag doldes illa bakom sakligheten, men på ett ögonblick skiftade hennes tonfall till något oväntat. "Jag hade inte väntat mig att träffa dig här Doktor Evander, men jag antar att det inte var lättare att skydda dig själv än någon annan."

Hennes urholkade ögon var vända till Adrian när hans uppenbarelse plötsligt slog till. Hon, Lisa, var en av de oönskade som han försökt frigöra när hans tjänst övergick till domare av människors öden. Tydligen hade hans insats varit förgäves. Arbetsministeriet måste ha sett igenom hans naiva försök att stå till undsättning och satt makten efter hans patienter ändå. Vid tidpunkten de hade träffats hade Adrian redan kopplat bort närvaron från sina förehavanden varför han nu inte kunde uppbåda något konkret om vem hon var eller vad som föranlett hennes nödgade vistelse hos honom. Än mindre kunde han minnas vilken fabulering han författat i journalerna för hennes undsättning, kanske hade han inte varit tillräckligt noggrann i sitt försök.

Ingen kommenterade att de två verkade känna varandra sedan tidigare. Deras uppmärksamhet var kvar vid föreställandet av de hemskheter som fortsatt sin utveckling efter att Jesper och Azadeh tagit sin egen flykt därifrån; efter att Adrian funnit sin väg ut.

"Det låter alldeles hemskt."

"Det var det," svarade Lisa och rösten sänktes till en

viskande ånger, ”men det var nog bättre än isoleringen innan. De stängde in mig i ett hemskt mörker. Det fanns inget ljus och allt luktade bara mögel och fuktig betong, och det var nog lika kallt som ute, men utan några brasor att värma sig vid.”

Oförmögen att tygla sin medmänsklighet tog Azadeh till orda.

”Vi måste rädda de som fortfarande är kvar i det där fängelset. Kan vi rädda dem som ni gjorde med Lisa?”

”Inte på samma sätt. Jag tror inte det kommer fungera lika lätt en gång till. Om vi ska göra det måste vi ha en plan,” svarade Marcin.

Adrian hade svårt att förstå att Marcin omedelbart var ombord på räddningens skepp. Han som redan försatt sig i fara genom att frita Lisa och som redan riskerade sin trygghet med att agera leverantör åt dem ute i skogen. Adrian ville själv tycka att det var en lika bra idé men kunde inte bortse från faran i att sätta det goda före deras egen överlevnad. Det traumatiska i hans egna erfarenheter sa honom att det vore dumdristigt att återvända, framför allt när återvändandet skulle vara en kamp, öga mot öga med de som försökt ta hans liv bara några dagar tidigare.

”Hur många var ni som var fast där mot er vilja, i lägret alltså?”

Från att först ha betraktat Azadeh lite obekvämt i hennes påträngande utfrågning, började Adrian bli en aning nyfiken på vad den här outtalade, drivande idén var för någon.

”Jag vet inte riktigt,” svarade Lisa.

”Men ungefär?” fortsatte Azadeh utan tålamod.

Lisas ögon blickade upp mot trädtopparna åt sidan utan att låta huvudet följa med, och bekymmersrynkorna veckade pannan när hon verkade anstränga sig för att minnas något svar tillräckligt för att stilla Azadehs nyfikenhet.

”Bussen vi kördes dit i var ungefär halvfull, vi satt ensamma i varsitt par säten men det fanns några tomma rader. Kanske tjugo pers då, och det fanns minst dubbelt så många i lägret redan när vi kom dit. Ingen pratade, alla var bara frusna och tysta. Trötta. Det hann komma en buss till medan jag var där.”

”Okej. Och säkerheten då, hur pass hårt bevakade väktarna er?” fortsatte Azadeh.

Adrian förstod, eller trodde sig förstå vart hennes idé var på väg men tyckte att det verkade alldeles befängt och gjorde inget för att gjuta mer liv i den.

”De var inte så många, men de…” Lisas röst skälvde till, och tvingade fram ett avbrott och några tätt följande andetag som hon blåste ut för att behålla besinningen. ”Men de var så våldsamma, så utan hänsyn. Det var en kvinna som sa emot dem, jag hörde inte vad de sa och såg det först när de redan slog och sparkade henne. En väktare slog henne med batong i ansiktet och när hon hade ramlat till marken sparkade de henne, i magen tror jag. Hon var alldeles blodig när de släpade iväg henne.”

John höll om henne, tårarna hade börjat rinna obehärskat ner för kinderna men hon bröt aldrig ut i full gråt.

Azadeh vände sig mot Adrian. Hennes ögon glimmade av den iver som inte alls verkade ha någon plats i sammanhanget.

”Förstår du vad det här betyder Adrian? Din vän, Rickard hette han va? Han kanske finns där i lägret.”

Adrian svarade inte. Han hade hoppats att hennes idé

skulle stanna vid förslaget om fritagning och hade inte väntat sig att Rickard skulle vara en beståndsdel i visionen.

”Lisa, en sista fråga. Förlåt. Träffade du någon Rickard där? En lång kille, visst sa du att han var ovanligt lång Adrian?”

”Nu räcker det,” avbröt John med bestämd, nästan aggressiv röst, tillräcklig för att Azadehs upprymdhet skulle stanna upp och bekräfta att hon förstod. Hon ställde inga fler frågor mot Lisa.

”Det är ju många där, han kommer vara en av dem, det är jag säker på.”

Hon ville ha Adrians samtycke och bekräftelse, och han log ett stelt leende för att stilla hennes behov, men han var inte alls övertygad som hon.

”Jag tror inte att den möjligheten har någon chans att realiseras.”

”Det är klart den har, du behöver bara tro på det. Du kommer få din vän åter. Vi ska frita honom och så många andra vi kan.”

Han hade svårt att förstå vilken roll tro hade i det hela, men det kittlade i magen av hoppet som mot hans vilja började återvända. Han ville inte veta av det men kunde inte heller hålla det på avstånd. Det var en känsla som inte fick uttryckas öppet, det behövde stanna vid Azadehs välvilja och fick inte växa sig större.

Innan han hade fått grepp om hur han skulle hantera hela situationen hade det blivit beslutat att Azadehs välmenande vansinnesidé skulle genomföras, och till Adrians stora förvåning verkade alla övertygade om det goda i idén, till och med Lisa var ombord trots att hon precis på något mirakulöst vis slitit sig lös från ett dödsgrepp som utan Marcins hjälp troligen skulle ha mött sin sista erfarenhet.

Adrian valde att inte protestera öppet och hoppades bara att han skulle lyckas undvika att hamna i ytterligare en position där livet skulle ställas på den yttersta linjen. Han ville trots allt se sin före detta kollega och vän fritagen från de orättvisor som så drastiskt förändrat allt.

”Låt mig spana in stället lite närmare, se om våran aktivitet har förändrat hur de håller sin ordning,” sa Marcin när han insåg att deras idéer bara tog hänsyn till spekulationer.

”Vi möts här igen om tre dagar så hinner vi fundera ut bättre planer och så hinner jag ta fram lite fakta om vad vi kommer att ha att göra med. Ta nu med dem här,” han nickade mot nykomlingarna, ”och hjälp dem komma tillrätta och få lite varm mat i magen. Förutom det vanliga tog jag med lite korvar så att ni kan ha en ordentlig festmåltid.”

Adrian tittade frågande på Azadeh. Korv lät inte fullt så festligt som Marcin verkade tycka.

”Fråga inte,” hon lutade sig in nära Adrian och viskade. ”Han importerar och säljer polska livsmedel vid sidan om allt annat. Det kan knappast vara något lönsamt, bara en förkärlek till korven som inte har någon förklaring. Tro mig, jag har försökt få en.”

På ett ögonblick var deras livsfarliga insats som glömd i samtalet.

Med väskorna packade fulla av allt de kunde tänkas behöva för att överleva även om de nu var fem stycken, och Jesper bärande på ett knyte med diverse korvar, tackade de Marcin och begav sig längs stigen tillbaks mot lägret.

På vägen berättade Lisa om hur tacksam hon hade varit för Adrians hjälp när han hade försökt skona hennes öde. Hon förklarade det som att hon utan det uppskov han hade gett henne, inte skulle ha kunnat se just hur långt väktarna varit villiga att gå för att forcera lydnad, och istället för att ha låtit sig själv bli tillfångatagen skulle ha fått sig mördad som så många andra hon hört om som försökte göra motstånd när väktarna kommit efter dem.

John, som gick intill henne och såg till att alltid hålla sig nära, verkade ha tagit hela händelsen hårdare än henne själv. Han sa knappt ett ord och verkade befinna sig i ett tillstånd, djupt försjunken av tankar som skulle försäkra hans framtida traumatiserade själ. Adrian övervägde om han skulle försöka få pojkvännen att öppna upp, men beslutade för att låta honom bearbeta det hela som han själv såg bäst.

Just som kvällen gjorde entré, stod de alla fem och betraktade det lilla bostadsområde som tog form i lägrets bakre delar. Marcin hade försett John och Lisa med ett tält som såg ut som ett mindre palats av väv intill Adrians spartanska krypin och Jesper och Azadehs kub av presenning och hemgjorda vindskydd.

”Dags att påbörja festen i Marcins ära,” utbringade Jesper med skämtsam högtidlighet och ett knyte korvar utsträckt framför sig.

”Och välkomnandet av våra nya vänner till vår till stad,” avslutade Azadeh.

Adrian stod kvar en stund och såg de två parens mörka ryggar gå mot elden och stugans värme. Än en gång påmind av en saknad efter den som skulle kunnat göra honom till en del av ett tredje par.

Marcins bil rusade ut ur det tätvuxna mörkrets djup, i en hastighet långt överstigande vad det kuperade och knöliga underlaget skulle tillåta om det var någon annan bakom ratten. Azadeh satt intill honom, och Adrian satt spjärnande för sitt liv i lastutrymmet. Han spjärnade inte för att motverka den slingriga vägens våldsamma kast, men för att göra allt som stod i hans skräckslagna makt för att skydda sprängladdningarna från att explodera i hans famn.

Hur han själv hade kommit att bli en del av räddningspatrullen var inte helt klart. Han tyckte sig sakna varje tänkbar kvalifikation för att kunna genomföra uppdraget men samtidigt var det hans vän som blivit huvudobjektiv även om han försökt tona ner den innebörden för de övriga. Någonstans i diskussionerna hade han framställts som den logiska tredje parten, men kunde inte alls föreställa sig hur en övergång till actionhjälte kunde finnas resonabelt. Han mindes bara känslorna som intill det tysta hoppet om Rickard fått honom att avstå från protest.

Det hade inte gått många dagar men snart hade han kommit att känna sig som från utsidan betraktande den gemenskap som vuxit fram i dynamiken mellan de två paren. Att delta i räddningsaktionen kom att representera en väg för honom att visa sig värdig att få vara en del av den. Det var inte det att någon faktiskt gjorde något för att utesluta honom, de andra hade bara alltid en naturlig partner till hands när det behövdes två personer för en syssla eller annan, vilket lämnade honom till att många gånger ta sig an det som kunde utföras av en ensam kraft. Dessutom var han villig att ta sig an faran i egenskap av den enda som visste hur Rickard såg ut. Den enda som ens visste vem han var. Adrian hade inte velat dela sitt åter pyrande hopp med någon av de andra, dels för att han inte vågade ge det utrymmet att växa sig för starkt, men främst för att han inte ville dela besvikelsen i nederlaget om det visade sig att Rickard inte hade överlevt.

För de andra två tredjedelarna av räddningslaget hade det aldrig funnits några frågetecken eller tvivel inför att medverka. Det var Azadeh, som först föreslagit att aktionen skulle utföras, och hon var inte en person som lät andra ta strider i hennes ställe. Och för Marcin hade det bara varit en självklarhet från första början, dessutom var det han som hade rekognoserat fånglägret inför deras uppdrag. Det var han som hade koll på omgivningarna de skulle ge sig in i. Det gjorde honom också till den naturliga föraren av flyktfordonet, medan Azadeh hade fått en snabbkurs i hanteringen av det explosiva som Adrian nu försökte skydda under färden. Som svar på hur Marcin över huvud taget hade fått tillgång till olagligheterna hade han bara avfärdande svarat att han "alltid känner någon som känner någon som har tillgång till vad man än behöver." Han var precis den sortens entreprenör som kunde ordna med vad som än behövdes för att förverkliga en idé, även om Adrian inte hade trott att bomber var något som existerade i ett, åtminstone tills nyligen, civiliserat samhälle.

”Där är avfarten,” sa Marcin och pekade mot en knappt synlig avfart till en grusväg rakt in i skogen igen. Adrian ställde sig på knä och tittade ut över framsätets rygg mellan Azadehs och Marcins huvuden. I det svaga skenet från instrumentpanelens små lampor och ljus såg han hur förväntansfullt Azadeh tittade i samma riktning. Det såg inte ut som att något i hennes uppdrag att skapa distraktion gav henne orsak att vara rädd.

”Det ser ut att bli guppigt igen,” sa Adrian oroligt.

”Det är inget att oroa sig för,” sa Marcin, ”de är inte apterade och är ingen fara.”

Adrian satte sig ner igen och kramade om hinken av potentiell död. Det spelade ingen roll vad Marcin sa, Adrian var inte beredd att riskera någonting i förtroende för någon annans ord.

Han vinklade upp sin vänstra handled över hinkens kant och läste av tiden på det enkla armbandsurets digitala siffror. Marcin försett dem alla tre med varsin billig klocka för att kunna synkronisera händelserna i deras plan när de satte igång. Nästan en timme hade gått sedan de lämnat de tre kvarvarande i lägret till att sätta upp den lilla tältby som även den var försedd av Marcins resursfullhet. Han var verkligen sponsorn för alla deras, och snart ytterligare ett tiotals överlevnad.

Grusvägens guppande ojämnheter kändes nästan ännu tydligare när farten var låg, medan bilen försiktigt kröp ut i skogen där de skulle släppa av Azadeh för början av hennes del i uppdraget. De fortsatte i sju minuter innan Marcin såg till att bilen stannade upp och han annonserade att de var framme. De båda från framsätet klev ut och gick runt till bilens baksida för att släppa ut Adrian som inte hittade dörrhandtaget i utrymmets svarta mörker. Adrian gick snabbt iväg några meter från bilen. Inte alls nog många för att stå säker om något gick fel, men han skulle inte klara av att titta på när Marcin och Azadeh gjorde laddningarna sprängredo och uppehöll sig istället med att blicka bak längs vägen de kommit ifrån; som för att spana om någon oväntad dök upp, men egentligen bara för att ha en ursäkt att titta bort.

”Vi är redo,” sa Azadeh för att påkalla hans uppmärksamhet.

Adrian vände sig åter mot bilen medan Marcin överlämnade en kompass till Azadeh och pekade ut den riktning hon skulle ta ut i skogen när Adrian och han åkte vidare. Innan sammanslutningen bröt upp kontrollerade de att allas klockor visade samma tid.

”Lycka till,” sa Adrian till henne med ödesmättad ton.

”Lycka till tjejen,” följde Marcin med en mycket starkare självklarhet.

”Tack. Ni också. Vi syns här igen efteråt.”

Hennes förväntan sipprade ut i ett leende som berättade om uppdragets spänning snarare än någon rädsla hos henne själv.

De kvarvarande två stod i några sekunder och tittade efter hennes månskensupplysta silhuett när hon joggade ut i skogen med hinken i ena handen.

Resultatet av Marcins rekognosering hade varit förbluffande information att ta del av. De enda åtgärder som hade vidtagits efter Lisas fritagande hade varit de banala att stängslet hade reparerats och väktarnas antal och patrulleringsfrekvens hade ökat. Åtminstone var det allt som Marcin hade kunnat identifiera under sina två dagar av spionage. Samtidigt var det också fullt rimligt. Varför skulle en styrande makt lägga mer energi än så på att säkra de fångar som i deras ögon inte hade mer värde än att de var odugliga.

Efter att de sett Azadeh ge sig av ut i skogen, körde Adrian och Marcin ut till den asfalterade vägen igen och körde bara några kilometer för att runda in samma skog och anlända mot lägret från den motsatta sidan. När de fortfarande hade några hundra meter, kanske så mycket som en kilometer kvar, stannade bilen vid Marcins position och släppte av Adrian som skulle ta den sista biten till fots.

”Kommer signalen vara lätt att höra eller kommer jag måsta vara extra uppmärksam?” frågade Adrian lutad med en hand mot bilens tak och en greppande dörrens övre karm.

”Du behöver inte oroa dig det minsta. Det finns ingen risk att du missar när det är dags.”

Marcins leende trädde fram i det suddiga neonljuset från instrumentpanelen. Både skämtsamt hånfullt och genuint hjälpsamt.

”Okej. Då ger jag mig iväg.”

Adrian stängde dörren och vände sig mot den svarta väggen. Han förstod förstås att explosioner inte var särskilt tystlåtna till sin natur, men han hade ingen uppfattning om hur mycket sprängkraft som fanns i de där klumparna av till synes harmlös modellera som han haft i sin famn, och det fanns inget som stillade ovetskapens oro bättre än ett förtydligande av sådan självklar variant.

Utan en ficklampa till hjälp var det snårigt och bökigt att ta sig fram, men det dröjde inte länge innan skenet av strålkastarna som omgärdade det instängslade komplexet mötte hans väg, tillräckligt för att han åtminstone skulle se de grova detaljerna i sin utstakade riktning. Ju närmare anläggningen han kom, desto lättare blev det att finna sitt steg.

Fortfarande tjugo eller trettio meter från skogsbrynet kände Adrian att han började tänja på hemlighetens gränser och bestämde sig för att detta skulle vara hans position för att invänta signalen. Han hade tillräcklig sikt för att se vad som försiggick, och kunde därifrån betrakta det mesta av lägret vilket på något sätt frambringade ett styng av besvikelse. Det instängslade området var förvisso ganska stort till ytan, någonstans i dimensionen av en fotbollsplan, men på något vis anspråkslöst och fritt från den förskräckliga uppsyn han föreställt sig när Lisa berättat om platsen. Han tvivlade inte ett ögonblick på hur hemsk upplevelsen av att befinna sig där inne var, men framför sig var inte mer än en inhägnad av ett några meter högt stängsel med taggtråd högst upp, lutad inåt. På gården stod den hangarliknande plåtbyggnaden med en öppning utan dörr, från Adrians håll sett den vänstra sidan, ett tjugotal meter från stängslet ut mot den passerande vägen. På andra sidan gårdsplanen stod en barack som han antog var vakternas tillhåll när de inte var ute och patrullerade. Ute i det öppnade verkade det stå två väktare per rätsida.

Han tittade ner på klockan runt handleden. Fortfarande några minuter kvar. Medan han behöll uppsikten över väktarnas stilla rörelser längs stängslet kramade hans grepp om bultsaxen med båda händer, som för att försäkra sig om att de skulle vara bekväma när deras samarbete snart skulle klippa upp stängslet; så länge deras plan nu faktiskt lockade bort väktarna från deras poster.

Barrskogen omgärdade lägret från alla håll, utom den sida som var öppen mot vägen och industriområdet intill vilket fängelset var placerat. Det fanns en trygghet i vetskapen att det var ett begränsat antal riktningar att behöva ha koll på när det hela väl satte igång, även om Adrian hoppades att han skulle lyckas ta sig både in och ut utan att någon blev varse om att en inkräktare tagit sig in. Armbandsuret berättade att det fortfarande var någon minut kvar. Väktarna patrullerade fortfarande stängslet i stilla mak. Väntan började nästan kännas tröttsam, till den punkt att Adrian såg fram emot att sätta fart. Att göra det dumdristiga skulle kännas bättre än att bara stå pall bakom hans skyddande tall.

Han kollade en gång till och hann just avläsa siffrorna när marken under hans fötter skakade tillsammans med ljudet av en dånande explosion som fick honom att släppa bultsaxen och vrida sig bort från ljudet med armarna som skydd runt huvudet. Precis på klockslaget. Han hade sett tiden men inte hunnit reagera på dess innebörd förrän det smällde.

När den skyddande reaktionen upphörde, och insikten att det var precis vad han väntat sig landade efter några sekunder, sänkte han sitt otillräckliga skydd och försökte se vad som hände ute i det öppna. Väktarna verkade just vakna till efter överraskningen och de flesta av dem tog fart längs stängslets yttersida i riktning mot baracken och ljudet av något stort och tungt som brakade genom växtligheten längre bort. Det lät som att skogen föll samman eller åtminstone att ett träd rasade igenom kronorna av de andra.

En av väktarna på sidan närmast Adrian, stannade plötsligt mitt i ett steg för att hålla upp en hand över örat och verkade beordras att hålla sin position då han vände tillbaks i gående fart, liksom ytterligare en längs den högra sidan intill skogen runt om.

Adrian fick behärska sig för att bevara sitt lugn. Det gick helt enligt plan även om han hade hoppats på öppen väg redan från första detonation. Nästa var inte långt bort och han höll sin position och försökte läsa av väktarnas reaktion. Det enda han kunde avgöra var deras förhöjda uppmärksamhet som spanande runt om sig och med ett stadigt tag om det automatvapen som hängde om halsen, tidigare pekande neråt mot marken, nu siktande mot ett okänt hot.

Den andra explosionen kom utan överraskning. Den här gången var Adrian beredd. De kvarvarande väktarna ryckte till och blev stående i några sekunders velande startskott innan även de gav sig iväg mot den fara som hägrade i skogen på lägrets andra sida och gav Adrian det tillfälle han väntade på. Så snart de försvunnit nog långt bort längs inhägnadens sida sprang Adrian ut så fort hans hukande position tillät.

Varje tråd krävde full kraft med bultsaxen och det tog lång tid att öppna ett hål stort nog att ta sig igenom. Han önskade att det skulle finnas något sätt att bara klippa upp den håliga väggen som man klippte papper med en sax; orolig över att behöva stå fast på ett ställe och riskera att någon såg honom medan han metodiskt arbetade sig till en passage.

Han klev igenom öppningen just när den blivit stor nog för att Adrian inte skulle behöva klämma sig igenom. Medan han sprang över mellanrummet fram till hangaren, försökte han se om det fanns någon kvar i baracken som kunde se honom, men så vitt han kunde se fanns inga silhuetter i de upplysta fönstren. Han saktade in och klev in genom den öppna dörrposten på sidan och tog några långsamma steg in efter sidan för att dölja sin ankomst så gott han kunde. Ingen verkade ta notis om hans närvaro. Allas blickar som inte var sänkta till marken under deras slakande nackar var riktade ut genom de stora öppna portarna som vette mot baracken och skogen vart explosionerna kom ifrån. Och när den tredje detonerade var det endast Adrian själv som inte reagerade.

Ett hundratal eller så brutna människor satt uppdelade vid några små eldar direkt på marken, en del stod framme vid portarnas gräns, men så vitt Adrian kunde se var det ännu ingen livshotande scen. I alla fall inte i det omedelbara. Underlaget var en enda gjuten plattform av betong som fick hela det öppna rummet att kännas lika hårt som tillvaron måste varit för de som blivit tilldelade det som hemvist. Väggar av korrugerad plåt och inget av bekvämlighet utöver brasorna, men de var anlagda direkt på betongen vilket eliminerade all dess potential till mer än att vara en källa till värme. Eldarnas sprakande ekade kargt i plåten och tog död på det sista av dess behag.

Han gick med raska steg men försökte behärska sig så gott det gick när han vandrade runt mellan de olika små folksamlingarna i jakt på åsynen av Rickard som han hoppades finna bland dem. Det hela var som ett enda cyniskt hån utfärdat av Diktator Augustsson. Från hans perspektiv måste skrattet ligga nära till hands, hånfullt av att ha gett de förslappade och odugliga precis det de önskat: en tillvaro utan möjlighet till meningsfull aktivitet.

Efter en första genomgång började hoppet om att finna Rickard tyna. Han ökade takten för en andra genomsökning där hans ögon låste blicken till var och en med ökad skärpa, men fortfarande med försiktighet för att inte göra sitt företag allt för intressant för någon annan. Fortfarande inget. Han förbannade sig själv för att ha låtit Lisas överlevnad representera en möjlighet om det omöjliga, och Azadeh för att ha omvänt honom till en naivt hoppfull. Hon hade förstås bara velat väl, det hade varit hans karaktärsbrist att ha låtit sig dras med i det.

Tiden började rinna ur Adrians kontroll, och han beslutade sig för att ge upp sitt sökande och stakade istället ut en grupp om ett tiotal som satt försjunkna närmast den väg han tagit in i hangaren. Utan andra kriterier att gå efter var de lika värdiga som vilka som helst att ta med sig ut.

Adrian trängde sig in i cirkeln på huk och viskade så högt han kunde utan att väcka uppmärksamheten av fler.

”Jag är här för att frita er. Vi har en bil väntandes utanför, men vi kan bara få plats med er.”

Tio ansikten utan hopp. Några tittade mot honom i skepsis. Några av dem lyfte inte ens sina blickar från deras fötter.

”Det är bråttom. Vi måste gå nu, innan väktarna kommer tillbaks.”

En liten antydan till förväntan vaknade i ansiktet på några av dem. Ett av dem var en kvinna med sotiga händer och lika smutsigt ansikte i vilket ett djupt sår löpte som ett svart streck med ojämna kanter från tinningen och ner över kindbenet mot munnen. Hennes uppsyn fick Adrian att stanna upp ett ögonblick i sin brådska.

”Vad har du för plan?”

Hon sa det med något nedlåtande i rösten, men samtidigt hoppfullt. Det lät som att tidigare erfarenheter redan förberett henne för att en flykt inte nödvändigtvis var ett framgångsrikt företag.

”Vi har ett läger i skogen och ordentligt med mat och det mest nödvändiga. Kom nu. Vi måste skynda, men försök göra det osynligt. Det finns inte plats för fler än er.”

De flesta hade vaknat till vid det här laget och kvinnan som talat hjälpte Adrian att få alla upp på fötter för att sedan följa honom när han hastigt men fortfarande med gående steg ledde gruppen mot öppningen utan dörr.

”Spring! Det finns en öppning i stängslet där borta,” pekade Adrian när de var ute och såg till att alla satte av.

Han tittade ut mot vägen där Marcin redan stod väntandes, mot baracken syntes fortfarande ingen till men det hjälpte inte mycket för att stilla hans oroade brådska. Hela gruppen sprang, men Adrian hann ändå ikapp de sista innan stängslet.

”Där. Det där är våran transport. Hoppa in där bak.”

Han hann själv först till bilen, tätt följd av kvinnan som hjälpte till. De öppnade de båda dörrarna och nästan föste in den långsamma skara som följde. Han stängde dörrarna och sprang fram för att hoppa upp i passagerarsätet och mötte Marcins nöjda blick.

”Snyggt jobbat! Nu skyndar vi innan det blir en jakt av det här,” sa Marcin samtidigt som han rattade ut i fullt utslag.

Medan bilen vände över vägen tittade Adrian bak mot barackerna, fortfarande utan att finna hot, men när hans blick nådde hangaren såg han att det började komma ut människor som ett lämmeltåg ur sidodörren. Trots Marcins glädje över det till synes lyckade uppdraget, blev Adrian nedslagen av åsynen av alla de lämnat utan hjälp. Adrian spände lös armbandsuret och la det i handskfacket. Tidspressen hade gjort tillräckligt och han var redo att nå säker mark.

Så fort de var utom lägrets synhåll varvade Marcin upp motorn och satte av i full fart. Han rusade ekipaget över asfalten i kurvan runt skogen som Adrian penetrerat till fots, och saktade inte ner ens när lägret var utom synhåll i backspeglarna. Trots att hastigheten kom väl upp i tresiffrigt antal kilometer per timme noterade Adrian att Marcin ännu bara släppt gaspedalen för att växla upp vid två ögonblickliga tillfällen och motorljudet lät väl ansträngt, men just som han var på väg att ta till orda släppte Marcin upp sin fot för att påbörja inbromsningen vid korsningen som anslöt till den stora vägen, uppe på vilken han sedan tillät fler växlar komma till bruk när hastigheten tilltog igen.

”Håll i er där bak,” ropade han till passagerarna när han svängde in på grusvägen en kort stund senare och studsade fram i alldeles för hög fart för vägens ojämna underlag.

De hann bara en bit in på vägen innan de såg en person komma springande mot dem mitt på gruset.

Azadeh höjde ena handen för ansiktet för att inte bli bländad i strålkastarljuset.

”Där är hon!” utropade Adrian.

”Det ser bråttom ut, vänd bilen här.”

Marcins följde hans råd omedelbart. Han stampade ner bromsen och lyckades på något sätt utföra en trepunktsvändning utan att köra ner i diket på sidorna om grusvägen. Lagom till att den kartongförsedda grillen pekade ut från skogen igen kastade sig Azadeh in bredvid Adrian.

”Kör! Kör! De är precis bakom mig!”

Hennes ord var skrämda men hennes ansikte sprudlande upprymt av adrenalin. En våghals mycket galnare än Adrian kunnat föreställa sig.

"Stark insats det där. Rejäl distraktionsmanöver."

Samma sträva och bestämda röst som assisterat Adrian inne i lägret hördes i bilens mörker när de väl var tillbaks på asfalterad väg och Marcin hade konstaterat att de verkade ha klarat sig. De kunde åtminstone inte se någon förföljare vilken borde varit väl synlig, minsta sken från en bils strålkastare skulle ha illuminerat de än så länge räta vägsträckorna.

"Det var Azadeh här som stod för den bedriften," svarade Marcin med ett stolt leende och nickade huvudet över sin högra axel, "och jag är Marcin. Bredvid mig är Adrian."

Azadeh hade trängt sig förbi de andra passagerarna i det överfyllda lastutrymmet och satt lutad med axeln mot förarsätets rygg och höll ett fast grepp om nackstödets fäste. Instrumentpanelens sken var tillräckligt för att Adrian skulle se hennes ansikte, i vilket han tyckte sig läsa ett uttryck av beundran tillsammans med ett uppspelt av adrenalinet som fortfarande verkade pyra i hennes blodomlopp.

"Annika heter jag," svarade kvinnan med det ärrade ansiktet bakom Adrians säte. Hon sträckte ut sin arm för att skaka Marcins hand. Det var en resolut skakning med ett fast grepp som hon sedan riktade till Adrian för upprepning. Från hennes överarm hängde en tygremsa i ett knutet band, en gång vitt men nu solkigt av jord och smuts med fransade kanter, som riven från ett större stycke. Precis som de mer revolutionära deltagarna vid Berzelii park där både Adrian och Azadeh medverkat, utan att då varit medvetna om varandras existens. Han undrade om det var Azadehs minne av protesten som gav upphov till det beundrande uttrycket men avbröts i sina tankar när Annika åter tog till orda.

"Hade ni månntro någon inblandning i fritagandet av en ung tjej från lägret nyligen?"

"Det stämmer. Det var jag och tjejens pojkvän den gången."

Marcin igen, med samma stolthet i rösten.

"Ah, det förklarar saken. Tyckte väl att det fanns någon romantisk underton i att det var en ensam som blev hämtad på det sättet. Ni har inte lite stake som utför samma operation två gånger, även om den här var lite mer bombastisk."

Adrian tänkte att det här måste vara samma kvinna som Lisa hade sett bli misshandlad av väktarna i lägret. Sättet hon uttryckte sig på fick Adrian att gissa att det funnits en viss provokation bakomliggande händelsen. Hon talade med en sorts självsäkerhet som verkade underbyggd av erfarenhet och stolthet. Någonting med att hon använda ordet operation för att benämna deras fritagning gav intrycket att hon inte var fullt obekant med riskfyllda göromål. Adrian funderade om hon kanske hade varit mer än bara en medverkande den där dagen på huvudstadens gator.

”Vad använde ni för de explosiva effekterna? C-4?”

Definitivt något annat än en vardagsaktivist som ville förtjäna rättvishet. Hennes fråga var riktad till Azadeh men hon satt med munnen lite öppen och ögonen vitt uppspända och verkade inte talför. Istället svarade Marcin igen, det var hur som helst han som var den enda av de tre med någon expertis.

”m/46,” svarade han och lät ett litet uppehåll vänta in fortsättningen, ”och trotyltråd”.

Han sa det med ett pillemariskt leende som Adrian inte förstod anledningen till, men Annika verkade insatt.

”Har ni plundrat något gammalt militärförråd eller vad? Hur får man ens tag på sådant nuförtiden?”

Av hennes ton att döma fanns det något skämtsamt i det hela men Adrian ville helst inte få reda på några detaljer. Som tur var verkade inte Marcin heller vilja ge ut några då hans svar uteblev.

En tystnad la sig i bilen bakom motorljudet som sänkte sina varvtal när de saktade in för att ta avfarten från den stora vägen och börja slingra sig djupare in i skogarna. Bilen rosslade på ett sätt som bara äldre bilar kunde göra; gamla, manuellt körda bilar som efter ett långt liv under förarens hårda krav och bristande självbehärskning pressats över dess egentliga kapacitet. Ljudbilden föll snart in i nattens rytm under det försiktiga månskenet som stundtals lyckades tränga igenom både molnen och trädkronorna som omgärdade vägen.

I det nya lugnet kunde Adrian andas in och ut, fylla

lungorna i stora pulssänkande rörelser med insikten att de faktiskt överlevt sin så kallade operation. Det var ett tacksamt utfall trots att hopplösheten så bestämt gjort sitt återtåg när han inte kunnat finna Rickard i fångenskapen. Anspänningen han inte ens hade vetat var där släppte sitt krampande grepp och lät en våg av utmattning skölja genom hela kroppen. Viljan att bara sluta ögonlocken och dåsa ner i fridfull sömn följde musklernas avslappning och tvingade honom att resa sig upprätt i sätet efter att sakteligen ha sjunkit djupare och djupare ned för ryggstödet.

Han vred sig om och tittade in i den täta svärtan bakom Annika och Azadeh, nyfiken på vilka alla de övriga var, alla de som suttit tysta medan Annika varit den enda som tagit till orda. Det fanns inte mycket att se annat än svaga konturer av personer med sänkta huvuden. Någon verkade sitta med huvudet lutat mot en annans axel men det gick inte att urskilja några detaljer. Den enda som var vagt framträdande, var en äldre man med skägg täckande anletsdragen, sittande precis bakom Azadeh; den enda som inte såg ut att vara försjunken i sitt eget. Han satt med huvudet upprätt, stirrande rakt framför sig på innerväggen, gungande med bilens rörelser utan några reaktioner som gick att utläsa i det mycket svaga ljuset. Det såg varken ut som att han var rädd eller upprörd, möjligtvis besvärat sammanbiten, som att det inte bekommit honom att ha varit i fångenskap, och att hans inblandning i flykten var en oangelägenhet. Kanske var det bara Adrians fantasi som talade. Det var omöjligt att se någonting klart och de tunga skuggorna förvanskade troligen den bild han hade framför sig.

”Hur känner du dig?”

Azadeh satt fortfarande tyst med ett häpet, nästan

hänfört minspel. Hon såg ut som att hon kunde befinna sig i något sorts traumatiserat tillstånd. Under den förvisso korta tid de delat livsföring hade hon inte varit utan ord att delge ett samtal någonsin förr.

Frågan måste ha väckt henne ur sitt tillstånd, men istället för att svara Adrian var det mot kvinnan bakom hans säte hon riktade sina ord.

”Du är...”

Hon stannade igen, som att hon inte visste hur hon ville formulera sig.

”Visst är du Annika Odelberg?”

”Det stämmer.”

Bekräftelsen var kortfattat saklig men det hördes någon form av stolthet i erkännandet. För Adrian var namnet fullkomligt okänt, men tydligen hade det betydelse för Azadeh; en innebörd kopplad till hennes person och inte bara det vita bandets representation som han först trott sig se i hennes beundrande blick.

”Jag trodde du var död. Alla sa att du var död. Att väktarna tog dig, torterade dig.”

”De gjorde sitt bästa men jag är inte så lätt att bli av med.”

Adrian såg förundrat på Annika som drog mungiporna i ett förmätet leende medan hon talade.

”Mig dödar man inte utan vidare. Någon hade varskott dem om den verkliga operationen. Vi trodde att protestmarschen skulle vara avledning nog, men de tog i hårdare än vi väntat oss och anföll inte bara de civila utan hade organiserat ett bakhåll så att de kunde kapa oss innan vi hann fullfölja vårt uppdrag. Korkade som de är, trodde de att vi skulle låta oss bli förhörda och ge upp; att några käftsmällar skulle få oss att bryta ihop.”

”Vadå? Vilket uppdrag? Jag trodde protesten var motståndsrörelsen.”

Adrian var lika förvånad som Azadehs fråga var besviken inför Annikas förklaring.

”Snälla nån. En liten protest skulle väl aldrig leda till någon revolution. Det var bara en distraktion så att vi skulle kunna göra någon verklig nytta. Vi skulle eliminera Augustsson och utplåna Ansatsens väktare. Spränga högkvarteret och så många av dem vi kunde, alla som inte var utskickade till protesten. Ett verkligt uppror.”

Marcin nickade medhållande i ögonvrån, med ett konspiratoriskt leende ryckande i mungipan. Det råa nattskenet och kalla ljuset från instrumentpanelen fick hela reaktionen att verka kallsinnig men inte som någon överraskning. Hans mottagande av de revolutionära orden passade vagt in på personen, även om Adrians uppfattning bara var grundad på några korta stunder av bekantskap.

Uttrycket av beundran som återtog sin skepnad i Azadehs ansikte var långt mer skrämmande. Henne tyckte sig Adrian ha hunnit komma att känna närmare, och allt detta våld och tal om våld hörde inte hemma i den uppfattning han besatt.

Det som berättades var en bekräftelse på att det faktiskt förekommit ett försök till terrordåd i samband med protesten. Även om han vagt tyckte det var ett bättre alternativ än underkastandet av hela befolkningen, kunde han inte förlika sig för att acceptera det våldsamma. Men situationen kändes inte som en att ifrågasätta, han insåg att hans skepticism stod i minoritet, åtminstone bland de fyra som var involverade i samtalet. Den tystlåtna skaran i mörkret hade inte gjort något alls för att delge sin ståndpunkt i tankesätten.

Med nyfikenheten som drivkraft bad Azadeh om att få veta mer.

"Var ni många från motståndsrörelsen i fånglägret?"

"Verkligen inte, de lät inte många av oss överleva tillfångatagandet."

Annika förde en skeptisk blick förbi de andra i bilens utrymme innan hon återvände till mötet med Azadeh.

"Efter de första försöken till förhör, när de insåg att ingen av oss som fortfarande var vid liv hade någon vilja till förräderi, såg de till att separera oss i isoleringsceller, sen fick de lite mer stake, vågade vara lite mer hårdhänta vid varje nytt försök. Troligen dog de flesta en hedervärd död i sammanbiten tystnad, utan att ge dem ett enda ord av nytta. De var så gulligt rädda att vi skulle fortsätta forma planer för uppror mot den så kallade ordningen; vilket vi också skulle ha gjort om vi bara haft möjlighet. Men jag har inte sett någon av mina kamrater sedan cellernas mörker delade oss. Antagligen är de som sagt döda nu. Sen jag kom till lägret har jag fått nöja mig med dessa pacifister. Jag och Göran här var bland de första fångarna i lägret när det var nyöppnat."

Hon nickade mot den besvärade mannen i skuggan bakom Azadeh. Hans skäggbeklädda ansikte satt orörligt och visade inget tecken på bekräftelse. Inget erkännande av att han alls hade någon roll i Annikas berättelse.

"Lisa, som ni hämtade här nyligen, och några till, var också där från strax efter invigningen. Men det fylldes snabbt upp av arbetsvägrare. Det verkade gå skytteltrafik mellan det där, vad hade de döpt det till? Arbetsministeriet, och fängelset. Inte direkt några revolutionärer, bara sådana som inte fick någon plats i det nya och inte vågade göra något motstånd."

Adrian vände sig fram i sätet igen och försökte att inte lyssna. Någonting med hennes överlägsna sätt tog bort allvaret i allt som drabbade och förstörde vanliga människors liv. Som att det hela bara var någon sorts våldfylld lek och ett spel om att hävda sin ståndaktighet, medan människor utan samma benägenheter sågs som mindervärdiga.

Genom vindrutan fanns inget annat än den smala vägen som övergått i grus, slingrande genom skogen som hittills varit deras skydd. Adrian kunde inte undgå aningen om att det skulle komma att ändras, att det kanske varit ett misstag att dela med sig av deras fristad. Åtminstone hans eget syfte med fritagningen hade varit fruktlöst, och inte bidragit med något alls utöver insikten att inte låta sig hoppas på fler goda ting. Det hade aldrig funnits något hopp för Rickard. Det nya var något allt för våldsamt och hänsynslöst för att lämna glada slut. Han måste sluta lyssna till de försök till övertygelser som lät honom inbilla sig att det fanns någon godhet kvar i världen. Den tiden var sannerligen förbi.

Andetagen vid höjdens topp var befriande från skogens kväljande, fuktiga ångest. Trots att ingen av traktens kullar reste sig högre än att man ens kunde stå i jämnhöjd med trädtopparna, var utrymmet det enda Adrian hade kunnat hitta som terapi för skogens instängda liv. Från marken var det svårt att föreställa sig att det fanns någonting kvar bakom väggen målad i brunt och grönt. Med blicken ut mot en avlägsen horisont kunde han påminna sig själv om att ensamheten hade en bortre gräns. Efter några djupa inandningar, med slutna ögon och minnet av vad som en gång funnits bortom vidderna, kunde hjärtats rytm återfå sitt regelbundna lugn.

Utan förvarning ens för hans eget inre, sköt Adrian ifrån sitt steg och lät bergets lutning diktera farten medan han med en våghals' frånvarande rädsla lät benen rulla ned längs stigen in i den omslutna skuggan.

Efter över en månad till fots i den oförlåtande terrängen, fanns inte längre några fysiska begränsningar i den nu magra kropp som hunnit anpassa sig till förhållandena. Inte ens de tunga kängorna var längre ett hinder för ett lättsamt steg. De utnyttjade utrymmet mellan alla rötter och stenar vilka tidigare försökt fälla hans framfart, och som många gånger tvingat honom att smaka på jorden under hans fötter. Ingen brådska fanns krävande hans springande steg, men det var ett sätt att protestera och revoltera mot den stiltje som skogens liv försökte forcera över honom.

Han förväntades vara redo att rikta sin revolution mot statens makter, likrikta den med exilernas följe, men kvar fanns ingen känsla av samhörighet. Fötterna drömde om att springa så långt de kunde, bort från allt, men istället styrde de honom i riktningen motsatt enskildheten utan att erbjuda något alternativ.

När marken väl planade ut var det inte många minuter innan han åter kunde se sitt sällskap längre fram på stigen. Han saktade in till ett joggande steg och fick tillbaks sin andning just som han kom ikapp dem vid mötesplatsen och såg den vita transportbilen parkerad med förardörren på vid gavel och skåpdörrarna pekande rakt bak.

”Där är ni ju,” sa Marcin när han trädde fram från lastutrymmet och började gå mot vandrarna.

”Har du väntat länge?” frågade Jesper och mötte upp honom i en omfamning.

”Nej då, jag har precis börjat lasta ur.”

Han tittade upp i ett leende som sken av förväntan när han såg Azadeh näst på tur. Han kramade om henne med vad som såg ut som hans fulla kraft. Nästan så att hon riskerade att mosas i hans fullstora skruvstäd.

”Jag har något till dig.”

Han skyndade bak till det dolda utrymmet bakom bilen

och flyttade runt några lådor eller annat i lastutrymmet innan han trädde fram igen, med ett gevär vilande i sina utsträckta händer.

”Jag tänkte att ni kanske skulle börja jaga och få äta lite kött. Och du kommer nog tycka att det är väldigt roligt.”

Geväret var något sorts jaktvapen som såg ut att vara nästan lika stort som henne själv när hon tog emot det, och hennes armar gungade till när Marcin släppte tyngden över till hennes egen kontroll.

Azadeh tog emot det utan ord och med beundrande ögon som sakta färdades över hela dess längd; från kolven och fram till pipans mynning innan hon greppade det och la an mot sin axel. Trots den oproportionerliga längdfördelningen såg hon snabbt ut att kunna hantera det med en kontroll som nästan trotsade fysikens lagar.

Marcin lämnade henne till sin beundrande övning och gav istället Adrian en hjärtlig kram, följt av en klapp på ryggen som kändes som att han försökte dunka ut mat som fastnat i vrångstrupen.

”Och hur går det för dig då?” sa han när han släppte sitt grepp om Adrian och vände sig mot Annika. ”Har du vant dig vid livet i det vilda ännu?”

Trots att Adrian själv anslutit sig till skogssällskapet bara en vecka eller så före henne, hade han kommit att betraktas som en av de erfarna och Annika som en av de nyrekryterade.

Den driftighet hon uppvisat när hon assisterade Adrian inne i hangaren var bevarad även i det fria, den hade snarast frodats till en av de mest produktiva i det spartanska livet, men ej endast av godhet. Ärret över hennes ansikte, egentligen fortfarande ett sår, gav henne ett uppenbart hårt yttre och hade visat sig sträckas bortom bara hennes utseende. Den tid som gått förlorad från medverkan i oppositionen var hon fast besluten om att återhämta i det nya. Hon predikade ofta om måstet att stå upp, och stå emot.

Hon var inte någon ledare, och verkade vara medveten om det själv. Istället spenderade hon stor ansträngning på att så frön i Jespers sinne för att han skulle ta sig an och leva upp till rollen. Och de grodde snabbt. Från att ha varit en medverkande part i det samhälle som bara utgjorts av de första medlemmarna var han nu den som förklarade behoven för hela den lite större skaran. Han var inte helt på egen hand med rådgivaren Annika vid sin sida, och att få med Azadeh på tåget i hennes fortfarande groende entusiasm över våldsamma ting hade inte krävt någon ansträngning. Lisa hade på något vis fått en biträdande roll men Adrian hade aldrig uppfattat hur det hade gått till.

Vad Annika i slutändan hade för upplevelse att dela med sig av som svar till Marcin föll utom Adrians förnimmelse. Hans medvetande var upptaget av oro inför händelsen strax innan. Både det faktum att ett vapen introducerats i sällskapet och att ha bevittnat fortsättningen på den äventyrslystna våghalsigheten som vaknat inom Azadeh den natten då deras tillvaro övergick från stilla överlevnad till något mycket mer dramatiskt. Det tidigare så oskyldiga i hennes entusiasm blev, istället för som tidigare en underbar egenskap att ta del av, förvandlat till en oroväckande potential till våld. Det fanns inget illa uppsåt i hennes beundran av vapnet så långt Adrian visste eller kunde läsa, men vem kunde veta vilken eventuell situation som skulle kräva användande av det till annat än jakt; något som ingen av dem hur som helst hade någon aning om hur det skulle utövas.

”Är det verkligen en bra idé det där? Klarar vi oss inte

bra med fisk till maten. Vi har ju blivit ganska duktiga fiskare vid det här laget."

Han tittade mot Azadeh med så vänliga ögon han kunde förmå tränga igenom oron och hålla sitt motstånd välvilligt menat.

"Vad menar du?"

Hon såg genuint förvirrad och förvånad ut med ögonbrynen höjda, skapande en ensam rynkad våg över pannan.

"Tänk hur många måltider vi skulle kunna få bara av en enda hjort, eller ett vildsvin kanske, de känns inte lika oförargliga."

Det var svårt för Adrian att motstå det lugnande i hennes oskyldiga sätt, men han påmindes starkt av sin rädsla och kunde inte släppa den.

"Visst. Men dels är det ingen av oss som vet hur man hanterar ett skjutet djur, styckar det och allt det där. Jag är också lite rädd för att börja släppa in vapen i lägret. Olyckor kan ju hända menar jag," försökte han avrunda försiktigt utan att bli för påstridig.

Annika, som hade hunnit berätta färdigt sin redogörelse för Marcin, hörde deras samtal och klev in bredvid dem.

"Jag tycker att det är en bra idé att vi beväpnar oss. Vi behöver ju kunna försvara oss om vi nu skulle bli hittade."

Det var precis de tankarna Adrian var rädd för att höra, att vapnet verkligen inte var avsett för det enda ändamålet att bringa dem ytterligare en födokälla.

"Precis. Jag håller med," bistod Azadeh som att hon ville fånga den andras tycke.

"Finns det inte lite sanning i det gamla talesättet att våld leder till mer våld? Vill vi verkligen introducera det i tillvaron. Det är ju just våld och förtryck som fått oss att samlas här ute."

"Du är nog lite väl naiv nu. Förr eller senare kommer vi att behöva försvara oss. Det är bara ett enda vapen. Oroa dig inte."

Annika avslutade diskussionen prompt med Azadeh nickande intill sig.

Det var just Adrians övertygelse om att de skulle hamna i en situation där vapen var en nödvändighet som skrämde honom. Han var utan tvekan säker på att väktarna skulle komma efter dem och trodde inte för en sekund att en liten grupp exiler skulle ha minsta chans att överleva en sådan konfrontation, hur många vapen gruppen än hade att tillgå.

Medan han stod stum utan att veta hur han skulle kunna fortsätta samtalet, såg han i ögonvrån att Jesper hade följt med Marcin till lastutrymmet och fick en pistol överlämnad till sig, uppenbart i hemlighet då han försökte skyla det med sin rygg vänd mot de andra när han vred och vände på den i sina händer.

Och där kom nästa. Så mycket för att geväret var det enda, tänkte Adrian men kände sig redan undertalig i debatten.

Jesper stoppade pistolen i byxlinningen bak på ryggen samtidigt som han vände sig mot de andra.

"Kom, nu lastar vi av och packar på oss det här så att vi kan bege oss hemåt igen."

Medan Adrian passerade Jesper försökte han se vilken inställning som dolde sig bakom det hemlighetsfulla, men möttes bara av en spelad ovetskap som tittade tillbaks med en frågande blick utan ord.

Marcins leveranser hade av nödvändighet kommit att

öka i frekvens. Nu när lägret var över dussinet till antal krävdes veckovisa matleveranser, och nästan varje vecka kom han ytterligare en gång med lite komplement och allsköns nödvändigheter, och även en del bekvämligheter. Adrian såg bland annat det kastspö som Göran hade önskat sig, den tystlåtne mannen från fånglägret vars spretiga skägg dolde all antydan till reaktioner; om han alls reagerade på livets skeenden. Adrian var inte så säker på att han gjorde det. Adrian hade med Görans hjälp blivit en ganska effektiv fiskare med sitt metspö, men faddern själv tyckte sig vara begränsad av det passiva i metandets stillsamhet och hade propsat på ett kastspö som ersättare för sitt eget utövande.

Vid någon av alla leveranser hade Adrian frågat Marcin hur han hade råd att finansiera allt han hade med sig, och fortsatte att ha med sig men svaret hade avfärdats i den vanliga Marcin-manéren att det inte var något Adrian skulle behöva oroa sig för. Marcin hade sina sätt att ordna vad han än behövde och kunde han inte själv, kände han alltid någon som kunde.

Det var många ting i denna gemenskap som han blev uppmanad att inte oroa sig för och inte behövde veta allt om, och det hela fick honom just att oroa sig.

Förutom ryggsäckarnas fullpackade inre, hängde det på utsidan av Annikas också en kastrull, stor nog för att tillaga måltider åt hela lägret. Adrian själv hade fiskespöt delat i två, fastspänt som en liten kommunikationsmast på sin. Azadeh bar sin nya dödliga leksak i en axelrem runt halsen, så att hon kunde fortsätta utforska geväret längs stigen när de vandrade tillbaks till lägret.

Annika och Azadeh satte av en bit före Adrian som släpade sina steg lite i väntan på Jesper som stannat kvar vid bilen, samtalande med Marcin i tysta ordalag innan han också följde efter.

Adrian såg till att de två i täten fick ett ordentligt försprång till dess att Jesper kom ikapp honom för att få chansen att ifrågasätta utvecklingen utan att omedelbart bli undertalig på hans sida och synsätt.

”Hur verkar det utspela sig borta i samhället?” började Adrian när de två var jämsides.

”Marcin säger att det bara blir oroligare och oroligare. Det är knappt några människor ute längre för att väktarna så hänsynslöst avrättar folk som om det inte fanns någon moralisk tveksamhet i det.”

Han lät skärrad över den verklighet de höll sig gömda från, men Adrian hade börjat få svårt att tro på det han nu antog bara var skådespel.

”Vad är tanken med vapnen här ute? Azadehs gevär och pistolen där bak.” Han pekade mot Jespers rygg och orkade inte ens försöka dölja att han visste. Han ville bara ta del av hela bilden.

”Bara en försiktighetsåtgärd.”

Ett slugt leende spändes upp mellan kindbenen. Ett som oroväckande nog påminde Adrian om ett ögonblick då diktatorn själv stått på scenen inför sin befolkning, och för en tiondels sekund låtit sitt sanna jag visa sig för massorna.

”Inget du behöver oroa dig för.”

Som det mesta häromkring verkar det som, tänkte Adrian. Allt väl här utanför samhällets gränser.

”Kom, vi går ikapp tjejerna.”

Jesper ökade längden i sina steg och lämnade Adrian oroligt funderande längst bak. En ny dynamik hade formats i gruppen med Jesper som en hemlighetsfull ledare, med sina befälhavare som de enda med tillåtelse att vara införstådda. Adrian verkade inte längre erhålla det förtroendet. Endast Azadeh, Annika och även Lisa var de som verkade få vistas i en sorts inre krets. Hans egen plats var någonstans i hörnet i egenskap av en av den ursprungliga kärnan. Närmare inkluderad än de övriga invånarna, men utesluten från vilka planer det nu var som tog form i enskilda samtal bland de fyra förtrogna.

Sedan den första kvällen då de bara varit tre, hade lägret vuxit från att bara varit lite uppspänd presenning och det minsta nödvändiga för att ha en plats för var och en att sova, till något som började likna ett helt kvarter av tältduk och tillhåll. Efter att Adrian sett bekvämligheten i att inte bara ha något som höll en människas sömn torr hade han hört sig för om inte Marcin hade möjlighet att ordna ett ordentligt tält även till honom. Det romantiska idealet om att husera i enklast möjliga mån hade underminerats snabbt inför frihetskänslan av att ha ett eget rum att vistas i genom nätterna.

Det nya bostadsområdet låg ett stenkast bort från stranden och eldstaden, nära viken bakom udden som var lägrets strand. En u-formad uppställning av kupoltält, och i bokstavens bas stod några militärtält i större format. Två stycken medelstora till vardera par. Jesper och Azadeh, och Lisa tillsammans med John. Ett tredje var ännu större, med en takhöjd som tillät till och med den långväxta Jesper att stå raklång med marginal ovan hans huvud. Detta var huvudkvarteret för den ledningsgrupp som formats och som funnit det nödvändigt att ha en plats för samverkan placerat i mitten, omgivet av de två partälten, och således också någorlunda skyddat från att samtal skulle kunna höras alltför lättvindigt av de övriga i sina enskilda tält.

”Ser du till att prylarna får en lämplig plats att förvaras på?” uppmanade Jesper Adrian när de hade återvänt till lägret och ställt av sig packningen utanför eldstadens hus.

Det var inte så mycket ett förslag eller en fråga, som det var en illa maskerad order till Adrian, som hur som helst inte ansåg uppdraget slutfört bara för att leveransen var hämtad och buren till lägret.

”Absolut.”

Han hade inte energin att påtala att det skulle gå snabbare att få allt i ordning om alla fyra hjälptes åt. Det var mest skönt att lämnas till sina egna tankar, utan närvaron av de motsättande uppfattningar han annars skulle fortsätta bli påmind om.

”Snyggt,” nöjdes Jesper och vände sig om med viskande uppmaningar mot Azadeh och Annika som följde honom mot deras sambandscentral för någon klandestin sammankomst.

Adrian svalde frustrationens bittra smak och såg istället till att finna plats för den nya överdimensionerade kastrullen. Han lyckades knuffa undan några av de andra köksattiraljerna på den lilla hyllan under tak utanför ingången. Sedan bar han torrvarorna till kallförrådet, och plockade sist upp kastspöt som han ställt mot dörrposten för att ta med till Göran när det var dags att ta ikapp morgontimmarnas uteblivna fångst.

Han gick ned till vattenbrynet och blickade ut över den

speglande sjön. Solen stod högt på himlen och strålarna värmde, inte bara hans blundande ansikte, men hela hans kropp även om den verkliga sommaren inte riktigt var ankommen ännu. En stunds fröjd av att inte behöva förlita sig till eldens värme eller sin egen rörelse och aktivitet för att hålla lederna i rörligt skick.

De hade på morgonen kommit överens om att Göran skulle hålla sig runt sjön hemmavid under dagen så att Adrian skulle kunna finna den äldre mentorn när han kom för att ta del av dagens fiskeråd. Adrian hade inte berättat om att han ordnat med presenten åt Göran. Han ville låta det vara en överraskning och hoppades få vittna tillfredsställelsen hos den som trots allt gjort det möjligt för hela lägret att inkorporera fisken i en daglig kosthållning istället för att behöva leva i den begränsade smakupplevelsen av bönor, ris och annat som var lätt att lagerhålla som torrvaror.

Med sin egen fiskeutrustning packad gick Adrian ut i riset med metspöt i ena handen och Görans kastspö i den andra för att runda sjön till den bortre sidan. Där hade han skådat fiskaren sittande lite gömd bakom stammen av en björk som växte ut mellan några stora stenar över vattnet, strax innan klipporna började sin stigning på motsatt sida stranden.

”Hallå där.”

Göran hälsade med försiktig röst när han hörde kvistarna knäckas under Adrians kängor en bit bort. Han var övertygad om att människans röst var en skräck för livet under ytan, och var alltid noga med att samtal i fiskarnas närhet skulle föras i låg ton för att inte påverka fiskelyckan.

”Idag är de på hugget, i alla fall abborren.”

Adrian fiskade ofrivilligt mest gädda, och endast om

han hade tur en abborre eller två, medan mentorn på något outgrundligt vis befann sig en klass ovan och plockade upp de vackra orangea ryggfenorna en efter en, som i en överenskommelse med det vattenburna riket.

Han tittade ner i fångstens hink och såg åtminstone sex eller sju fiskar i respektabel storlek ligga i blöt. Med ett långt kliv, noga att inte trampa i den mörka pölen av blod och rester av inälvor där Göran grovrensat sin fångst, satte han sig på andra sidan vid stenens kant.

”Det ser lovande ut. Vi får hoppas att jag kan finna samma skicklighet idag.”

”Det handlar inte så mycket om skicklighet, man behöver bara förstå sig på hur de tänker.”

Han talade ur det gråvita skägget med en andlighet som inte var lätt att förena med hans vildmarksutseende, men som Adrian kommit att beundra i all sin ro.

”Du verkar sannerligen förstå. Som en ytterligare hjälp har jag det här med till dig.”

Adrian höll fram kastspöt till honom.

Innan han alls reagerade satt Göran kvar i samma position med metspöt vickande ut i vattnet, endast blicken vände sig mot gåvan, inspekterande dess hopvikta längd och olika delar utan en min som röjde varken glädje eller överraskning. Det var en av de egenskaper Adrian uppskattade mest hos den äldre. Inget som Adrian ännu sett kunde få Göran att agera med någon form av dramatiska inslag.

En stunds tystnad följde efter att den initiala inspektionen var avklarad. Med den vaknade ett uttryck till liv i ögonen; ett som accepterade gåvan och hade bestämt att det var något värdefullt han hade framför sig.

”Sannerligen. Det här kommer jag ha användning av”

Ett tydligare tack skulle Adrian inte få. Acceptansen i sig var nog för att bekräfta att han uppskattade spöt.

De pratade en kort stund om fiskevattnets dagsform innan Adrian frågade om han hade något lämpligt förslag på en plats för Adrian att testa sin egen lycka. Göran pekade rakt över sjön längs klipporna.

”Ser du den stora björken där, vid klippornas botten, innan de där granarna? Det kommer att vara den bästa platsen. Håll dig så nära land du kan. Gå inte ut på stenarna som når för långt ut i vattnet. De undviker det öppna vattnet idag.”

Det fanns ingen anledning att ifrågasätta hans övertygelse. Göran hade en oförståelig känsla för dessa ting och hade vanligtvis rätt även om Adrian aldrig skulle kunna dra upp lika många fiskar som honom.

Adrian reste sig och fortsatte sin vandring nästan hela varvet över klipporna runt sjön, och fann en sten att använda som pall alldeles intill vattnet, med sikt rakt över mot Göran och tältlägrets sida till vänster över den vågiga spegeln. Det var en solitär plats, som det oftast var när han fiskade, och som Göran varit tydlig med också var en nödvändighet för att undvika distraktioner som kunde bryta kontakten med fiskarnas liv.

De båda hade blivit lägrets två huvudsakliga fiskare. Adrian hade fått uppdraget främst för att det var han som ursprungligen haft med sig ett metspö och som velat förbättra sin förmåga. När deras befolkning hade ökat hade det också blivit en möjlighet för att dra sig undan det annars konstanta umgänget som onekligen utspelade sig runt de andra. Göran hade tagit rollen bara av naturlig fallenhet, och en ovilja att alls ta del av sociala konventioner. Han var en av de som inte ens reagerat när Adrian försökt förklara sitt uppdrag att frita dem där inne i fånglägrets hangar. Han var helt enkelt inte intresserad av medverkan i någon sorts sammanslutning alls.

Från sitt enskilda hörn vid sjöns bortre kunde Adrian se några som från lägrets strand bestämt sig för ett bad. En reaktion på att försommaren var nog långt gången för att, åtminstone under dagens mitt, erbjuda en värme och lova en kommande period av lättsamt leverne. Han undrade åter om han var den enda som var konsumerad av oro för en förändring som ännu inte fullt trätt ut i det öppna. En förändring som endast var en aning om att någonting som skulle påverka dem alla planerades bakom tältdukarna, och troligen inte i en positiv bemärkelse. Samtidigt var han övertygad om att det inte fanns några onda intentioner. Det var bara en känsla om att den lilla ledande skaran försökte hantera deras egen rädsla, och det råkade ta formen av hierarki som omedvetet la grunden till skapandet av en liten rebellgrupp utanför civilisationens gränser. En ordning som ville behålla sin frihet men som av misstag introducerade en rangordning som gjorde anspråk på, och ofrivilligt eller omedvetet inskränkte just friheten för det lilla kollektivet.

Om deras agerande skulle visa sig ta den form Adrian var rädd för, var han inte säker på om det skulle vara någon skillnad på att underlåta sig detta liv, eller att ha underlåtit sig det övriga landets nya ordning.

I periferin över vattnet såg han hur människor rörde sig bland tälten. Jesper hade tagit täten, följd av de andra tre i en marsch mot de bestyr som behövde hanteras i lägret. Adrian valde att vända blicken åter till flötet som guppade strax framför honom. Fiskarnas öde kunde han påverka, till skillnad från hans eget.

Tjocka vita kuddar svävade sakta under den turkost vidsträckta oändligheten. Himlen var målad som en fast bakgrund men i färgen fanns ett djup som inte gick att beskriva, och som hade flera dimensioner utan någon bortre gräns. Molnen var så vita att de inte kunde skugga marken ens när de skymde solen. Den sortens moln som framkallade övertygelsen att de skulle vara möjliga att lägga sig för att vila på, bara man tog sig upp till dem.

Adrian låg vilande med huvudet på en kudde han gjort av tröjan och lagt mot de allt annat än mjuka stenarna vid klippornas högsta punkt. När dagens fångst var lagerförd i lägret hade han dragit sig undan och fann sig utan påkallande sysslor att distrahera tidens cykel med.

Vardagen utan varken kalender eller tidvisare hade fått honom att förlora kunskapen som kunde förklara vilket datum det var. Men den varma brisen på höjden, och solens stekande värme så snart den inte filtrerades genom passerande molntäcken, sa honom att det borde ha varit en av de senare dagarna på våren, en försommardag innan säsongen egentligen tagit sin början. Kanske i början av juni. Vädret var den enda utgångspunkten för att bilda en uppfattning om tidpunkten. Upplevelsen av passerad tid var allt för förvrängd av monoton sysselsättning och förlängande oro för att vara pålitlig i tideräkningen. Livet i lägret distanserade sig från omvärlden och bildade sin egen tidlöshet, uppehållen och innesluten av sitt interna skeende, utan betydelse i saknad av anknytning till det som ofrånkomligen hägrade utanför dess vakuum. Det enda att behålla förhållning till var förnöjelsen av de frysande kalla nätternas frånvaro.

På andra sidan sjön, en bra bit under klipporna, rörde sig människorna i miniatyr; just stora nog för att urskilja vem som var vem. Åtminstone de som kommit att bli bekanta och som Adrian kände någon form av relation till. Särskilt utstickande var Azadeh, dels på grund av det svarta håret, men mest till följd av den tydliga markören i geväret som hon bar över axeln bak på ryggen. Hon var ensam på väg ut ur lägret i riktning runt sjön.

Den ständigt växande oron över hennes person och vad den representerade för deras gemensamma liv fick honom att sätta sig upp. Det verkade till slut som att ett tillfälle uppenbarade sig för Adrian att få möjligheten att prata med henne ostört igen, utan distraktionen av de starka influenserna i lägret eller göromålen som krävde uppmärksamhet.

Efter en stunds väntan passerade hon på stigen nedanför hans utsiktsplats. Adrian klättrade ner för att möta henne och åtminstone initialt få det att verka som ett slumpmässigt sammanträffande när de möttes.

”Hej du, vart är du på väg?” frågade han lite högre än

samtalston, men utan att ropa när han såg att hon fått syn på honom på väg ner mot stigen. Han tyckte själv att han prickade rätt tonläge av mild förvåning och hon verkade ha mottagit det på samma sätt.

”Bara en liten promenad i det sköna vädret. Vill du följa med?”

”Gärna.”

”Har du varit och fiskat?”

”Nä, det blev avklarat i morse. Jag tog bara vädret i akt och passade på att sola en stund på klipporna.”

De hann vandra en bit in i skogarna samtalandes bara om vädret och hur mycket lättare och bekvämare det var med sysslorna när fingrarna inte var frusna och de inte behövde förlita sig till brasor för att hålla värmen. Adrian lät samtalet fortsätta av bävan inför hur hon skulle tänkas reagera när han ställde frågorna han egentligen ville ha svar på, men det var också rogivande att bara ta del av hennes umgänge för en stund. Det hade inte funnits mycket utrymme för det alls sedan den tidigaste början av skogslivet. Han hade saknat det, och en olustig ångest gjorde andningen kort när han samlade modet att vända samtalets riktning. Det fanns ingen naturlig övergång.

”Det är alltid med dig det där.” Han gjorde en nickande gest mot hennes rygg.

”Alltid,” svarade hon självklart. ”Jag lovade Marcin att alltid bära det. Jag behöver vänja mig vid det, lära känna det. Marcin säger att det är det enda sättet att bli en bra skytt.”

”Varför behöver du bli en bra skytt?”

Frågan kom inte ut lika pedagogiskt som han hade tänkt, och han såg hennes minspel ändras till ett frustrerat.

”Det behövs. Fler än jag behöver kunna skjuta sen. Vi måste kunna försvara oss.”

”Var det inte hela anledningen till att vi sökt oss hit ut, att undslippa våldet? Alla dessa berättelser och erfarenheter av hur det varit att försöka leva i *deras* värld, det finns inget gott kvar att hämta.”

”Jag vill inte göra någon illa.”

”Det finns inte så mycket annat man kan göra med skjutvapen.”

Minnesbilder av alla de vapen han själv tvingats se komma till användning tog grepp om hans tanke och känsla. Han mindes de fysiska smärtorna bara av att bli slagen av ett och ryste av obehag inför bilderna på den kaskad av rött som skjutit ut på tegelväggen bakom den unga killens livlösa ansikte. Sorgen sköljde över honom när han kom till minnet av att se Rickards blodiga ansikte bli bortfört utan någon möjlighet till försvar.

Han lurades till en kort lättnad när Azadeh avbröt de skenande tankarna.

”Vi har inget val. Det är inte vi som bestämmer hur det måste vara. Annika har berättat hur nådlösa de kan vara, och jag har själv varit jagad av dem. Det har du också. Vi kan inte bara be dem lämna oss ifred.”

”Men hänsynslöshet tillbaks kan inte vara lösningen, det blir bara samma sak. Då sjunker vi till precis deras nivå.”

”De tvingar oss till det, men det är inte samma sak när det är i ett gott syfte. Hade jag förstått hur hemska de var redan då, och vetat om den verkliga operationen, hade jag gått med i oppositionen direkt och inte bara i protesten. Försökt stoppa dem på riktigt innan de fick för stor makt.”

”Det menar du inte. Det är bara Annika som säger allt det där.”

”Vi måste rädda fler, det är det enda sättet. Vi behöver själva bli fler så att vi kan rädda alla.”

Hon skulle inte låta sig misstro den förhållning som indoktrinerat hennes verklighet, och Adrian stod handfallen inför dekonstruktionen av den mur vilken tagit hennes medvetande till fånga. Den enda vägen hade varit att omvända dem alla, men han saknade övertygande resonemang. Utan alternativ att erbjuda stod han obeväpnad i sin duell.

Promenaden förde dem genom en glänta och solen sken upp mellan molnen. Hennes vackra svarta hår glänste i solstrålarna trots att det var uppsatt i en slarvig tofs i bakhuvudet. För ett ögonblick sken hennes välvilja starkare än Annikas ord hördes talas från hennes mun. Ett önsketänkande som skuggades igen när hon fortsatte.

”Jesper kan leda oss, och med Annikas erfarenheter och Marcins alla kontakter kan vi bli starka. Annika känner de innersta i oppositionen, vi kan ansluta oss och kommer att kunna bidra med mycket.”

Inte du, tänkte Adrian. Du är den djurälskande, sympatiska människovännen som ser det bästa hos folk. Låt dig inte dras med i det onda. Men han visste inte hur han skulle säga det till henne. En upprepning, identisk med Lindas vilja att åstadkomma mer än Adrian hade kapacitet att erbjuda. Alla som stod honom nära förlorades honom. Han ville inte uppleva det ännu en gång.

”Finns det inget sätt för mig att få dig att tänka om?”

”Jag ser inga alternativ. Har du något annat förslag?”

Än en gång utan någon plan annat än exil. Alternativen var död, exil eller assimilering. Inget hade förändrats sedan han senast stod vid samma vägskäl, annat än att assimilering troligtvis inte längre var ett tillgängligt alternativ.

”Kom ihåg vad ni sa åt mig, du och Jesper, när det bara var vi tre. Vi kan starta något nytt här ute.”

Han hade inte trott på det då och gjorde det fortfarande inte, men det var det enda som inte inkluderade mer våld.

”Det är som att du har gett upp Adrian. Du måste hålla kvar vid hoppet, du… vi kan fortfarande rädda din vän från deras klor. Både Annika och Marcin är övertygade om att det finns fler läger än det vi räddade de andra från. Rickard kan finnas i vilket som helst av dem. Du måste bara vara villig att försöka.”

”Inte det där nu igen. Rickard är död, det spelar ingen roll hur mycket man tror något annat. Ingen mån av förhoppning återupplivar en människa. Det är inte jag som gett upp, att ge sig hän åt deras våldsamma spel är att ge upp. Om vi accepterar deras spelplan har vi redan förlorat.”

Han hade gett upp, det visste han själv. Det fanns uppenbarligen inget kvar att fästa hoppet vid, men en blodig uppgörelse med Ansatsen kunde inte heller bringa någon förändring. Hennes envetna försök att väcka hans sentimentalitet med nämnandet av Rickard var bara en övertalningsstrategi, om det nu inte var en representation av hennes oförmåga att acceptera den onda verkligheten.

”Vi måste gå den här vägen. Du måste. Vi behöver vara enade. Alla som inte är för Ansatsen måste stråla samman för att kunna stoppa den.”

Adrian sa aldrig ja, men han slutade säga emot och lät promenaden återvända till lägret. Det hade hunnit bli sen eftermiddag, sett till solens påbörjade nedgång och han ville inte annat än att gå till sitt tält och gömma sig från hopplösheten.

När de var alldeles nära, strax innan de kunde se in i lägrets hjärta igen, stannade Adrian och kramade om Azadeh med en innerlighet starkare än han själv visste fanns där. För honom ett farväl av den person som gått förlorad, och det hopp om ett liv som åtminstone haft en vag känsla av potential. För henne var det ett erkännande av hans medvilja och samförstånd.

Det smattrade hårt mot tältets spända tak strax bortom medvetandets dimridå. Oräkneliga tunga droppar som gick till gemensamt anfall i en strävan att dränka allt som låg under skyarna. Tältduken var endast en barriär som fanns där för att försöka rämnas.

Adrian vaknade ur den dvala som först hållit honom kvar i ett nästan drömlikt tillstånd även efter att sömnen avbrutits. Skyfallets volym tilltog i det begränsade utrymmet. Utanför mullrade slagen i backen för varje droppe som briserade och fortsatte fylla upp en grund sjö av uppluckrad jord.

Utan att lämna sovsäckens värme satte han sig upp och kröp över till dragkedjans öppning för att se ut, och bekräfta om vädret var lika kraftigt som han föreställde sig från inom sin ljudförstärkande kupol. Åtminstone trodde han att kupolen var en sådan, tills öppningen delade sig och släppte in ett än högre vrål av rasande vatten.

Han funderade kort om han var så trött att han glömt att öppna ögonen, men efter ett funktionstest där han kände musklerna arbeta i ansiktet, insåg han att det helt enkelt inte fanns någon källa till ljus att reflektera i regnets rörelser. Han andades in den friska nattluften men såg endast en högljudd svärta. Ljudet var tillräckligt för att konstatera att himlen verkligen rasade ner, men för säkerhets skull stack han även ut en arm som omedelbart blev dränkt av det ösande regnet.

Det var tydligt att det inte var morgonens timmar han vaknat av, utan av den inkräktande volymen. Han drog upp dragkedjan för att stänga ute hemskheterna och la sig nöjt tillbaks på rygg för att återgå till fantasiernas vila.

När Adrian vaknade igen kunde han urskilja tältets interiör; sömmarna i vart hörn och svaga skuggstreck av tältpinnarna mot ljuset utanför. På intet sätt något dagsljus en solig sommardag, men nog för att meddela morgonens ankomst till det fortfarande forsande regnet. En sak var helt säker: dagens fiske var inställt. Det fanns inget som skulle förmå honom att sätta sig under den öppna himlen bara för att sätta mer smak på tallriken. Han övervägde en stund om han över huvud taget skulle sätta fot utanför tältet om det fortsatte så här resten av dagen, och kom fram till att han nog var beredd att svälta hellre än att göra så.

Han låg kvar i sovsäckens värme och tittade upp i ingenting alls, njutande av egentiden han erbjudits av väderleken själv. Egentid var i sig själv ingenting ovanligt, både fisket och promenaderna efter egen karta brukade erbjuda sådan. Det som skiljde var lättnaden av att bara kunna ligga stilla och göra ingenting, och där vara ensam med sina tankar. Sedan han flyttat till skogen hade var dag varit full av arbete eller ett aktivt sökande av utrymmet att vara själv bland alla de andra.

Lugnet var kortvarigt och han började vrida och vända på sig i en tilltagande, kurrande hunger. Hans kropp motsade sig en förändring av den rutin som tillfredsställt den så. Det där med att hellre svälta än att utsätta sig för ett aldrig sinande skyfall började kännas som ett önsketänkande av orealistiska proportioner. Vanan att börja var dag med omedelbar mättnad var för stark. Det fanns inget annat att göra än att krypa ur den bekväma kokongen av samlad kroppsvärme, och svepa in sig i jackan med huvan dragen över huvudet.

Varken Göran eller någon annan av de han betraktade som kända ansikten mötte hans syn när han klev in genom det tunna vattenfall som föll som ett skynke framför öppningen till eldstadens slutna rum. Han kände naturligtvis igen ansiktena på var och en av de som redan satt runt den sprakande och underbart varma brasan, men efter en stilla hälsning riktad mot alla på en och samma gång hade han inte mer att säga utan att tvinga fram orden. Istället skopade han upp en skål av den varma gröten, tacksam att den av dem som varje morgon såg till att koka en värmande frukost till hela lägret, gjorde så innan Adrian vanligen stigit upp. Han hade aldrig sett bestyret påbörjas och hade aldrig tänkt på att fråga vem som var ansvarig. Liksom han själv blivit fiskaren antog han att någon av dem funnit frukostkokningen som sitt naturliga bidrag till samlivet.

Med båda händerna värmda runt skålen slog Adrian sig ned på den yttersta delen av bänkraden, på säkert avstånd från det sällskap som redan huserat stugan vid hans ankomst. Han åt i tystnad, lyssnande med oförståelse på det samtal som rörde sig växelvis mellan de övrigas munnar. De utbytte fantasier om vilka rätter eller bufféer de skulle inmundiga när de befann sig åter i civilisationen, och verkade utan förbehåll tro att det fanns ett normaltillstånd att återvända till någonstans, eller åtminstone ett som skulle kunna återskapas. Han insåg snabbt varför han inte upprättat någon relation till den här delen av kollektivet. Hans egen bild av framtiden och verklighetens avveckling var förvisso inte delad i detaljerna med Jesper eller resten av den drivande gruppen, men de var åtminstone överens om att det som en gång varit inte längre fanns kvar.

Nedstämdheten svalde Adrians hörn av stugan och försökte kväva honom där han satt. En liten del av honom ville försöka förklara för dem att inget av det de fantiserade om skulle finnas att hämta om de så gav vika till stadens och statens nya vilja, men han stoppade sig själv. Om det var hoppet som höll förtvivlan ur deras medvetande, var det kanske med all rätt de lämnade drömmen vid liv. Han åt upp det som fanns kvar i skålen, städade upp efter sig själv och återvände till tältets enskildhet utan att mer än nicka ett farväl till den troende skaran.

Liggande åter i sovsäckens värme, med en känsla av att inte ha en roll i det sociala, vaknade en gammal upplevelse till liv; en av utanförskap och att inte passa. Trots att han ända sedan unga dagar alltid föredragit enskildheten hade det, åtminstone förr, följt med en underliggande känsla av att vara utesluten. En upplevd värld som han inte kunnat undfly förrän den dag han mötte Ellen för första gången.

”Det går ut på att inte försöka utföra en prestation.”

Adrian hade stått lämnad till sin egen obekvämlighet i

köket på en fest hemma hos en av kursarna under universitetsårens första tid. Det enda svar han hade kunnat uppbringa var ”öhm, va?” eller något lika fördummande uttryck. Förvåningen hade överrumplat honom när hon dykt upp bakom honom för att ta till orda.

Som att det inte varit första gången de pratade, eller över huvud taget hade setts, fortsatte hon det samtal som så långt endast hade en aktivt medverkande.

”Den troliga orsaken till att du känner dig så osäker är helt enkelt att du tror att det är någon sorts prestation som förväntas av dig. Här kommer en liten tankeställare åt dig: de personer som är mest intressanta att umgås med är de som tänker helt annorlunda från dig själv; där du inte kan förvänta dig vilket svar eller vilken tanke som möter ditt eget uttalande. Det är ingen som vill höra dig passa in och säga samma saker som dem själva. De flesta vill höra dig i all din konstighet. Det låter klyschigt, men *var dig själv* är ett briljant koncept i all sin enkelhet.”

Han hade förvånat sig själv och inte bara svarat henne med ord den här gången, han hade till och med hängett sig ämnet och ärligt frågat vad hon hade för förslag på hantering av hans nervositet och vanliga oförmåga att sätta ord till sina tankar så snart han var i närheten av andra människor.

”Den får du helt enkelt köra över. Nervositeten är inte mer än en vanesak. Du vänjer dig vid att uppleva den och kan låta den finnas där utan att hindra dig.”

Omedelbart efter hennes svar hade hon dragit ut honom i det sociala rummet och tvingat honom till interaktion med alla festens deltagare genom att presentera honom med fullkomligt osanna epitet och personbeskrivningar, och lämnat honom till att själv reda ut de absurda begreppen för de okända människorna. Vid ett tillfälle hade hon presenterat honom som Doktor Adrian vilket inte var ett helt osannolikt koncept i en akademisk värld. Den gång hon kallade honom violinbyggmästare krävde det en lite större ansträngning att hitta förklaringar.

Så hade deras första möte utspelat sig och under åren som följde hade hon fortsatt att lyfta honom ur sin enstöriga avskärmning och visat honom vägar till samhörighet som inte fått honom att krypa ur sitt eget skinn. Sedan Ellens inträde i livet hade han faktiskt upplevt gemenskaper, och inte bara där under studieåren utan också i det vuxna livet. Han undrade bara om han faktiskt förstått att det var vad dem varit; samhörigheter, om än i former som kanske inte var normativa i sina uttryck.

När Adrian under regnets frigörande lugn såg tillbaks på allt som varit, både förr och det senaste årets händelser, insåg han att den brist på empati han var övertygad om att han upplevt snarare var en obekvämlighet inför sociala konventioner. Det var just hans förmåga att förhålla sig empatiskt till andra som tillät honom att konvertera orätt till sympatiska sammanhang. Det var så han hade kunnat acceptera situationen med Johan, patienten som varit redo att säkra sin överlevnad genom hot om våld och att råna sig till nödvändighetens tillfredsställelse. Det var samma sak med kärnan bakom Adrians lilla samhällsrevolt, när han försökte frigöra Lisa och alla de andra som passerade hans kontor de där första dagarna efter samhällets övergång. Visst fanns det en mån av obstinat motstånd i det, men främst var det ett försök till att underlätta de drabbades situation.

Även om yrkeslivet i så många aspekter blivit en följd av besvikelser hade det varit en kanal till ett socialt liv. Först nu när det inte fanns kvar, förstod Adrian att de relationer han haft, som varit anslutna till det professionella, egentligen varit privata i sin natur. Vänskapen till Rickard hade förstås varit anstiftad av ett arbetsliv, men drivkraften till samvaron hade alltid varit en av verklig vänskap. Såret som skurit djupt in i Adrian över förlusten och hans oförmåga att rädda Rickard från ett orättvist och grymt öde var inte sprunget ur kollegial välvilja, det var en önskan om välmående hos en medmänniska han höll kär. Han undrade vilken utveckling han skulle ha kunnat stå vittne till om han inte varit så benägen att principiellt försökt hålla det privata separerat från livet i närheten av yrket. Om han låtit de två liven sammanblandas, vad hade då kunnat ske annorlunda i samlivet med Ellen? Kanske hade förhållandet inte fallit samman så som det gjort.

Att utöva nostalgisk ångest över vad som kunnat vara föll honom inte i smaken, men han kunde inte undgå att undra om inte brytningen som skett dem emellan, inte bara var resultatet av att två människor stått ensamma utan objektiva synpunkter att reflektera över. Den skarpa skiljelinje som dragits kanske hur som helst hade uppstått, men kanske hade de funnit någon gemensam grund om de faktiskt delat fler upplevelser längs vägen. Troligen. Ingenting var gjort av illvilja. Inviterna Ellen hade givit Adrian om att umgås med hennes vänskapskrets genom åren, hade han avböjt med tanken att det umgänget var en del av hennes egentid som Adrian inte velat inkräkta på, men det hade nog varit ett misstag som till slut kommit att stå dem båda dyrt.

Förfallet var nu långt gånget, och troligen bortom all

räddning även om han någon gång skulle finna sig åter i civilisationen, men en önskan växte inom honom om att han skulle erbjudas en sista chans att förklara sina insikter och sin eviga tacksamhet för att hon funnits i, och förändrat hans liv. Trots att han inte förstått vidden av det, var det hon som fått honom att finna mening även utanför sitt skal av isolation.

Regnets våta krafter fortsatte ännu i sitt ihärdiga uppdrag att skapa en mjukare värld. Dropparna landade ännu tungt mot taket och rann i floder nedför de fyra sluttningarna till leran vid dess slut. Morgonen hade varit en fortsättning av hans självbegränsande förhållningssätt till sociala gemenskaper. Med hans nyfunna insikter beslutade han sig för att det inte fanns något bäst-före-datum för förändring. De skulle troligen inte få lång tid på sig att vara vänner och han hade svårt att förhålla sig till deras menlösa tro på en återgående civilisation, men alla perspektiv och förhållningssätt innehöll en potential till nya idéer för utveckling. Det måste vara värt ett försök att påverka hans eget utsiktslösa synsätt.

För andra gången draperade Adrian sig i de skydd han hade att tillgå i kampen mot regnet och enskildheten. Med plaskande steg som skvätte leran åt alla håll runt honom, joggade han den korta sträckan åter till eldstaden. Brasan lös inbjudande i öppningen och han saktade in med de sista meterna kvar innan han klev in i värmen.

När ögonen lärde sig formge svärtan bortom den bländande elden fann han att rummet var avfolkat och utan det sällskapets trygghet som förväntats. Möjligheternas ögonblick var ett som passerats medan han tagit sitt förnuft till fånga; en handling som tagit plats för sent.

Adrian blev stående innanför öppningen med tungt

huvud som knappt bars upp av nacken som tippade fram av händelsens tyngd. Han slöt ögonen och samlade med ett djupt andetag kraften att resa sig åter i full längd. Med fokuserad andning lät han besvikelsens puls sänkas till lugn och öppnade ögonlocken först när han kände sig redo att ta vara på nästa chans som skulle uppenbara sig.

Hans händer var kladdiga och närmast dränkta av blod och inälvor. Så fort fingrarnas arbete upphörde för mer än några korta sekunder fastnade de i varandra och krävde ett litet styrkeprov för att släppa limningen mellan sig. Morakniven, likadan i sitt utförande som han mindes sådana från barndomen, såg ut som något närmare ett mordvapen än ett verktyg. Färdigheten hade utvecklats till att inte längre vara ett aber, men Adrian kunde fortfarande inte rensa sin fångst med samma självklara elegans som hans fadder i fisket.

Med krummad rygg satt han på sin pall, egentligen bara en stubbe som råkade finnas lägligt placerad vid den lilla strandens ena ände, intill ett par stenar i vattnet som formade en balja i sjövattnet. Utrymmet mellan stenarna var stort nog för att regelbundet skölja ur det solkiga vattnet och ersätta det med nytt, men nog avskärmat för att en fisk han tappade ner inte skulle försvinna ut i sjön.

På den platsen kunde Adrian känna sig som en del av

gemenskapen, även om han fortfarande inte gjort någon insats för att bekanta sig med dem han endast kände vid namn. Beslutet och viljan till att stifta vänskap med dem hade sköljt bort med samma skyfall som givit upphov till hans önskan. När ögonblicket väl passerat oförrättat den dagen hade också viljans prioritet förlorat sin mening.

Han hade svårt att hålla minnet av Ellens ord levande i känslan och tillät sig att stanna i bekvämligheten av rollen som eremit medan förändringens krafter avtog. Egentligen ville han uppleva samma känsla av utveckling som hon hjälpt till med att sätta grunden för, men att endast göra det utifrån ett gammalt minne var inte kraftfullt nog för att motivera handling.

Adrian lyfte blicken mot eldstadens hus ovan, och kunde med en bakgrund av turkos skönhet och några enskilda pustar av vit molnighet se Azadeh komma gående med beslutsamma steg mot öppningen. Avståndet var för stort för att se detaljerna eller höra vad som sas när hon lutade sig in. Det var ett kort ärende och hon var snart i rörelse igen. Målmedvetet gick hon vidare mot nästa möte, bärande det gevär som kommit att bli en förlängning av hennes jag. Inte bara hängande över axeln bak på ryggen, hon var alltid redo med en hand greppande vapnet framför sig, beredd på att ansluta till en strid som verkade förestående överallt runtomkring henne.

När alla de premisser som utgjort livets grundvalar hade ställts på sin ända, hade alla försök till psykologisk analys kommit att kännas ogiltigförklarade. Allt mänskligt beteende som var avskalat till impulsiva reaktioner på olika situationer saknande någon grundläggande logik. Oftast bara uttryck av rädsla över ett förvirrat tillstånd. Men hos Azadeh såg han inte denna rädsla. Även om hon i ord uttryckt beväpningen som ett försvar och därmed ett av en rädsla, tyckte sig Adrian främst bara kunna se manifestationer av fascination och någon sorts fröjd i hennes handlingar. Antingen hade människans psyke inträtt i oläsbarhet i den nya världen, eller så hade Adrians intresse sinat till den grad att han ej längre var kapabel att dra relevanta slutsatser från det som stod att bevittna.

Hela den ledande gruppen verkade reagera som ett kollektivt medvetande. Han kunde inte avgöra om deras formuleringar om försvar och självbevarande uttalades med en vilja om manipulation, eller om de i någon mån trodde på sina egna ord. Varje möte Adrian haft med gruppen var som att se skapandet av ett nytt leverne, till synes inspirerat av mycket av det förhållningssätt som ofta uttryckts av människor utövande förtryck, men samtidigt spetsat med en humanitär retorik snarast inspirerad av någon form av nyandlighet.

Vilken agenda som än doldes bakom det som uttryckts högt, var Adrian utesluten tillåtelsen att ta del av den. Det hade kommit att förväntas av honom att endast acceptera, inte längre ifrågasätta. Försöken till analys var en verksamhet angiven honom själv, och den genomsyrade var handling han tog sig för medan dagarna passerade utan att bringa någon ny innebörd.

Med ett rusande hjärta innanför bröstkorgen vaknade Adrian till och rycktes upp i sittande som av en reflex. I drömmarnas verklighet hade världen gått under, inte på grund av diktatur och förtryck, men av att syret höll på att ta slut i jordens atmosfär.

Det tog ingen lång stund att förstå vad som inspirerat drömmen när han satt svettig i sovsäcken och fortfarande hade svårt att hämta syre från tältrummet. Morgonsolen lyste nästan rakt genom tältduken, och med sommarvärmen slutligen kommen framkallade den ett växthus' kvava luft. De första sekunderna trodde han fortfarande att han befann sig i samma värld som den drömmande, men när pulsen lugnat sig en aning insåg han att andetagen var tillräckliga för att syresätta honom. Den kokande värmen gjorde bara var inandning till en beklämmande obekvämlighet.

Precis när han var på väg att kasta av sig den fuktiga sovsäcken och låta tältöppningen släppa in nytt syre till cirkulationen hörde han smygande steg och försiktigt viskande röster utanför.

Han stannade upp mitt i rörelsen av en förlamande rädsla. Det var Ansatsen väktare som till slut fått reda på deras existens och som hade kommit för att avrätta dessa förrädare, och förnekare av Augustssons makt. Det dröjde bara några ögonblick innan han plötsligt kände en lättnad över detta faktum. En acceptans om att deras tid i exil hade nått sin oundvikliga ände, och att tiden var kommen att acceptera det öde de stod inför.

Fortfarande blickstilla väntande, hörde han de försiktiga stegen och viskningarna närma sig hans tält. Men de verkade anlända från fel håll. Varför skulle de passera genom hela tältstaden innan de gjorde sin styrka känd. Det hade varit mer logiskt om de hade ringat in tälten och gått till ett synkroniserat anfall från alla håll, inte röra sig inåt mittpunkten och arbeta sig utåt.

De var minst två stycken som snart skulle befinna sig precis utanför Adrians tält. Han svalde genom sin torra strupe. Motståndet tvingade fram ett klunkande ljud och han var säker på att det var högt nog för att avslöja att han var vaken och väntande inuti sitt värn av hjälplös tältduk.

Ingen av de utanför verkade reagera och när viskningarna var så nära de kunde vara insåg Adrian att han kände igen rösterna under de tillbakahållna orden. I själva verket var rösterna mycket bekanta, till och med välkända. Det var Jesper och Azadeh, och kanske en till om han lyssnade till stegen, men den tredje var i så fall tyst i detta ögonblick.

En annan sorts lättnad landade i Adrians bröst. Ett upphörande av den spänning som fångat hans kropp. Med den följde en besvikelse av att han slogs av den absurda fatalismen i att hellre se livets slut än att finnas kvar i samma limbo som han huserat i flera månader nu.

Det gick inte att höra vad som sas dem emellan, eller uttyda vad som försiggick men det var med största sannolikhet ytterligare någon hemlig aktivitet. Adrian hade ingen egentlig aning om hur tidig morgonen var, men solen sa honom att timmarna var mycket arla; långt tidigare än det vanligen förekom någon aktivitet i lägret. Han antog att vad de viskande människorna än hade förestående, var tidpunkten vald för att det handlade om något de inte ville dela med de oinvigda. Att han själv inte var inkluderad hade bara blivit en vanesak och inget som i sig längre störde honom, annat än att han var orolig för vad deras aktiviteter skulle få för konsekvenser för alla som inte tilldelades någon talan.

Efter frukosten samma morgon, innan Adrian begav sig ut för det dagliga fisket, sökte han upp Annika som uppenbarligen inte lämnat lägret i det smygande efter soluppgången. Han fann henne, till synes planlöst väntande utanför det tält som var ledningens högkvarter, och tyckte att det var ett ypperligt tillfälle att störa hennes pågående tankar.

”Vet du vart Azadeh och Jesper tagit vägen? Jag hörde dem lämna lägret i morse och har inte sett av dem sen jag steg upp. Jag skulle behöva prata med dem.”

Annika mötte hans ord med en rynkande panna som sa att han inkräktat i hennes territorium. Inget vänskapligt verkade leva kvar mellan dem.

”De är bara och möter upp Marcin och hämtar en leverans.”

”Aha, de skulle ha sagt till så hade jag kunnat hjälpa dem bära.”

Adrian visste mycket väl att det var något mer än en vanlig leverans av mat och prylar. Lägrets lager var välfyllda sedan han själv följt med och burit hem en full påfyllning bara häromdagen. Det var det enda han fortfarande inkluderades i med jämna mellanrum för att det ofta blev för tungt att bära bara av den innersta kretsen.

”De klarar sig själv den här gången. Jag måste fortsätta arbeta nu.”

Hon sneglade argt mot Adrian och gick iväg genom lägret med bestämda steg.

Det måste ha varit något väldigt viktigt hon kontemplerade när jag avbröt hennes icke-aktivitet, tänkte Adrian och flinade inombords. Som vanligt var han inte välkommen i det väldigt viktiga de tycktes ha för sig.

Plikten trogen genomförde Adrian den dagliga uppgiften, men utan några ambitioner andra än att uppfylla sin kvot för att föda de övriga. Allt annat hade varit att acceptera besvikelsen av att befinna sig i ytterligare ett samhälle som vägrade uppfylla sin potential. Friden var kontaminerad. Sjöns diameter var inte tillräcklig barriär för att avgränsa honom från att känna närvaron till den småskaliga korruptionen som upprätthölls i deras skogsomgärdade stad.

En hårtest skymde hans sikt och han försökte kasta huvudet åt sidan för att bli fri. Den ville inte flytta på sig, och när han lyfte sin hand, stinkande av rå fisk och sjövatten, fick han dra lös det långa håret som tovat in sig i det spretiga skägget. De hade blivit vildingar, och standarden för personlig hygien var inte längre brydd om ovårdad hårväxt eller om det råkade samlas fiskrens i det. Ett dopp i sjön med någon dags mellanrum hade kommit att betraktas tillräckligt.

Ångesten brann i bröstet från känslan av förfall och

över särkopplingen från intellektuell stimulans. Han hade blivit en barbar, men på något vis var han fortfarande styrd under en politisk makt. Lägerledningen hade bevarat metodiken från det samhälle de flytt; implementerat den i egen regi över en grupp svaga och utsatta precis som människan gjort i alla tider. Det fanns ingen flykt, bara en förflyttning och förskjutning av samma tillstånd.

Adrians kropp krampade av frustrationen. Det gick inte längre att sitta i stilla ro. Det enda utlopp som fanns till hands var att öka avståndet från människorna. I samhällets övergång hade han varit bedömd erforderlig men hade avsagt sig sin tillhörighet och frivilligt, men utan egentlig förståelse för det valt ett liv som förkastad, både från normen och nu från den gemenskap som skulle ha gett uppskov och frihetens utrymme. Ett självmant öde utan utsikter.

Han lämnade fiskespöt på marken intill hinken med dagens fångst och reste sig för att ta till språng rakt ut i skogen; närmaste vägen ut i terrängen bort från lägret. Utan hänsyn för tillgången till banade stigar sprang han rakt ut i riset och buskagen i riktning mot den högsta punkt han kunnat se under all sin tid i exil. Så långt hans sökande hade sett fanns ingen tillgänglig stig till berget. Det spelade ingen roll. Inget utom hans egen kraft skulle styra den ursinneslöpning som öste ur hans instängda kropp.

Adrenalinets rus hindrade honom från att uppfatta vare sig hur lång distans eller tid som passerade, men snart fann han sig i stigning uppför höjden som bara blev brantare och brantare. Till slut tog han sig framåt och uppåt klättrande på alla fyra. Inte riktigt bergsklättring men nära på. Lutningen tvingade honom att finna stenar och skrevor att greppa med händerna och få fäste med kängorna.

Det hade funnits lättare stigningar från andra riktningar men han välkomnade risken uppför de vassa stenarna och den ökande fallhöjden. Det värsta som kunde hända var att plågan skulle vara över och slutet fånga honom i en evig omfamning. Det fanns ingen rädsla kvar.

Med livet i behåll och endast skrapsår och blåmärken att minnas händelsen genom, stod han snart högst upp, än en gång lyssnande på tystnaden och avsaknaden av mänskligt liv; utan att längre veta vad han gjorde där. Det var inte mer än ett ögonblicks illusion vilken han inte kunde bära med sig därifrån. Tiden för skogens ro var förbi. Men han fann inget som kunde förmå honom att lämna höjden för återvändo till lägerlivet. En människa utan en plats att höra till, utträngd från alla de tillstånd han tog för bekanta.

Utan någonstans alls att ta vägen blev han stående med blicken ut i intet. Molnen svävade sakta över himlen; långsamt men ständigt i rörelse och i en konstant förändring. Inget kunde någonsin vara som det alltid varit, och så även Adrian. Det var vad allting gick ut på och inget kunde förändras av att han stod fast på en plats som endast var ett uppehåll. Vilken väg allt än skulle gå, behövde han vara där för att kunna följa med. Han var allt annat än hoppfull men insåg till slut att allt som just nu stod till förfogande var att vända steget åter ned för berget.

Adrian närmade sig sjön vid lägret igen först när det börjat skymma framåt kvällen. Så mycket det nu skymde när sommarsolen knappt försvann vid horisonten. Vägen hem hade tagit långt mycket längre när adrenalinet runnit ur honom och han endast hade vandrat tillbaks i stillsam uppgivenhet. Innan han avslutade den sista delen av sträckan runt sjön, plockade han med sig metspöt och hinken med fiskar utan huvuden som han hoppades fortfarande var i ätbart skick.

Ingen av den vanliga aktiviteten var i föregående bland tälten när han anlända från baksidan av lägret. Han kunde inte se rörelse av någon enda människa, och fortsatte lite förundrat genom lägret tills han såg eldstugan och samlingen av alla invånarna på andra sidan. De satt framför öppningen sittande på stubbar, stockar och stenar ute i det öppna mellan stugan och sjön. Alla satt utom Jesper, men Azadeh, Annika och Lisa var tydligt skilda från det övriga tiotalet närmast den självutnämnde ledaren.

"Adrian. Välkommen." Jesper avbröt sig själv mitt i ett uttalande han förde för sin publik. "Vi visste inte vart du var eller när du skulle komma hem så vi bestämde oss för att börja utan dig. Hoppas att det inte gör någonting."

Han lämnade inget utrymme för Adrian att svara.

"Vi har haft ett lägermöte för att diskutera vår framtid och de faror vi står inför."

"Okej," var allt Adrian kunde svara. Han visste omedelbart att han inte skulle tycka om vad som än hade sagt eller beslutats; Jespers uppsyn var alltför tillfredsställd för att utfallet skulle ha varit något som stämde överens med Adrians tycke.

"Som du själv vid några tillfällen har konstaterat, kommer vi inte kunna vänta oss att bli lämnade oupptäckta här för all framtid, och vi har kommit överens om att vi måste vara redo att försvara oss den dag vår harmoni upphör."

"Okej."

"Azadeh har kommit att bli ganska välbekant med sitt gevär…"

Hon nickade instämmande där hon satt intill Jesper, som alltid med geväret i ett bestämt grepp framför sig.

”... och kommer att lära alla hur man hanterar ett vapen, och Marcin har gått med på att hjälpa till. Han har dessutom tillgång till fler vapen så att vi inte är bundna till ett och samma.”

Först när Adrian hörde Marcins namn insåg han att Marcin satt med i samlingen. Det var första gången han följt med till lägret. Han hade alltid stannat vid sin bil eller uträttat deras ärenden utanför lägret.

”Okej.”

”Han har ordnat så att vi inte bara kommer ha handvapen tillgängliga utan har sett till så att vi kan säkra en obemannad gränslinje om vårt hem.”

Sprängämnen, förstod Adrian utan att behöva fråga.

”Några av oss kommer att följa med Marcin imorgon för att hämta allt vi behöver för att påbörja upplärningen och säkra vår mark. Alla här är enade, är du med oss?”

”Okej.”

Adrian var inte kapabel att formulera sin reaktion ens för sig själv, än mindre komma på något att svara Jesper.

”Fantastiskt! Då är vi alla enade. Vi är de förkastade, de fördömda. Men vi är också de fria och vi står nu inför en stor utmaning. Ansatsen väktare kommer...”

Jesper höll någon sorts grandiost motivationstal om hur deras lilla konstellation var den viktigaste kvarlevan i en värld som försvunnit under deras fötter. Men Adrian lyssnade inte på vad som sas. Han stod förstelnat kvar på sidan om den nu formade rebellstyrkan, förfärad över att slutligen hört att beslutet om deras oundvikliga självdestruktion var taget. Hans egna ord hade sedan länge förlorat sin betydelse och han var placerad i händelsernas centrum, fördömd att utkämpa den sista striden för ett ändamål han förlorat tron inför. Om han ens haft någon till att börja med. Utan någon chans att överleva eller dö med någon sorts värdighet. Det hade inte spelat någon roll om han inte ofrivilligt givit sitt samtycke.

Ett rytmiskt skallrande spelade bland trädens kronor och bladverk mot natthimlen, tillsammans med vindarnas basgång när de svepte över landskapet och bröts i olika toner av naturens höjder och dalar. Det ekade från klippväggarna runt sjön.

Adrian låg sömnlös och lyssnade till orkestern utan att kunna tränga undan de bryderier som höll hans medvetande gisslan. Han gjorde sitt bästa för att bearbeta problemen, men att finna en lösning var en hopplös strävan som skulle förtära hans sinne utan möjlighet till framgång. Att ge sig av var förstås ett alternativ. Att fly från livet på flykt, ta sina ägodelar som redan var packade i samma ryggsäck han använt till detsamma tidigare, och lämna skogslivet bakom sig, eller förflytta det till ett liv på egen hand. Men vart skulle nyttan träda fram i ett sådant företag? Till vilken plats skulle han söka en ny frihet? Det skulle knappast göra någon skillnad vart han än var. Förhållandena var inte benägna att förändras.

Det dova knakandet av trädens stammar ackompanjerade den spelande symfonin med sitt slagverk.

Han kunde lämna landet till sitt eget fördärv, starta på nytt i något annat av de europeiska länderna. Men om han mot förmodan tilläts inträde och passage över någon av de slutna gränslinjerna, var det endast den efterlysning som troligen stod utfärdad i hans namn som kunde upphöra, det rådde knappast någon utopi bland de andra ländernas diktaturer. Sverige hade verkat vara det sista rike som försökt upprätthålla ett oundvikligen avtagande välfärdsideal, och till och med här hade gränserna låsts med bom och beväpnade styrkor långt innan det senaste årets nedgång i fullbordad misantropi.

Tonerna av naturens harmoni var allt han hade till hjälp för att inte rasa ner i förtvivlan. Och hoppet om att det fanns en person kvar i denna värld som hade förmågan att förstå vem han var, även om tiden hade tärt på hennes vilja att försöka. Kanske satt hon kvar hemma i deras gemensamma hus, undrande vart han var, med en önskan att han mådde bra.

En djup inandning fyllde honom med lugn och tyngde de ögonlock som slutligen tilläts sluta sig för hans inre.

”Se bara till att han pallrar sig hit!”

Adrian vaknade till när han hörde Jespers order ryta genom lägret. Som att vem som än var mottagaren befann sig i andra änden, och med en brådska som inte tillät honom tiden att mötas på närmare håll.

Han måste till slut ha somnat av mental utmattning någon gång under den tidiga morgonen. Han hade inget minne av att han lagt sig tillrätta, bara att det hade ljusnat utanför tältet men att det fortfarande varit tyst från människorna som sov runt omkring.

Sovsäcken höll honom fast i sitt varma omfång, alltför omtöcknad för att förstå innebörden av den vrålade ordern. Även om huvudet sakteligen vaknade till en ny dag låg kroppen fortfarande orörligt vilande, oberörd av hjärnans signaler om att det var dags att stiga upp. För ett ögonblick kunde Adrian njuta av den avdomnade frikopplingen med en fortfarande sovande kropp, innan det skrapande ljudet av dragkedjan som öppnades ryckte liv i nerverna. Det bländvita ljuset sved i ögonen och han såg endast en suddig silhuett träda fram i synfältet.

”Vad fan… Sover du fortfarande?”

Han hörde Annikas röst och snart började även några detaljer i hennes ansikte träda fram när ögonen vande sig vid ljuset bakom hennes huvud.

”Jag hade lite svårt att…” började han men avbröts innan han hann förklara den sena natten.

”Upp med dig. Snabbt! Det gick åt helvete. Jesper behöver dig.”

Hennes skuggande ansikte försvann från öppningen utan att invänta något svar, och han bländades på nytt av det starka ljuset utifrån innan de två styckena föll samman igen. Han försökte skynda sig så gott det gick, men var fortfarande nyvaket förvirrad och fumlade när han försökte få på sig kläder och skor. Trots omständigheten lyckades han efter några långa ögonblick, och när han kom ut gick Adrian fram till Jesper som stod vänd med ryggen mot honom och rörde sig nervigt fram och tillbaks utan att verka veta riktigt vad han försökte göra.

”Vad är det som har hänt?” frågade Adrian när han kommit nära nog för att inte behöva ropa sin fråga.

”Vart fan har du… Skit samma.”

Jespers ögon var blodsprängda. Svettpärlor glänste över pulserande blodådror i pannan när han vände sig och mötte Adrian med blicken. Uttrycket växlade mellan förtvivlan och ursinne. Det var skrämmande att se beslutsamheten som trängde fram mellan de två konflikterande uttrycken.

”Någon hade sålt ut oss. Det måste ha varit någon av de där råttorna Marcin *dealade* med.”

Orden var svåra att placera i Jespers person. De

passade inte in varken i hans före detta intellektuella personlighet eller hans rättfärdigade ledarpersona.

”Vi blev kapade mitt i leveransen. Väktare stormade in från alla håll och sköt vilt. De avrättade Lisa mitt framför ögonen på mig när vi försökte ta oss tillbaks till bilen.”

Ursinnet tog överhanden, och hans ögon ryckte frenetiskt från sida till sida som att de letade efter något att rikta utloppet mot.

”Marcin tog en kula i benet och kunde inte ta sig till bilen. När jag slängde mig in bakom ratten såg jag att två jävla väktare stod på honom, knäade honom i ryggen och mosade hans ansikte i asfalten. Jag tror att de lät honom leva. Tog honom säkert till något fångläger.”

Han tystnade och svalde tungt. Det såg ut som att gråten bara var en blinkning bort i de svullna, rödspräckta ögonen men han verkade motstå begäret.

Uppehållet fick Adrian att släppa sitt fokus på berättandet. Han tittade sig omkring för att se läget i lägret. Några tält bort såg han John sittande på en huggstubbe med ansiktet begravt i sina handflator. Azadeh stod vid hans sida med ena handen kramande hans axel och den andra strykande på ryggen mellan skuldrorna. Antagligen hade hon fått uppdraget att lämna beskedet om vad som hänt Lisa till honom.

Annika passerade bakom Jespers rygg några meter bort. Hon gick fram till högkvarterets öppning och plockade upp en oproportionerligt stor grå duffelväska. Hon fick använda stor kraft för att få upp den tillräckligt högt för att hänga över axeln. Först när hon vände sig om och bar iväg den, såg Adrian att den var öppen och att det stack gevärspipor ur väskan som var nästan lika stor som Annika själv. Tydligen hade inte hela leveransen blivit kapad.

Något sa Adrian att det säkerligen fanns nog många vapen för att beväpna lägrets alla medlemmar bara från den enskilda väskan.

Jesper hade hunnit samla sig igen och påkallade hans uppmärksamhet på nytt.

”Vi måste göra oss av med bilen. De får inte spåra den hit förrän vi hunnit göra oss redo att möta hårt med hårt. Du måste köra bort den innan de kommer på att det var Marcins bil.”

”Men det är ju en gammal manuell bil, den är inte kopplad till trafikövervakningen,” försökte Adrian för att lugna Jespers paranoia.

”Men för fan Adrian. Den kanske inte är direktuppkopplad men så fort de förstår att det är Marcins bil kan de spåra GPS:en i den manuellt. Det är bara en tidsfråga. Vi kan bara hoppas att det inte finns någon loggdata, då är vi körda likförbannat.”

Han hade rätt. Det här skulle vara slutet på deras hemlighet.

”Okej. Vart ska jag köra den?”

”Kör tillbaks ut till motorvägen, men fortsätt västerut istället. Fortsätt någon mil bort och ställ den i någon by eller stad och ta dig tillbaks till fots. Om de inte redan har hunnit spåra den kommer de inte få någon ledtråd som leder hit, så länge det inte går att hämta fram någon historik då.

Det blir en lång vandring. Plocka med dig proviant så att du klarar i alla fall två dagars vandring. Du klarar det, jag litar på dig.”

Omtanken fick agget mot Jesper att mjukna lite. En liten återträdelse till den vänskap de utövat under deras första tid tillsammans i skogen, innan marken under deras fötter spruckit upp; innan hemlighetsmakeriet hade vidgat sprickan som ett jordskred.

En kort stund trodde Adrian nästan att det fanns något att rädda om han skulle återvända, sedan tittade han in i de brinnande ögonen framför sig och påmindes om vad Jesper hade förvandlats till.

De stod tysta några sekunder båda två medan Adrian accepterade förändringen som var på väg att ske. Hans torra tunga rullade långsamt bak mot gomseglet och huvudet nickade av den tunga rörelsen när han svalde torrt. Jesper tolkade den ofrivilliga gesten som ett accepterande av uppdraget.

”Vi ses om ett par dagar. Lycka till.”

Adrian nickade igen, den här gången frivilligt, och vände om för att gå mot sitt tält. Han hörde att Jesper också tog till steg och gick iväg i en annan riktning bakom hans rygg.

Ryggsäcken var redan packad med det nödvändigaste. Kniven och vad annat han än brukade ha användning för under dagarna hade han för vana att alltid packa ner i ytterfacket på väskan varje kväll när han la sig. Han använde den som en portabel byrå likväl som den alltid behållit sin ursprungliga egenskap som flyktpackning. Till och med macheten låg fortfarande alldeles intill, där den legat sedan deras allra tidigaste period i lägret. För säkerhets skull synade han det begränsade utrymmet mellan tältväggarna för att inte något av värde skulle bli lämnat kvar, men han insåg snabbt att inget från den era som passerat var värt att bevara. Han lät macheten ligga där den låg.

Han drog ner dragkedjan vilken lät som en reva i tältduken och kom på sig själv med att sakna ljudet av en nyckel som tryckte undan stiften i en cylinder, och det metalliska ljudet av en låskolvs hårda slag.

Han bromsade impulsen att säga farväl till Azadeh. Trots att våldet tagit makten över henne, mindes han fortfarande hennes varma själ. Han ville inte riskera att förlora det genom att infoga ytterligare ett möte. Den sista minnesbild han ville ha var den medkännande och ömsinta av hennes händer som lugnade John.

Istället för att ta den närmaste vägen ut genom tältlägrets baksida gick han förbi stugan i lägrets mitt. Metspöt stod ensamt uppställt mot väggen på sidan. Görans kastspö stod inte intill. Den gamle hade troligen inte varit intresserad av kalabaliken i lägret och hållit sig undan genom att i vanlig ordning ge sig ut för sin egentid.

Adrian tittade ut över sjön och följde dess bortre strandlinje utan att se den gråhårige mentorn. Kanske hade han tyckt det nödvändigt att vidga avståndet ytterligare en dag som denna, och vandrat bort till någon av de mer avlägsna sjöarna för att få vara ifred.

Han sänkte blicken igen och försökte sitt bästa för att utestänga den paniska aktiviteten som rörde sig överallt i lägret medan han med raska steg tog sikte på stigens början vid skogsbrynet några tiotal meter bort.

Den vita transportbilen med den kartongförsedda fronten stod parkerad i gläntan där grusvägen mötte stigen. Kartongen pekade in mot skogen och var det första som fångade Adrians uppmärksamhet när han närmade sig mynningen. Ett försiktigt leende ryckte i mungiporna vid åsynen av den så uppenbart temporära lösningen som Marcin verkat tycka vara en erforderlig reparation. Många månader hade nu hunnit passera utan någon insats för att ersätta kartongen med något som kunde släppa in luft under huven.

Han satte sig bakom ratten i förarsätet och stoppade in nyckeln i tändningslåset men vred inte om. Med en djup, andaktsfull inandning tog han in betydelsen bilen haft för deras tillvaro ute i landet Ingenstans. Med den hade Marcin och John fritagit Lisa. Strax efter hade Adrian själv äventyrat på samma sätt när de med våghalsighet som ledord hämtat hem de som i slutändan utgjort lägrets population. Han undrade om gruppen de fört med sig någonsin kommit att se det som att de blivit fritagna eller om de endast flyttats till en annan sorts fångenskap.

Adrian blundade och skakade av sig ångesten över att kanske ha gjort sig skyldig till att fördärva deras liv, eller åtminstone inte ha förbättrat det. Han upprepade ett mantra för sig själv att de i alla fall sluppit undan väktarnas förtryck för en tid.

Bilen berättade inte bara händelsedigra minnen, det var också den som säkrat deras tillgång till födoämnen och nödvändigheter. Han lugnades av tanken men var mätt på det liv de levt. Utled på att leva med det enda målet att överleva.

Motorn röt ett hiskeligt vrål när han vred om nyckeln i tändningslåset. Den lät som att den var redo att pensioneras från de äventyr den tvingats till att sponsra. Den lät ansträngd, men verkade lugna sig efter att först skruvat upp varvtalen självmant utan Adrians fot mot gaspedalen.

Han tog ett sista djupt andetag och la i en växel för att kunna vända bilen i gläntan och styra nosen ut genom portalen mellan träden.

Det jämna underlaget kittlade bekant under foten när han svängde höger ut på den asfalterade vägen efter att ha avverkat den första knöliga, skumpande sträckan. Det hade gått lång tid sedan han alls färdats i bilen, än längre sedan han själv kört en. Känslan var ovan men han var lättad av att för första gången på länge vara i kontroll över händelseförloppet. Det var han själv som tog besluten utan påverkan av andra.

När den ensliga vägen ut ur skogen slutligen mötte upp med motorvägen, tittade han först mot påfarten västerut genom underfarten, men han släppte upp foten och lät rullningen sakta in långt innan det skulle varit dags om den varit hans sikte. Han behövde inte tänka på saken alls. Hans fingrar letade på eget bevåg rätt på körriktningsvisaren bakom ratten och förde upp den för att indikera körfältsbytet till höger mot påfarten österut, motsatt Jespers sista uppmaning.

Trafiken var gles, inte alls hur han mindes motorvägarna mot staden från förr. De digitala siffrorna på instrumentpanelen berättade att eftermiddagen var långt gången och vägarna borde ha varit fulla av bilar, åtminstone på andra sidan mitträcket, på väg ut ur staden. Det var nästan tomma filer och öppen asfalt så långt han kunde se. Han var vid toppen av en backe ovan en svacka och kunde se minst en kilometer framför sig upp för branten på andra sidan. En enda bil syntes, nästan uppe vid krönet längst bort. Han undrade vilken dag i veckan det var men kom fram till att det var oväsentligt. Det hade inte funnits en enda eftermiddag av veckornas sju då han någonsin haft vägarna för sig själv.

Han befann sig i en helt annan värld, inte bara till skillnad från skogen men också från den civilisation han en gång lämnat. På väg uppför backen tänkte han att de oändliga raderna av bilar skulle vänta bortom krönet, och hur lätt det skulle vara att peka ut vilka av dem som framfördes med manuellt handhavande. Det skulle vara de som inte kunde hålla jämnt tryck på pedalen och istället pendlade mellan att nosa i baken på de framförvarande, eller öppna upp avstånden och bryta alla andras rytm. Men sikten var lika tömd på igenkänning även när Adrian nått höjden.

Han knappade snabbt in på den enda andra bilen som färdades längs samma väg. Hastigheten kröp upp en bra bit över den föreskrivna men det fick vara detsamma, ingen med auktoritet verkade patrullera vägarna och han hade svårt att hålla jämn fart även om han hade velat. Foten var ovan och saknade den finkänslighet som krävdes.

Snart låg han alldeles bakom bilen som visade sig vara en Mercedes av finare slag. Adrian kände igen stjärnemblemet på bagageluckan och lacken glittrade i toner av någon champagneliknande färgskala som höjde bilens stil ytterligare. Han hade lättat lite på foten medan han betraktade det högteknologiska undret som fick transportbilen att kännas som en träkärra med alldeles för stor motor i, men gasade snart om och såg det tomma förarsätet i den självkörande bilen. Medan han själv gjorde sitt bästa för att hålla sig mellan de streckade linjerna på asfalten, tittade han in på en man i passagerarsätet med bakåtlutad nacke och gapande käke. En tvär kontrast till den spartanska och lågteknologiska livsföringen han kommit att vänja sig med.

Först när han närmade sig ytterområdena utanför staden mötte han några enstaka medtrafikanter som passerade på andra sidan räcket. Inte nog många för att skingra den ödsliga känslan som fyllde bilens kupé. På håll såg han köpcentrets höga skyltar torna upp vid sidan om vägen. De väckte en bekant känsla, med undantag för avsaknaden av deras färgstarka sken. Svarta och utan erbjudanden om dagens klipp eller kampanj, sträckte de sig mot himlen som livlösa pelare förmedlande ett helt annat budskap än deras ursprungliga avsikt varit.

Motorvägen passerade ovan tomma parkeringsytor. Stora fält av grå asfalt med vita rutnät som inte verkade användas till något alls. Några få av rutorna blockerades av bilar, men knappast nog många ens för att bemanna personalstyrkorna i butikerna. Det lyste från butikernas skyltfönster men utanför rådde totalt stillestånd. Adrian hade återvänt till staden och distriktet han varit van att kalla sin hemtrakt, men kunde knappt känna igen platsen utan människorna som alltid hade översvämmat varje tillgänglig yta. Utan aktivitet och rörelse var platsen en helt annan.

Förstummad och omgiven av endast den egna motorns ljud, förde han fingrarna till körriktningsvisaren för att markera ytterligare en högersväng när motorvägen mötte sina anslutningar till norr och söder. Avfarten rundade det enda tecken på en kvarlevande civilisation som utgjordes av de bolmande industriernas skorstenar. Den del av det förflutna livet som varit närmast sitt ödes ände, men som nu verkade vara dess centrala verksamhet.

Trots att det grå, smutsiga området var i det närmaste gigantiskt för en passerande fotgängare hade han passerat hela industrin på några få minuter när han gränsade skogarna igen. Samma skogar som hans färd försökte lämna, men från motsatt sida från den punkt han börjat.

Solen kastade sitt sista blodröda ljus genom fönstret på passagerarsidan och värmde upp tonerna i den mörknande hytten. Färgen från varningslampan som berättade att bränslet närmade sig förbrukat gjorde sitt bästa för att smälta in i skymningssolens värme utan att lyckas helt. Det spelade ingen roll, Adrian var redo att släppa trycket från gaspedalen och navigera den sista sträckan i långsamt tempo. Det fanns inget behov av att fylla upp bränsletanken igen. Hans färd skulle snart vara avslutad. Bara den sista avfarten uppför grusbacken och fram till huset som mötte hans vy. Han såg det vackra burspråkets spröjsade fönster träda fram mellan lönnarnas kronor vid tomtgränsen. Den grå träfasaden reste sig ovan häcken och kunde nästan misstas för en utstickande klippa från berget bakom.

Gruset knastrade högt under däckens tyngd som försökte försänka dem i den mjuka jorden under. Bilen rullade sakta de sista meterna för att stanna intill den skinande stadsjeepen som redan stod parkerade på uppfarten.

Innan motorn ens stannat helt, och utan att bry sig om ryggsäcken i passagerarsätet klev han ut ur bilen och gick fram till ytterdörren. Knogarna knackade skarpt mot dörren trots att Adrian gjorde sitt bästa för att dämpa ljudet från att bli alltför drastiskt. Dörrknackaren i mässing hängde mitt på dörren men användandet av den kändes alldeles för formellt.

Snabba steg hördes på håll inifrån huset. De saktade in när de närmade sig dörren. Dunsen av en häl mot parkettens ihåliga ekande hördes innan stegen övergick i ett mjukt smygande, och upphörde en bit före de hördes vara framme vid dörrens insida.

Hellre än att knacka ytterligare en gång, satte Adrian sin hand över handtaget som matchade dörrknackaren. Han vred ned det och öppnade försiktigt ytterdörren, på något sätt redan vetande att dörren skulle vara olåst. Först bara lite på glänt som för att låta det inre vänja sig vid miljön utanför, innan han sakta öppnade resten av vägen och lät de två platserna smälta samman.

Även om han visste vad som väntade på andra sidan, hade han svårt att uppfatta den syn ögonen förmedlade. I den bortre änden av hallen stod hon spänt väntande på åsynen av den hon knappast kunnat undgå att förstå skulle göra entré. Precis som i Adrians minne av henne, stod Ellen klädd i en vit skjorta men fick den att se avslappnat buren med de översta tre eller fyra knapparna uppknäppta. Kragen öppnad så att nyckelbenet vid hennes högra axel var blottat och den ljusa, lena huden mellan brösten var synlig liksom rundningen av bröstet under det fria nyckelbenet. En svag antydan till vit spets anades precis där skjortan fallit till sidan. Skjortan var nedstoppad, men hängde på ena sidan ut över linningen på ett par svarta mysbyxor. Det var en modell som var lätt att missta för kostymbyxor om det inte hade varit för den slappt knutna rosetten runt midjan som hängde ner. Hennes blonda hår var sammansatt i en lös uppsättning uppe på huvudet, men topparna som spretade från den slappa knuten var prydligt vårdade och fick frisyren att se planerad ut trots den obrydda uppsättningen.

Varken hon eller Adrian gjorde alls något försök till att tala. De stod båda stilla och tittade på varandra. Ett långt ögonblick av stillhet passerade innan Adrian tog klivet över tröskeln in i huset.

Förflyttningen in i huset verkade bryta tidens uppehåll och Ellen tog hans kliv över tröskeln som en klarsignal att komma fram till honom, fortfarande utan att säga ett ord. Hon kramade om honom med ansiktet pressat mot hans bröst. Adrian fångade hennes närmande och omfamnade henne med hela sin kropp. Till och med ögonen krampade samman som att han var tvungen att svara på kramen med varenda muskel i hans kropp. Han gjorde ett försök att tala men allt som kom ut var bara läten som försökte få honom att brista i högljudd gråt. Han höll tillbaks de ofrivilliga lätena men tårarna rann ohämmat ner för kinderna när han lutade huvudet mot hennes, njutande av den underbara doften av hennes hår som fick hans kropp att släppa all den spänning som hållit den fången i månader utan hans vetskap.

Utan att släppa taget om honom, med händerna vilande bakom Adrians skuldror och axlar, lutade hon bak överkroppen för att kunna se in i hans ögon. Hennes ena hand släppte efter ett ögonblick taget och flyttades för att lyfta undan håret som hängde ner i hans ansikte, och drog sedan fingrarna genom hans spretiga skägg.

”Vad är det som har hänt?”

Hennes blick mötte hans, blank av en lättnad vilken sköljde bort sorgen ur hennes uttryck.

Orden stakade när Adrian först försökte svara. Han tog ny sats och började med gråten darrande på stämbanden berätta hur han spenderat månader med att överleva bortom Augustssons räckvidd.

Förklaringen lät absurd och osammanhängande utan sin bakgrund. Det var en bättre idé att backa historien till punkten då han stod vittne till den kallblodiga avrättningen vid stadens centrum; hur han av ren chans funnit sig mitt i en situation, så långt bortom hans kontroll att han tvingades inleda det sorgliga äventyr som först denna kväll, mitt emot henne, nått sin ände. Han kunde inte finna någon rationell anledning till varför han utelämnade det faktum att han redan innan planerat sin egen flykt. Den sidan av berättelsen kändes som ett sådant oerhört svek vilket han inte var redo att möta konsekvenserna av.

Nästan raljerande, utan att själv kunna styra den hastighet med vilken berättelsen fördes, flödade detaljerna och hela spektrat av upplevelser och ångest ur hans inre utan att kunna distansera sig till att kunna läsa hennes mottagande av det som konsumerat hans liv, och det som för resten av hans tid skulle ha förändrat hans person. Han berättade om vistelsen hos den varmhjärtade Arthur i hans lägenhet i staden, om flykten till skogen och allt som skett därefter.

Hon sa ingenting i respons till det hon hörde, men lyssnade med på alla nyanser. Han var bara inte kapabel att notera hur hon pusslade ihop den virvelvind av bitar som tömdes från hans sinnen. När han slutligen tystnade och verkade uttömd på allt som funnits att säga, även om det kommit ut i en stundvis osammanhängande röra, såg hon till att fånga hans blick igen. Hon mötte den med en förståelse som stillade hans rusande tankar. Lugnet hon visade i sitt mottagande fick honom att känna sig välkomnad och det verkade som att han varit saknad i sin frånvaro.

”Du är hemma nu,” förklarade hon med mjuk röst, så lågt att han knappt såg läpparna röra sig. ”Det är över. Jag tar hand om dig nu.”

Några sekunder av ömsint tystnad landade i rummet omkring dem båda. En tystnad som inte krävde mer än att de lät den finnas.

”Gå upp till badrummet så ordnar jag med något att äta medan du tvättar av dig det som varit. Vad skulle du helst av allt vilja äta?”

”Vad som helst som inte är fisk, eller bönor, eller ris,” svarade Adrian efter en stunds tyst betänketid, överväldigad av valmöjligheterna som inte var begränsade av tillvaron.

Vid handfatet stod två glas placerade, ett på vardera sida med varsin tandborste vilande mot kanten. Bekant och invant, men samtidigt främmande. I det som var hans glas, på hans sida om handfatet, var en oanvänd borste som om han aldrig varit borta, bara bytt till en ny efter att den förra gjort sitt. På väggen intill badrumsskåpet hängde en ren handduk på hängaren och allt verkade vara i samma ordning som det brukade.

Medan han ålade sig ur de kläder som han haft på sig ända sedan sommarens ankomst och som före det varit underställda fler lager, undvek han att möta åsynen av sig själv i spegeln. Han ville inte befästa en visuell representation av sitt vilda tillstånd. Det långa håret och skägget som lämnats till sin egen tillväxt skulle vara ett nog så starkt minne även efter en dusch. Orken fanns inte till hands för att redan nu återställa en frisyr och renrakat ansikte.

Rännilen som samlades runt golvbrunnen var brun och lämnade grumliga spår av jord och grus som inte omedelbart sköljde med vattnet. Det samlades i fogarna mellan de ljusgrå rektanglarna på duschgolvet. Han höjde vattnets temperatur några grader åt gången och lät den nya hettan brinna försiktigt mot huden innan den vande sig och tillät honom att höja några till. Först bara stående stilla med kroppen vänd mot väggen där blandaren var monterad, med strålarna flödande ner genom håret och över hans kropp. Han njöt av att själva kunna kontrollera vattnet och inte bara få acceptera den temperatur som var.

Doften av fruktig duschkräm och schampo spred sig med den dimmiga fukten som fyllde badrummet när han klev ut ur duschkabinen och torkade sig med den mjuka handduken. Borsten slet i tovorna när han försökte reda ut det näste som formats på huvudet. Det kliade skönt i hårbotten när borsten väl kunde röra sig ohindrat. Med en svart snodd från en ask på Ellens sida i badrumsskåpet satte han upp håret. Det var inte långt nog för att hänga ut i en svans men just tillräckligt för att få ihop en liten tofs som höll håret från ansiktet när han väl vågade se sig själv i spegeln. Mötet var inte det med en vilding men väl med en utmärglad själ. Ögonen såg urholkade ut och kinderna var som gropar under de utpekande kindbenen. Han kände igen sig själv men var tärd och gänglig.

. . .

Den fylliga kryddan av shiraz fyllde hans mun i en alldeles för stor klunk och han kunde följa den smakrika drömmens väg ned genom strupen. Ovan med den intensiva smaken slöt han ögonen under tiden hans system försökte acceptera chocken och den ovana upplevelsen som fortsatte bortom smaklökarna. Redan den första klunken han svalde dämpade nervernas känslighet och gjorde honom trött.

Ellen var inte i köket när han kom ner från övervåningen. Han satte sig väntande vid de höga stolarna med lågt ryggstöd intill köksön och tittade på de två aluminiumformarna med vita kartonglock under de vikta kanterna. Doften av gratinerad ost fick det att vattnas i munnen på honom men han hade svårt att föreställa sig vad mer än ost som väntade på att mätta hans hunger och urlakade sinne.

Adrian vände sig om på stolen när han hörde Ellens barfota fötter mot parketten utanför köket. Hon hade bytt mysbyxorna mot en svart pennkjol som förvandlade skjortan och hela hennes uppenbarelse till något från fantasier som han glömt fanns att drömma om. De öppnade locken till vad som visade sig vara en osande gräddig pasta, som följde med dem in till soffan i vardagsrummet tillsammans med varsitt glas av det röda vinet och resten av flaskan hon öppnat.

Medan de åt bad hon Adrian berätta mer om det som hänt. Hon lät honom stanna vid varje detalj som hejdade berättelsen och utvidga områden som egentligen var oviktiga men som fångade hans fokus. Till och från vättes hans ögon men det fanns inget behov att falla i förtvivlad gråt. Hon gav honom utrymmet att låta det som ville berättas komma ut och ställde bara följdfrågor där hon inte verkade förstå, men utan att pressa fram något han inte ville berätta.

I slutändan, när uppehållen i hans orerande började bli långa och ämnet uttömt, lutade hon sig in nära honom och kysste hans hals och nacke. Pastan var sedan länge uppäten och de sista dropparna vin formade varsin grund pöl i botten av deras respektive glas.

Hon reste sig ur soffan med Adrians händer i sina, lyfte med honom och började gå mot trappan upp till sovrummet med honom i följetång. De sa inget mer till varandra. Det fanns inte fler ord att yttra. Allt han kunde göra var att följa med händelserna som trots att de var främmande också var spännande. Bara tanken på vad som höll på att hända försatte huset i förväntan.

De utforskade och njöt av varandra som om de var unga och kära på nytt, men med en trygghet som inte hade funnits i deras yngre dagar. All osäkerhet var frånvarande och efteråt somnade Adrian med huvudet mot hennes mage, vaggad av hennes djupa andetag som rörde sig upp och ned mot hans kind.

Mitt i den svarta natten vaknade han med huvudet på kudden till ljudet av ett svagt metalliskt skrammel. Omedelbart efter kände han ett hårt nyp runt halsen, som blev allt kraftigare tills han trodde att strupen skulle krossas under trycket. Lukten av läder fyllde hans sinnen och fick honom att inse vad som hände, men han gjorde inget motstånd. Han satte händerna om kanten på skärpet runt halsen men gjorde inget försökt till att öppna något andrum.

”Jag har informerat Ansatsen,” viskade Ellen lugnt och kallt i hans öra. Han kände hur hon satt hukande bakom honom i sängen. ”De är på väg ut till skogen. Dina förrädiska vänner kommer inte ha någon chans.”

Tystnaden växte i rummets svärta innan hon tog till orda igen.

”Jag sa ingenting om dig… ännu. Jag vill ta hand om dig själv. Ingen skall tillåtas motarbeta den store ledaren.”

Hon viskade orden med en låg och hämndlysten röst.

Adrian föreställde sig ett leende slitande i mungiporna i hennes ansikte.

Trots den fullkomliga frånvaron av ljus i sovrummet såg Adrian sin syn bli suddig när smärtan samtidigt började avta runt halsen. Han försökte svälja en gång men bältet tillät inte svalget att röra sig.

Andetaget förlorade sitt djup, och den förkastades motståndskraftig fann slutligen sitt öde; det omfamnade honom i mörkrets ljuvliga serenitet utan att han längre behövde söka efter något mer. Det fanns inget hjärta kvar i detta hem.